NICOLA FÖRG

Schussfahrt

Buch

In Gunzesried im Allgäu ist die Welt noch in Ordnung: Jo, die Direktorin des lokalen Tourismusverbandes, organisiert Winterfreuden und Sommerspaß für die Gunzesrieder Feriengäste und lebt mit ihren beiden verzogenen Katzen und dem Kaninchen in einem windschiefen Hexenhäuschen. Und für Gerhard Weinzirl, den Polizisten, gibt es nicht besonders viel zu tun außer lästiger Verwaltungsarbeit. Das ändert sich jedoch schlagartig, als Jo bei einem Ausritt die Leiche des schwäbischen Baulöwen Rümmele findet. Der hatte zuletzt von sich reden gemacht, weil er mitten in der unversehrten Allgäuer Landschaft das »Event Castle« errichten wollte, einen riesigen Freizeitkomplex, der nicht nur die schöne Aussicht, sondern auch die Natur kaputt zu machen drohte. Mit diesem Projekt machte Rümmele sich mehr Feinde als Freunde. Deshalb ist Jo sich auch sicher: Der Baulöwe wurde ermordet. Und sie wird den Mörder finden. So nimmt ein aufregender Wettlauf mit der Polizei seinen Lauf, der Jo in tödliche Gefahr bringt ...

Autorin

Nicola Förg wurde 1962 im Oberallgäu geboren. Heute arbeitet sie als Romanautorin und freie Reisejournalistin für namhafte Tageszeitungen, Publikumsmagazine und Fachmagazine – vor allem für solche, die Bergtourismus, Skispaß und Reiterreisen zum Thema haben. Neben den Kommissar-Weinzirl-Romanen hat sie ein Dutzend Reiseführer und Bildbände veröffentlicht. Mit ihrem Mann, vier Pferden und zwei Kaninchen lebt Nicola Förg in einem vierhundert Jahre alten Bauernhaus in Bad Bayersoien.

Nicola Förg
Schussfahrt

Ein Allgäu-Krimi

GOLDMANN

Dieses Buch ist ein Roman.
Handlung, Personen und manche Orte sind frei erfunden.
Ähnlichkeiten mit lebenden oder toten Personen sind rein zufällig.

Verlagsgruppe Random House FSC-DEU-0100
Das FSC-zertifizierte Papier *Holmen Book Cream* für Taschenbücher
aus dem Goldmann Verlag liefert Holmen Paper, Hallstavik, Schweden.

1. Auflage
Taschenbuchausgabe Dezember 2008
Wilhelm Goldmann Verlag, München,
in der Verlagsgruppe Random House GmbH
Copyright © der Originalausgabe by
Hermann-Josef Emons Verlag, Köln
Von der Autorin aktualisierte Ausgabe des gleichnamigen Romans
Umschlaggestaltung: Uno Werbeagentur München
Umschlagfoto: Mauritius Images GmbH, Finepic, München
AM · Herstellung: Str.
Druck und Bindung: GGP Media GmbH, Pößneck
Printed in Germany
ISBN 978-3-442-46913-0

www.goldmann-verlag.de

Für Charlotte

1. »Wir sind doch hier nicht in Disneyland! ›Interaktives Mountainbike-Downhill-Race am Nebelhorn in einem Event Castle‹, ich glaube es nicht! Die sollten sich lieber mal live bewegen und ihren Gehirnen echten Sauerstoff zuführen«, grummelte Jo vor sich hin. »Am End haben wir computeranimierte Sennerinnen, die auf Knopfdruck ein Allgäuer Liedchen trällern und dabei strippen, oder was sagst du dazu, Falco?«

Jos sechsjähriger Fjordwallach Falco hatte wie immer mit freundlich nach hinten geklappten Ohren zugehört, ab und an zustimmend geprustet und ansonsten die Unaufmerksamkeit seiner Reiterin dazu genutzt, Tannenzweige vom Baum zu zupfen. Selbst ein dicker, kurzer Norwegerhals erreicht giraffenartige Länge, wenn es ums Essen geht. Wieder schnappte er zu, und eine Ladung Schnee rieselte in Jos Halsausschnitt.

»Rübennase!«, schimpfte Jo und hob drohend ein Ende des Zügels, was Falco mit einem Ohrklapp nach rechts quittierte, um sofort den nächsten Ast zu erhaschen. Jo gab auf, wie fast immer. »In deiner Erziehung bin ich definitiv gescheitert. Ein Psychologe würde mir wahrscheinlich sagen, ich übertrage meinen Freiheitsbegriff auf die Kreatur. Freizeit ist Freiheit – auch für so ein Vieh wie dich.«

Falco waren solche tiefschürfenden Betrachtungen offenbar egal. Während er hurtig durch den Schnee trabte, gelang es dem Norweger immer wieder, Tannenzweige zu pflücken. Der

Naturlehrpfad von der Gunzesrieder Säge herauf war im Winter eigentlich gesperrt, aber an einem Montagvormittag, über dem eine archaische Stille lag, kümmerte das niemanden. Kein Mensch weit und breit, und selbst auf dem Ostertalweg war der Schneepflug noch nicht gefahren. Jo lenkte nach rechts, um im Hohlweg zur Geißrücken Alpe etwas an Höhe zu gewinnen – sie liebte den Blick auf den Stuiben und Buralpkopf auf der gegenüberliegenden Seite des Tals. Das winterliche Licht zauberte der Natur sanfte Konturen, ein watteweiches Winterwunderland. Nach einer klirrend kalten Nacht übernahm die Sonne das Zepter. Der Frühling ließ sich jetzt, Anfang März, bereits erahnen.

Falco hatte etwas Neues, möglicherweise Essbares, entdeckt, auf das er jetzt zustrebte. Eine bunte Jacke, die an einer Fichte hing. Er schnappte zu, und mit einem Schneeschauer fiel der Anorak zu Boden.

Jo wollte wegen der neuerlichen Dusche gerade fluchen, als ihr der Satz in der Kehle stecken blieb. Falco riss den Kopf hoch, seine Nüstern waren weit aufgebläht. Dann erstarrten beide zu einer Art Reiterstandbild.

Im Schnee saß ein Mann, friedlich an einen Baum gelehnt, was bei der Kälte ungewöhnlich genug war. Weit verblüffender fand Jo jedoch die Tatsache, dass er keine Schuhe, sondern nur dicke gelbe Socken trug. Das eigentlich Irritierende aber war das Loch in seinem Kopf: mitten auf der Stirn. Ein rotes Rinnsal war zur Nase gelaufen, hatte sich dort geteilt und war über beide Wangen geronnen; das eine Blutbächlein war weiter bis zum Kragen vorgedrungen, das andere im Mundwinkel versiegt.

Das alles registrierte Jo eher interessiert als panisch. Sie hätte wohl noch lange so auf den Mann gestarrt, aber Falco machte einen jähen Satz zur Seite. Mechanisch klopfte sie seinen Hals, so wie sie es immer tat, wenn das Pony wegen eines Traktors oder einer übermütig über eine Koppel buckelnden Kuh erschrak. Das hier war allerdings weder ein Traktor noch eine Kuh! Das war ein Toter!

Jetzt wagte Jo es nicht mehr, hinzusehen. Mit zitternden Fingern suchte sie nach dem Handy in der Innentasche ihrer Fleecejacke.

»Mist, kein Netz, verfluchte Telekom«, stöhnte sie. Sie wendete Falco vorsichtig, trabte an und wurde plötzlich von einem wilden Fluchtreflex erfasst. Sie hieb dem Fjordwallach die Hacken in die Seite und galoppierte den verschneiten Weg bergab.

Jo riss an den Zügeln, und Falco rutschte mit weggeknickter Hinterhand vor die Tür des Anwander Hofs am Ortsrand von Gunzesried.

Der Anwander Bauer stand auf eine Schneeschaufel gestützt und lächelte gutmütig. »Hofele, Frau Doktor, pressiert's so arg?«

Jo schaute ihn an, als würde sie sein Gesicht zum ersten Mal sehen. Ein Gesicht, in das harte Bergbauernarbeit ihre Furchen gezogen hatte, ein Gesicht, aus dem braune Augen blickten, die viel jünger zu sein schienen als der zähe, kleine Mann. Sekundenlang passierte nichts. Dann legte der Anwander die Schneeschaufel weg, streckte die Arme aus und hob Jo fast vom Pferd. Sie sackte zu Boden und kam nur langsam wieder hoch.

»Wahrscheinlich pressiert's wirklich nicht mehr.« Jo versuchte, zu ihrer sonst üblichen Ironie zu finden. »Da draußen sitzt einer ohne Schuhe, nur in Socken!«

Der Anwander Bauer schaute erstaunt. »Frau Doktor Johanna? Ja und?«

Jo riss sich zusammen. »Der ist tot, glaub ich. Du solltest die Polizei anrufen.«

Der Bauer hatte Jo noch immer fest umfasst und rief über den Hof: »Zenta, Zenta!«

Seine Frau in Kittelschurz und einer viel zu großen Lammfellweste streckte den Kopf aus der schweren Holztür. »Hä?«

»Bring der Frau Doktor an Obschtler und ruf die Polizei in Kempten an. Mir hend a Leich. Schick di, fei glei allat!«

Wenn der Anwander Bauer »glei« sagte, dann war's ernst; »glei allat« war schon brenzlig, aber in der Verstärkung mit »fei« nun wirklich todernst!

Als das Polizeiauto in den Hof gefahren kam, saß Jo in der Stube, hatte zwei Obstler getrunken und begann langsam, wieder klar zu denken.

»Griaß eich mitanand!« Polizeihauptkommissar Gerhard Weinzirl und sein junger Kollege, Polizeiobermeister Markus Holzapfel, traten in den Raum. Gerhard nickte den Anwanders zu und rutschte neben Jo auf die Eckbank unter dem Herrgottswinkel. Er sah sie scharf an und legte ihr eine Hand auf den Arm. »Mädel, was ist los?«

Jo blickte Gerhard an und sagte leise: »Da draußen sitzt der Rümmele im Schnee, ohne Socken und so … so blass.« Jo stockte und horchte dem Klang der Stimme nach. Jemand hatte Rümmele gesagt. Sie selbst! Natürlich, sie hatte ihn von Anfang an erkannt. Das war der Rümmele gewesen, aber so fahl, so reduziert – wo der große, feiste Mann doch sonst immer so rote Backen, eine von feinen roten Äderchen durchzogene Nase und flackernde dunkle Augen gehabt hatte!

Gerhard pfiff durch die Zähne. »Du meinst Hans Joachim Rümmele, *den* Rümmele?«

Jo nickte. »Er war so, er wirkte so, er ...«

Gerhard verstärkte den Druck seiner Hand. Es ging etwas Beruhigendes von ihm aus – eine Eigenschaft, die ihm Jo früher nicht attestiert hätte.

Gerhard war der Local Hero ihrer Jungmädchenträume gewesen, der geheimnisumwitterte Schwarm in ihrer Stammdiskothek, dem »Pegasus«. Diese Diskothek in Kemptens Altstadt war eine Institution für Jo gewesen, eine bessere Heimat als ihr Elternhaus. Hier hatten alle ihre pubertierenden Freundinnen Zuflucht gefunden. Im ständigen Reigen begegnete man sich, ging ein Stück gemeinsam, gehörte zu Cliquen mit wechselnder Besetzung, verleumdete sich, hasste und liebte sich – und feierte.

Die endlosen Nächte waren vielleicht gar nicht so spannend gewesen, und die Rauschgiftorgien, die man dem »Pega« nachsagte, hatte es nie gegeben. Aber Jo hatte zum Zirkel der Erlesenen gehört. Sie durfte an der Getränkeausgabe oder beim DJ stehen. Der Rock kurz, das Dekolleté tief, ein Jungmädelvamp im Banne einer ebenso banalen wie aufregenden Kleinstadt. Es waren Nächte mit ewig gleichen Ritualen gewesen. »Stairway to heaven« lief als letztes Lied, und stets schickte Jo sehnsüchtige Blicke zu Gerhard hinüber. Ob er sie noch zum »Kaffee« einladen würde? Acht von zehn Malen war er schon weg, wenn das unbarmherzige Licht den Raum erleuchtete und Jo von ihren Drehungen über die fast leere Tanzfläche wieder aufsah.

Nur manchmal hatte er sich die Ehre gegeben und war als Liebhaber eigentlich keine Offenbarung gewesen. Aber dieses Spiel von Kommen-Lassen und sich Entziehen, das beherrschte er meisterlich. Außerdem waren Frauen für ihn wohl eher sekundär, er hätte eine Bergtour mit seinen Kumpels jederzeit einer Nacht mit Jo vorgezogen. Aber genau das machte ihn interessant. Selbst wenn Jo andere, feste Freunde hatte und Gerhard immer erst sehr spät, plötzlich wie ein Spuk, in seinem Trenchcoat und mit herrlich zerknittertem Gesicht, schlaksig und provokant neben der Tanzfläche auftauchte, war es um Jo geschehen: Herzrasen! Stairway to hell!

Etwas wie ein unzertrennbares Band hatte zwischen ihnen existiert, und es hatte bis heute gehalten. Die alten Cliquen hatten sich mittlerweile über die Welt verstreut. Nur wenige der früheren Freunde waren aus dem Studienexil zurückgekommen: als Mediziner, Journalisten, als aufstrebende Junganwälte, sogar als Fernsehrichter. Man sah sich selten. Jo war so viel unterwegs, dass sie am Abend oft nur noch todmüde aufs Sofa sank. Gerhard ging es ganz ähnlich. Für Jo war Gerhard ein Rettungsanker aus einer Zeit, die weder besser noch einfacher gewesen war, aber eine Zeit, die sie längst verklärt hatten. Wenn sie sich heute trafen, lud Gerhard nicht mehr zum Kaffee, sondern in seinen Weinkeller ein – und wirklich nur des Weines wegen! Nach langen Arbeitstagen tranken sie Barolo statt des Teenie-Asti und dekantierten ihn kunstvoll. Sie verwendeten Riedelgläser statt Pappbechern, und natürlich hatte Gerhard immer Ciabatta und Grana vorrätig. Hinterher gab es Grappa von Poli, den Stoff, aus dem die Grappaträume sind.

»Früher haben wir Apfelkorn gesoffen«, sagte Gerhard jedes Mal grinsend, »wir sind richtig spießige Snobs geworden.«

»Stimmt!«, pflegte Jo dann zu sagen. »Aber wir haben wenigstens kein Reihenhaus gebaut.«

Jetzt lächelte Gerhard Jo aufmunternd zu und schob sie vorsichtig zur Tür hinaus. Draußen stand der von einer Mist-Eis-Schlamm-Mischung überzogene uralte Jeep vom Anwander bereit; mit dem Polizei-Audi wären sie nicht weit gekommen.

»Wohin, Jo?«, fragte Gerhard sanft.

»Den Ostertalweg hinauf. Es gibt da den kleinen Parkplatz, wo der Forstweg zur Geißrücken Alpe und zum Berghaus Blässe abzweigt, da sitzt er …«

Wie das klang: Da sitzt er. Nach einem Picknickausflug vielleicht.

Die Mittagssonne ließ Schneekristalle auf den offenen Feldern funkeln, die Temperatur lag knapp über null. Es war ein perfekter Wintertag, so lebendig, hell und klar – kein Tag für Tote. Als würde die Sonne das wissen, tanzte sie neckisch auf Rümmeles Nase und gab den zwei Blutrinnsalen einen Hauch ins Violette.

»Auweh!«, sagte der Anwander, und »Pfft« entfuhr es Gerhard.

Ein toter schwäbischer Bauunternehmer in gelben Socken mitten im Schnee – das verlieh dem Begriff »Gelbfüßler«, der wenig charmanten Beschreibung für Württemberger, eine ganz neue Dimension.

Gerhard breitete die Arme aus. »Da können wir nichts mehr tun. Markus, sicher die Stelle ab und bleib da! Wir fahren zurück und informieren die Mordkommission. An denen werden wir hier nicht vorbeikommen.« Er schaute, als hätte er plötzlich Zahnschmerzen. Die Kollegen in Zivil, die gerne auf Miami-Vice-Typen machten, waren ihm ein Gräuel. Er zog sein Handy heraus und ließ sich in Kempten im Polizeipräsidium durchstellen. Kühl und routiniert gab er Befehle und erklärte präzise, wo der Anwander Hof zu finden sei.

Der Jeep holperte zurück zum Hof, wo Zenta geblümte Keramikteller mit feinen Haarrissen langer Gebrauchsjahre auf den Tisch gestellt hatte. »Ihr müsst eabas essen! Essen hilft.«

Während des Essens sprach keiner ein Wort. Jo stocherte in Zentas Krautwickeln und hing ihren Gedanken nach. Woher war Rümmele gekommen? Ohne Schuhe, ohne Fahrzeug?

Plötzlich wurde die Stille durchbrochen von einem Röhren wie am Nürburgring. Der Anwander erhob sich bedächtig, ging zum Fenster und seufzte: »Auweh.«

Auch Jo ging zum Fester. Sie sah einen schicken silbernen BMW 520i. Er war tiefer gelegt, mit Breitreifen und mit einer Lackierung versehen, die so viel metallischer war, als es je eine von der Stange hätte sein können. Der BMW hatte sich in der leicht ansteigenden Auffahrt des Skilifts festgefahren. Der Fahrer gab hektisch Gas, Schnee und Kiesel sprühten durch die Luft. Dann bekam der Wagen Bodenhaftung, machte einen Satz nach vorne, trudelte und rutschte. Schließlich glitt er ganz sachte seitwärts und wie in Zeitlupe in eine gewaltige Schneewächte.

»Auweh!«, sagte der Anwander noch mal.

Jo beobachtete, wie sich zwei Männer aus der Beifahrertür schälten. Der eine trat wutentbrannt gegen den Reifen, der andere klopfte an seinen Hosen herum.

Aber was hieß da Hosen? Beinkleider aus feinstem Wildleder, zarte Lederschühchen, ein Kaschmir-Rolli und eine Sonnenbrille, die jeden Sizilianer hätte alt aussehen lassen. Ein Beau, alle Wetter!

Gerhard und Jo traten vor die Tür.

»Volker Reiber, Kriminalhauptkommissar, Kempten«, grüßte der Lederbehoste in Jos Richtung und rollte das typische Augsburger R mindestens so schön wie seine Namensvetterin Carolin. »Herr Weinzirl«, er nickte Gerhard militärisch zu.

Gerhard atmete tief durch: Der Reiber – ausgerechnet! Erst kürzlich war er aus Augsburg nach Kempten versetzt worden. Hochgelobt vom einfachen Kommissar in die höheren Sphären echter Kriminalistik. Er hatte von Anfang an bei den Kollegen auf der Wahrung des unpersönlichen »Sie« beharrt. Er ging nie mal schnell mit auf ein Bier. Er trank nämlich keins, nur Kräutertee!

Kein Wunder, befand Gerhard. Wer mit dem Augsburger Hasenbräu aufgewachsen ist, kann schon zum Abstinenzler werden. Daneben galt Augsburg immerhin auch als die Wiege des »Zwetschgendatschi«, daher der Name »Datschiburger«. Gerhard hasste Zwetschgen. Er hatte eine Zeitlang im Raum Augsburg gearbeitet und war mit der Stadt nie warm geworden – zu akkurat, zu sauber waren die gepflegten Gärten und Wege.

»Obiburg« nannte Gerhard die Schwabenmetropole deshalb auch. Keine Stadt hatte so viele Obis, Praktiker, Globus und Co. proportional zur Bevölkerung. Diese Heimwerkerkönige bunkerten allsamstäglich in Mammut-Märkten alles Erdenkliche für ihr properes Reihenhäusle und ihren geschleckten Vorgarten – als gäbe es nie mehr Nägel, Bohrmaschinen, Blättersauger und Gartenzwerge zu kaufen! Ein Horror für Gerhard, der eher ein Vertreter des kreativen Chaos war. Und was Gärten betraf, Gerhards nicht vorhandener grüner Daumen trieb sogar fehlerverzeihende Pflanzen wie eine Yucca in ewige Dörrnis.

Augsburg war für ihn genau wie Volker Reiber ein Symbol des Spießertums. Augsburg und Volker Reiber hatten von Anfang an keine Chance bei Gerhard bekommen.

Auch bei allen anderen Kollegen hatte der Augsburger Kriminalhauptkommissar sich schnell alle Sympathien verscherzt. Als er zum ersten Mal nach einer Lagebesprechung am allgemeinen Geplänkel teilnehmen wollte, hatte er ein Bonmot ganz tief aus der Mottenkiste gezogen, demzufolge man im Allgäu ist, »wenn d' Kia scheener als d' Fehla sind«. Das darf ein Allgäuer sagen, aber niemand aus Datschiburg! Als er dann noch mit einem jovialen »wir Schwaben müssen doch zusammenhalten« bei den Kollegen auf Verbrüderung machte, hatte Reiber die Fettnapfskala endgültig ausgereizt.

Es gibt nun mal keine schlimmere Schmach für die Urallgäuer, als irgendwo im Ausland, das bereits am Ammersee oder in München anfängt, als »Schwaben« angesprochen zu werden. Ein Allgäuer ist ein Allgäuer ist ein Allgäuer! Kein Bayer und schon gar kein Schwabe! Das Unterland wie Kaufbeuren und Memmingen ignoriert der echte Bergallgäuer aus Oberstaufen, Balderschwang oder Füssen ebenso geflissentlich. Gerhard kam aus Eckarts bei Immenstadt, und das war nun wirklich ein perfekter Abstammungsnachweis!

2. Gerhard Weinzirl nickte Volker Reiber säuerlich zu. »Das ist Johanna Kennerknecht, sie hat die Leiche entdeckt.«

Reiber checkte Jo – besser gesagt, er schien ihre Erscheinung regelrecht zu screenen: ihre mistverdreckten Bergstiefel, die Jeans mit Knieloch, aus dem eine froschgrüne Strumpfhose spitzte, den Fleecepulli Größe Super-Oversized, der übersät war von Pferdehaaren.

Volker Reibers gezischtes »Angenehm« bedeutete wohl das Gegenteil, und er schien nun schnellstens zum Tatort zu wollen. Sein Kollege, wohl der Mann von der Spurensicherung, schaute verzweifelt auf den Wagen, der halb im Schnee steckte. Dann stakste er wie ein Storch zum Heck des Autos, wühlte im Schnee und stemmte die Klappe des Kofferraums hoch, der sich augenblicklich mit Schnee füllte.

Jo senkte den Blick, um nicht zu grinsen. Gerhard Weinzirl sagte: »Ich würde Ihnen vorschlagen, den Jeep von Herrn Anwander zu nehmen, denn Ihrer ...« Er brach mit einer Handbewegung in Richtung des BMW ab.

Sie holperten los, dank der Nicht-Federung des Anwanderschen Wagens touchierte der groß gewachsene Kripo-Dressman im Minutenrhythmus die Querstrebe des zerschlissenen Lederdachs. Kleine Schläge auf den Hinterkopf fördern das Denkvermögen, dachte Jo, rief sich aber sofort zur Räson, immerhin ging es um einen Toten, sogar um einen höchst brisanten Toten: HJ Rümmele. Er selbst hatte sich HJ rufen lassen!

Ihr lief ein Schauer über den Rücken. Der großspurige Bau-Großkotz, der das Allgäu wie eine Spinne mit einem Netz von schwäbischen Zweitwohnungen überzogen hatte. Natürlich durfte sie das nur inoffiziell denken. Taktik war in ihrem Beruf oberstes Gebot – aber nicht gerade Jos Stärke!

Die Firma Rümmele-Bau hatte aber auch bei vielen anderen Bauvorhaben die Finger im Spiel gehabt, ob bei Reihenhauskomplexen oder bei Großprojekten. Rümmeles liebstes Kind war das Event Castle in Bühl am Alpsee. Seit Wochen war er in der Diskussion um diesen Freizeit-Fun-Park der größte Befürworter gewesen.

Am Fundort angekommen, hielt Jo sich am Rande und sah dem geschäftigen Treiben leicht abwesend zu. Die Stelle wurde vermessen und abgesteckt; der Arzt, den irgendjemand per Handy gerufen hatte, redete auf Volker Reiber ein, und Gerhard sah immer noch aus wie vor einer Zahnbehandlung.

Offenbar war es schwierig, irgendwelche Spuren zu sichern, denn seit gestern waren gut vierzig Zentimeter Neuschnee vom Himmel gerieselt. Von einem Auto oder einem sonstigen Fahrzeug gab es keine Abdrücke. Auch Schuhe, vielleicht feste Bergstiefel, passend zur Outdoor-Hose, waren nicht zu entdecken.

Volker Reiber kam auf seinen Lederslippern auf Jo zugeschlittert – auch ihm hätten Bergstiefel nicht geschadet. »Wann, sagen Sie, haben Sie ihn gefunden?«

Jo gab sich Mühe, exakt zu sein. »Es muss gegen elf gewesen sein, als Falco ...«

»Von einem Falco weiß ich nichts«, blaffte Reiber sie an.

»Falco ist ein Fjordwallach ...«

»Ein was?«, unterbrach sie Reiber.

»Ein Pony aus Norwegen, ein Fjordpferd eben, und der hat an dieser Jacke gezogen.« Sie deutete auf den Anorak, der auf einer Plane mit einer Nummer versehen dalag. »Die Jacke fiel dadurch zu Boden, mit ihr der Schnee vom Baum, und das gab den Blick auf Herrn Rümmele frei. Sonst hätte ich ihn nie gesehen.«

Volker Reiber stöhnte: »Ein Pferd hat die Spuren vernichtet.« Er sprach »Pferd« aus wie den Namen einer hoch ansteckenden Krankheit.

Reiber rutschte von dannen, die Hose vom Schneestapfen wie ein Autowischleder um die Beine geklatscht, brüllte weiter Befehle und rief schließlich zum Abmarsch.

Zum zweiten Mal suchte der Jeep seine Spur holpernd durch den Schnee, Reiber saß diesmal vorne. »Können wir Ihre gute Stube zur Befragung verwenden?«, versuchte er es jetzt auf die freundliche Art.

Der Anwander meinte nur: »Ja mei ...«

Als sie über den Hof gingen, zog es Volker Reiber die Füße weg, und der Bauer bekam ihn gerade noch am Ärmel zu fassen. Ein »Danke« kam dem Augsburger Kommissar jedoch nicht über die Lippen. Die Karawane bezog die Küche, wo Zenta an der Spüle stand.

Volker Reiber wies alle an, Platz zu nehmen. »Wie spät ist es also beim Eintreffen von Frau Kennerknecht und dem Tier auf dem Hof gewesen?«, fragte er den Anwander und sprach dabei jedes Wort so betont aus, als würde er mit einem Taubstummen reden, der von den Lippen lesen muss.

»Grad elfe durch. I schaufel immer um elfe, und weit war i noit«, brummte der Anwander.

»Er schaufelt immer um elf Schnee und hatte gerade erst begonnen«, übersetzte Gerhard.

»Das ist doch keine Angabe«, entgegnete Reiber ungehalten.

Da kam es unerwartet von Zenta: »Isch es allat scho. I hab au grad zum Kocha agfanga, und i war au noit weit.«

»Hier läuft vieles in geregelten Bahnen«, mischte sich Jo ein, »danach können Sie die Turmuhr stellen.«

Volker Reiber bedachte sie mit einem langen Blick und fragte zuckersüß: »Und Sie, Frau Kennerknecht, reiten auch just immer um elf Uhr vorbei und waren auch ›noit weit‹?«

»Leider nein, ich hatte heute frei und habe den schönen Tag genutzt.« Jos Stimme war ein Eishauch.

Volker Reiber setzte ein Lächeln auf. »Am Montag haben Sie frei? Soso, haben Sie denn sogar einen eigenen Salon?«

Es herrschte ein kurzes Schweigen, dann platzte Gerhard mit einer Lachsalve heraus, die er nur durch hektisches Schlucken wieder unter Kontrolle brachte.

Jo sah verwundert zu ihm hinüber, dann begriff sie. Ein Salon? Der Lederstrumpf hielt sie für eine Friseuse! Sie fasste sich. »Ich glaube, wir wurden uns noch nicht richtig vorgestellt: Doktor Johanna Kennerknecht, Doktorin der Soziologie, geschäftsführende Direktorin des lokalen Tourismusverbands.« Sie konnte es sich nicht verkneifen hinzuzufügen: »Meine freien Tage gebe ich mir selbst, und da ich gestern, am Sonntag, noch spät auf einem Meeting war, war ich so frei …«

Im Raum hing die Stille schwer wie ein nasses Handtuch. Jo horchte ihren Worten nach: Frau Doktor Johanna Kennerknecht, Tourismusdirektorin. Klang großspurig. Der verhasste

Name Johanna war eine Erbschaft von Großmama Johanna Maria Kunigunde. Es hätte also viel schlimmer kommen können: Kunigunde Kennerknecht!

Der Doktor entstammte einer bahnbrechenden Dissertation in Soziologie an der Ludwig-Maximilians-Universität München über »Die Soziologie des Berufssurfers – eine Standortbestimmung«. Das buchte Jo nun eher unter Jugendsünde ab, inklusive der intensiven und intimen Recherchen am Gardasee an gleich zwei blondlockigen Berufssurfern. Die Note für das Werk war im »Na ja«-Bereich anzusiedeln, aber im Rigorosum war es Jo gelungen, den Professor durch Gegenfragen und Charme aus dem Konzept zu bringen. Sie hatte mit Halbwissen brilliert und war damit durchgekommen. Sie war – und das zog sich durch ihr gesamtes Leben – eine Meisterin im Dilettieren. Jo traute sich oft Dinge zu, von denen sie eigentlich besser die Finger gelassen hätte. Der wortgewaltig errungene Doktortitel gehörte dazu. Für die Stellensuche allerdings war der Titel von Vorteil gewesen. Sie hatte unter fünfzig Bewerbern und Bewerberinnen den Zuschlag als Geschäftsführerin des neu gegründeten Fremdenverkehrsverbands »Immenstädter Oberland« bekommen.

Zenta durchbrach das Schweigen. »Des isch ja kähl. Do hend Sie gar kuin richtiger Doktor, bloß so an Soz-Dingsda. Aber eigentlich isch des ja drohlet wie bohlet. Gstudiert sind dir!«

Jo lächelte Zenta freundlich an. Recht hatte sie, das war wirklich gehüpft wie gesprungen. Ihr war der Doktor sowieso nicht wichtig. Gerhard unterdrückte immer noch einen Lachanfall, Markus Holzapfel war mit bebenden Schultern zu Zenta an den Spülstein getreten und verkniff sich jeden Blick auf Volker Reiber.

Reiber selbst schluckte. »Aha, also Frau Doktor. Dann sind Sie ja so etwas wie eine lokale – äh – Instanz und kennen wohl auch den Toten?«

Jo straffte die Schultern. »Sie werden kaum jemanden finden, der ihn nicht kennt. Hans Joachim Rümmele ist …«, sie unterbrach sich, »Herr Rümmele war ein bekannter Bauunternehmer. Er war in diversen Ausschüssen und im Gemeinderat tätig.«

»Verheiratet?«, wollte Reiber wissen.

»Ja, mit Frau Denise Rümmele.«

»Wohnhaft? Nun lassen Sie sich doch nicht jede Information aus der Nase ziehen, Frau Doktor.« Reibers Ton war unangenehm.

Jo schluckte, und Gerhard antwortete an ihrer Stelle sehr kühl: »Die Rümmeles wohnen in Oberdorf am Niedersonthofner See, ich kenne die Adresse.«

Volker Reiber wies Gerhard an, ihn zu Frau Rümmele zu chauffieren. Zu Jo gewandt raunzte er: »Und Sie halten sich zur Verfügung!«

»Auweh.« Der Anwander durchbrach das Schweigen, denn sie alle schauten starr zur Tür, nachdem Volker Reiber und Gerhard verschwunden waren. Nur noch der Duft von »Obsession« hing in der Luft. Gerhards Kollege Markus, dessen niederer Dienstgrad für Volker Reiber wohl eine Beleidigung war und der einfach zurückgelassen worden war, sinnierte:

»Die erste Einschätzung des Arztes zur Todeszeit lautete fünf Uhr abends bis etwa acht Uhr abends. Aber so im Schnee, bei der Kälte …? Das kann auch später gewesen sein.« Er sah Jo eindringlich an.

»Du glaubst doch nicht, dass ich jemanden umbringe!« Jo war erschüttert.

»Ich glaube gar nix, aber für den schlauen Kollegen aus Augsburg ist offensichtlich, dass du nicht zu Rümmeles Bewunderern gehörst! Und außerdem wird Frau Rümmele dem Reiber die Szene am Sonntag im Gasthof Krone in Stein bestimmt in allen Farben schildern, vor allem den Auftritt von Peter Rascher. Du warst da, ich war da, das halbe Allgäu war da, und wir alle wissen, was passiert ist, als Rümmele ging.«

3. Jo hätte gern Markus' Fähigkeit zur Lakonik besessen. Ihr krampfte sich immer noch der Magen zusammen, wenn sie an gestern dachte. Rümmele war aus dem Saal im Gasthof Krone in Stein gerauscht. Mit ihm waren seine Gefolgsleute hinausgepoltert, bestehend aus seinem PR-Referenten und einem amerikanischen Planer, den Rümmele nur den »Visionär« nannte. Mit von der Partie war eine Assistentin im Paris Hilton Look gewesen, Rümmeles Gattin Denise und einige Allgäuer Hoteliers. Und hinter diesem Tross war Peter Rascher hergelaufen. Er war nach vorne gestürmt, hatte Rümmele in der Tür erregt herumgerissen und gebrüllt: »Wenn du das tust, Rümmele, dann wirst du deines Lebens nicht mehr froh, und dein Disney-Abklatsch, der fliegt in die Luft!«

Die Sitzung war eindeutig eskaliert, und das schon in einem so frühen Stadium der Planung. Eigentlich hatte man bei einem Weißwurst-Frühstück gegen halb zwölf Uhr ganz entspannt einer ersten Präsentation des Event Castle lauschen und dann in einer Podiumsdiskussion das Für und Wider abwägen wollen. Bis alle ihre Plätze eingenommen und ein wenig geplaudert hatten, war es ein Uhr geworden. Friedlich bis dahin, die Ruhe vor dem Sturm.

Das Castle war Rümmeles Baby – ein abstruser Plan, fand Jo, aber gerade deshalb so gefährlich. Jo moderierte, kam kaum über die einleitenden Worte hinaus, weil HJ seinen amerikanischen »Visionär« ins Spiel brachte. Dieser begann auszuführen: »Hello Allgäu« – er sprach das aus wie »Olgei« – »Spielberg wird bald staunen. Das Olgei Event Castle katapultiert euch in die Zukunft.« Er tippte sich an den Cowboyhut, und Rümmele klatschte frenetisch.

Nun kam Paris zum Zug. Sie lächelte wie eine Verkäuferin im Shopping-TV, schob den gepiercten Bauchnabel ins Publikum und zappte eine todschicke Videopräsentation zusammen, die der Pressesprecher der Rümmele-Bau erläuterte. Das Event Castle sollte ein Erlebnisschloss direkt am Alpsee werden, eine Pazifik-Badelandschaft, eine bunte Welt der Düsen und Speedkanäle. Dazu Play Stations und Hightech-Spiele, virtuelle Wanderungen, Höhlenbegehungen, Mountainbiketouren. Alles sauber, antiseptisch, klimatisiert, kunstlichtbeleuchtet.

An den Hang unterhalb von Zaumberg wollte Rümmele zudem ein »Step o' Mountain« bauen. Paris war jetzt dazu übergegangen, ihre Präsentation mit ausholenden Handbewegungen zu untermalen, was ihr knappes Top unanständig weit hoch rutschen ließ. Dazu schwadronierte nun der Visionär weiter: »Frisch zu Berge mit der technologisierten Stahlbetontreppe mit ungefähr siebentausend Stufen. That's it, Olgei! Die Unterkonstruktion wird, gestützt durch filigrane Stahlprofile, dem Geländeverlauf folgend aufgebaut. Trainer begleiten selbst ungeübte Mountain-Stepper – der Berg 3000 gehört dem Convenience-Kletterer!«

Convenience-Kletterer, Jo würgte an diesem Begriff.

Das alles wollten Rümmele und sein Visionär in das Umfeld eines künstlichen Schlosses verpflanzen, dem King Lui vorstehen sollte. King Lui würde Paraden abnehmen und Gäste begrüßen.

»Lui ist in Adaption des Märchenkönigs eine positiv konnotierte Person, die in royaler Ambiance die Historie involviert und so Empathie hervorbringt«, fiel nun gerade Rümmeles Pressesprecher wieder ein.

Einigen der Hoteliers stand der Mund offen. Jo wusste, dass sie kein Wort verstanden hatten, aber beeindruckt waren. Wie sie das hasste! Die Blender, die profilneurotischen PR-Strategen, hatten noch immer ein leichtes Spiel. Fremdwörter, Flip-Charts, technisches Blendwerk, blonde Staffage mit langen Beinen, und die Hoteliers lagen ihnen voller Ehrfurcht zu Füßen.

Sie sandte einen flehenden Blick zu Peter Rascher, dem Sprecher des Arbeitskreises Umwelt der lokalen Agenda-21-Gruppe, der mit ihr auf dem Podium saß. Sein Rauschebart wehte, als er aufsprang:

»Disney kann so was machen – wir nicht! Schaut euch doch um, wir haben einen echten See und echte Berge. Mit diesem Bau unterm Hotel Rothenfels verschandelt ihr den schönsten Ausblick auf den See, und dann noch diese Himmelstreppe! Was ist das für ein Himmel? Body-Kult für die Fit-for-Fun-Generation! Eitle Egoisten, die unterhalten werden wollen! Sollen die doch echte Berge besteigen, in unserem echten See baden. Bühl, ein uriger, kleiner Badeort, wird mit einem Großparkplatz zubetoniert. Das ist krank! Wir haben einzigartige Feucht-Biotope um den See, wir haben das Eckartser Moos. Das ist unsere Erlebniswelt, nicht die leere Hülle eines Schlosses, das nicht mal einen konzeptionellen Bezug zu seinem Innenleben hat.«

Aus einigen Ecken klopfte man zustimmend auf die Tische, und dann stand Rümmele auf.

»Peter Rascher«, er ließ den Namen im Raum verklingen, »unser ökologisches Gewissen. Ein Biologielehrer, der am Fellhorn die ersten Schneekanonen verhindern wollte, und heute hat jeder Skiort eine. Anders hätte der Wintersport gar nicht überlebt. Ist so jemand eine Instanz? Schaut ihn euch an, unseren Quoten-Öko. Nichts gegen eine Bio-Wanderung mit Schülern durchs Moos. Sollen sie was lernen, die lieben Kleinen, über Fröschlein und Orchideen. Aber unsere Gäste, die wollen Action, Events, Erlebnisgastronomie. Ihr redet doch immer von der Überalterung im Tourismus. Rascher, bleib in deiner Schule.«

Der Saal raste, die einen tobten vor Begeisterung, die anderen vor Wut. Jo schrie ins Mikro: »Ruhe verdammt, Ruhe alle!« Der Lärm flaute ab.

Jo versuchte ihr Bestes. »Nun benehmen wir uns doch wie erwachsene Menschen. Natürlich müssen wir darüber nachdenken, wie wir die Region auch für den jungen Gast attraktiv machen können, aber ich halte nichts von so einem Kunstprodukt. Die Städter wollen und brauchen echtes Naturerleben. Und wenn ich Ihnen, Herr Rümmele, auch zustimme, dass Zwölf- bis Fünfzehnjährige von Blumenwanderungen nichts halten, so gibt es immer noch andere Wege. Lasst sie beispielsweise eine Inline-Skater-Schnitzeljagd machen oder Indianercamps mit Trekkingreiten, das sind Erlebnisse, die sie zu Hause nicht haben. In der Schweiz sind Anbieter sehr erfolgreich mit Mulitrekking oder auch mit Lamatouren. Den Umgang mit Tieren, das brauchen diese Stadtkinder, und echte frische Luft. Play Stations haben die Kids in ihren muffigen Städten auch. Wir haben doch ein gutes Beispiel vor Augen. Das Bergbauern-Museum in Diepolz, das ist eine sinnvolle Einrichtung. Unaufgeregt, liebenswert, preiswert für Familien. Da lernen Kinder endlich mal, wie eine echte Kuh aussieht, und anfassen können sie die echten Tiere dann auch!«

Peter Rascher klatschte und einige andere.

Rümmele lächelte Jo überheblich an, fast so, als wollte er ihr wie einem unwissenden Kind gönnerhaft in die Wange kneifen. »Unsere Frau Doktor und ihr Bergbauern-Museum! Brav, brav, ich hab ja gar nichts gegen euren kleinen Zoo da oben. Ganz brav gemacht, und all die bunten Kühe, die bemalten und die echten gleich nebenan. Und natürlich der gute Herr Gemeinderat – Gott hab ihn selig –, wie der da für sein kleines Projekt gearbeitet hat, ganz brav. So was stößt bei unserer Frau Doktor natürlich auf offene Ohren, gell! Selbst immer draußen bei Wind und Wetter – umgeben von stark riechendem Viechzeug. Brav, Frau Doktor, aber das ist nicht jedermanns Sache.«

Rümmele hatte wie stets die wunde Stelle getroffen und bohrte genüsslich darin herum. Tiere waren schon immer Jos Schwäche gewesen. Sie liebte sie nun mal leidenschaftlich. Sie adoptierte unentwegt verstoßene oder gequälte Kreaturen. So war das schon immer gewesen. Laut Kennerknechtscher Familiensaga hatte sie an die hundert Meerschweinchen gehabt und ständig Vögel mit geschienten Flügeln. Was Tiere betraf, war Jo überempfindlich. Und dann war auch noch die Sache mit HJ Rümmele auf der Gartenparty passiert. Jo musste leider ab und zu für honorige Bürger ganz private, ganz zwanglose Feste geben, auch für Rümmele. HJ hatte mit Kuchenteller dagesessen, hatte über seine Heldentaten schwadroniert, als Jos Kater Herr Moebius auf den Tisch gesprungen war und die Nase in die Sahne versenkt hatte. Alle hatten gelacht, aber Rümmele hatte den Kater am Nackenpelz gepackt und ihn gegen einen Baum geschleudert. Der kleine Moebius hatte in einem Ton geschrien, den Jo nie vergessen würde.

Ein Bein hatte merkwürdig verquer am Kater gehangen, als er versucht hatte, sich panisch ins Haus zu retten. Jo hatte ihn erwischt. Er hatte sich ein Bein gebrochen, das war reparabel gewesen. Viel schlimmer war, dass dieser kleine Kater, der auf jeden Menschen hoch erhobenen Schwanzes schnurrend zugeschossen war, sehr lange brauchte, um wieder Vertrauen zu fremden Menschen zu fassen.

Bei Rümmeles Worten spürte Jo die Ohnmacht, die sie damals empfunden hatte, wieder ganz akut. Sie war sehr empfindlich, wenn sie ihren Gerechtigkeitssinn verletzt sah, und Rümmele agierte immer unter der Gürtellinie. Ein ohnmächtiger Schmerz machte sich breit, einer, der im Magen beginnt, die Kehle zuschnürt und die Augen überschwemmt. Sie kämpfte mit den Tränen.

Peter Rascher merkte wohl, dass Jo nah am Wasser gebaut hatte. Er sprang in die Bresche und argumentierte weiter mit flammenden Worten: »Frau Kennerknecht hat völlig Recht. Wir müssen uns hier doch auf etwas besinnen, das wir wirklich können. Etwas, das zu unserer Gegend passt. Das Bergbauern-Museum ist das Genialste, das wir seit langem erdacht haben. Das ist sanfter Tourismus, aber einer mit Realitätsbezug! Wir wissen doch alle, dass die Abwanderung in bäuerlichen Gemeinden immens ist. Im Ort bleiben alte Leute und Mütter mit ganz kleinen Kindern. Der Rest pendelt zum Arbeiten in die Städte. Wenn aber alle unsere Bauern die Landwirtschaft aufgeben, dann sieht es düster aus für den Kulturraum Voralpenland. Wir brauchen die Bauern auch dann noch dringend als Landschaftspfleger, wenn sie längst nicht mehr gewinnbringend wirtschaften können.«

»Ach kommen Sie, Rascher, hören Sie mir doch auf mit Ihrem Bauernschmus. Das ist doch Romantisiererei einer längst untergegangenen Welt.« Rümmeles Ton war arrogant.

Peter Rascher haute so heftig auf den Tisch, dass sein Weißbierglas hüpfte. »Wir alle werden untergehen, wenn diese Welt wirklich stirbt. Sie auch, Herr Rümmele. Wenn unsere Bauern heute die Wiesen nicht mehr mähen, dann können wir der Erosion zusehen. Was würden Sie sagen, wenn die erste Mure Ihren privaten Palazzo Protzo wegfegt und Ihr Event Castle gleich dazu?«

Lacher brandeten auf. Rümmele lief knallrot an.

Jetzt war Peter Rascher in Fahrt. »Das Bauernmuseum in Diepolz zeigt diese Zusammenhänge auf, und nebenan befindet sich der erste Nutznießer. Die Sennerei kann gewinnbringend wirtschaften. Haben Sie den Käse mal probiert, Herr Rümmele? So etwas ist ein Geschenk des Himmels. Das ist ein Tourismus, der alle zusammenschweißt. Ihr Event-Schuppen hingegen ist eine dämliche Plastikwelt, ersonnen von Plastilin-Gehirnen.«

Der Saal kochte, alle schrien durcheinander, bis Rümmele hochschoss und einen dramatischen Abgang inszenierte. »Hört nur weiter auf eure sauberen Ökos. Wir bieten euch Arbeitsplätze, Aufträge für die Zulieferindustrie.« Er machte eine Kunstpause. »Ich kann das Event Castle auch am Tegernsee oder in Ischgl bauen, die sind da nicht so fortschrittsfeindlich wie hier in diesem hinterwäldlerischen, langweiligen Allgäu.«

Alarmglocken! »Arbeitsplätze« und »Fortschritt« – das waren die Marionettenfäden, an denen ganze Gemeinderäte zappelten.

Und dann gab ihnen Rümmele gleichsam den Todesstoß. »Da soll sich euer Rascher nur für irgendeinen zweifach getüpfelten Dickbauchfrosch einsetzen, für seine putzigen Allgäuer Kühe und eine Minderheit minderbemittelter Bauern. Ich gehe!« Sprach's und rauschte aus dem Raum mit seinem

Fanclub, gefolgt von Rascher und dessen hastig ausgestoßenen Drohungen.

Jo kehrte aus ihrer Erinnerung zurück. Sie schaute Markus an, der noch immer an einem von Zentas wackligen Küchenstühlen lehnte. Er hatte schon Recht. Frau Rümmele würde Peter Rascher mit Sicherheit zum Mörder hochstilisieren. Jo wusste, dass Markus mit seiner zeitlichen Einschätzung richtig lag. Peter Rascher und einige andere – sie selbst ja auch – waren bis etwa sieben Uhr sitzen geblieben und dann frustriert aufgebrochen. Jo sagte gequält zu Markus: »Aber der Peter Rascher würde nie jemanden umbringen.«

Nichts war mehr übrig von der Euphorie des Morgens. Jo erhob sich. Sie drückte dem Anwander und Zenta die Hand.

»Der Heiter isch im Stall, dem hob i eabas zum Fressen gegeben«, sagte der Anwander. Falco! Den hätte Jo fast vergessen.

Als sie den Stall betrat, gab Falco ein leises Wiehern von sich und senkte die Nase sofort wieder ins Heu. Ihm schien es hier zu gefallen, der Anwander hatte zwei rabenschwarze Shetlandponys, die Falco Gesellschaft leisteten, und Falco liebte neue Gefährten – besonders solche, die kleiner waren als er.

Mechanisch legte Jo den Sattel auf und zurrte ihn erst gar nicht richtig fest. Sie ging zu Fuß neben ihrem Pferd her, bis zum Stall, der in der Ortsmitte von Gunzesried lag. Auf Falco warteten seine Stallkollegen. Fenja zwickte ihn sofort in den Hals und machte klar, wer die Chefin am Heuhaufen war. Falco trollte sich zu Ginger, einer zweijährigen Haflingerstute. Die biss er herzhaft in den feist gerundeten Hintern. Alles war wie immer bei den Vierbeinern. Ihr habt ein Leben, dachte Jo, als sie ihren Pferdestall verließ. Auf sie wartete niemand.

4. Nachdem Gerhard mit Volker Reiber den Anwanderschen Hof verlassen hatte, fuhren sie schweigend durch Gunzesried und Blaichach. Es war immer noch ein Bilderbuchtag. Das Licht des Spätwinters tauchte die Landschaft jetzt am Nachmittag in klare, fast skandinavische Farben. Der Himmel begann von Orange in einen Rosé-Ton zu changieren. An vielen Häusern zierten Eiszapfen die Dachrinnen, Eisstalaktiten, die langsam dem Frühjahr entgegenschmolzen. In Stein zog sich die Sonne gerade vom Rodelhang zurück, und die Kids mit ihren Holzschlitten oder Plastikwannen trollten sich allmählich nach Hause. Es wurde rasch kalt, als die wärmende Sonne versunken war. Eine Horde Schneeball werfender Gören tobte gerade über die Straße – und klatsch: Ein Schneeball landete auf Gerhards Scheibe.

»Verrohte Bagage«, ließ Volker Reiber sich vernehmen.

Gerhard betätigte lediglich den Scheibenwischer und fuhr durch Eckarts mit der markanten Kirche oben auf dem Dorfhügel, schnitt die Kurven hinauf nach Dietzen und bog rechts ab nach Oberdorf. Das Auto rumpelte über eine tiefe Abflussrinne, und Reiber verzog schon wieder das Gesicht. »Und so was soll eine Straße sein.«

Gerhard hielt vor dem Anwesen der Rümmeles in Oberdorf. Eine weiße Villa, die ins Allgäu passte wie eine Moschee aufs Nebelhorn, und ein Meisterstück des Stilbruchs dazu: Klotzige, alpenbarocke Balkone trutzten neben ligurischem

Schmiedeeisen. Reiber betätigte einen schweren Türklopfer, der zu einer Ritterburg gepasst hätte.

Eine Hausangestellte öffnete, begrüßte die Herren mit schwerem schwäbischem Zungenschlag und führte Gerhard und Volker Reiber ins Innere. Die Eingangstür war so in den Berg gebohrt, dass sie in einen Gang führte, der das Anwesen unterhöhlte, dann in eine gewaltige, mit Fackeln beleuchtete Marmortreppe überging und die Besucher erst wieder oben in der riesigen Halle entließ. Dort grüßte eine Ritterrüstung zu einer Le-Corbusier-Liege hinüber, vor der ein Muranoglastisch stand. Nur vom Feinsten. Allein am Geschmack mangelte es. Eine Neureichen-Burg der übelsten Sorte, dachte Gerhard.

Und dann sahen sie Denise Rümmele hereinschweben. Blond gefärbt, das Haar toupiert und von einem glitzernden Band gehalten. Jeder womöglich menschliche Gesichtszug war übertüncht, das Bleu der schweren Augenlider passte zum Kostümchen in ebensolchem Himmelblau. Ihre Figur war zweifellos sehr ansprechend, wenn auch das Alter der Dame dank der Bemalung völlig im Nebulösen lag. Sie konnte fünfunddreißig oder fünfundfünfzig sein, dachte Gerhard.

»Sie wünschen?«, fragte sie Volker Reiber.

»Gnädige Frau.« Reiber deutete einen Handkuss an und hatte erst einmal gewonnen. Mehr sagte er allerdings nicht.

Frau Rümmele blickte von einem zum anderen. »So, dann kommen Sie halt rein und setzen sich.«

Reiber sah Gerhard zurechtweisend an. Natürlich, die Drecksarbeit blieb an ihm hängen. »Frau Rümmele, wir müssen Ihnen leider mitteilen, dass Ihr Gatte tot ist. Wahrscheinlich wurde er ermordet.« Er sprach sehr akzentuiert und wunderte sich über seine Wortwahl. Gatte!

Der Hausangestellten entfuhr ein »Heiligs Blechle«, und

Denise Rümmele stieß spitze Schreie aus, was zwei Yorkshire-Terrier auf den Plan rief, die mit hochfrequentem Quieken in Frauchens Lamento einfielen. Die Angestellte stürzte sich auf die Tiere, und es gab eine Art Handgemenge. Als sich das Chaos gelegt hatte, war Frau Rümmele gefasst, und es war Gerhard unmöglich, jetzt noch festzustellen, was sie angesichts des Ablebens ihres Mannes empfinden mochte.

Denise Rümmele wies Gerhard und Reiber einen Platz auf der Designerliege zu und drapierte sich selbst auf einen Biedermeierhocker. Sie massierte sich theatralisch die Schläfen. »Was sagen Sie? Ermordet?«

Gerhard gab ihr einen knappen Abriss der Vorkommnisse, währenddessen massierte sie weiter ihre Schläfen.

»Gnädige Frau«, hob Reiber nun an, »können Sie sich vorstellen, was Ihr Mann gestern Abend im Gunzesrieder Tal gemacht hat?«

Kopfschütteln. So ging das Frage-und-Antwort-Spiel eine Weile. Ihr Mann sei am Sonntag in der Früh mit seinem Wagen weggefahren; beim Event-Castle-Meeting habe man sich getroffen und danach wieder getrennt. Nein, zum Fundort könne sie nichts sagen und auch nicht zum Verlust der Schuhe.

Schließlich fragte Volker Reiber: »Hatte Ihr Gatte Feinde?«

Denise Rümmele schoss vom Hocker hoch. »Feinde? Hunderte! Das sind doch Barbaren hier!« Sie begleitete das Ganze mit einer weit ausholenden Handbewegung. »Ich lebe hier in einem Exil, einer Verbannung. Nichts als Bauerndeppen. Nur meinem Mann zuliebe, der sich ja unbedingt hier ansiedeln musste. Als hätte es nicht gereicht, eine Bürofiliale hier aufzubauen, verdammt noch mal?«

Gerhard hielt den Blick konsequent auf den von irisierenden

Mustern durchzogenen Fliesenboden gerichtet. Wenn diese Frau bloß nicht diesen Dialekt sprechen würde! Sie bemühte sich zwar ums Hochdeutsche, konnte aber ihr breites proletarisches Stuttgarterisch kaum verleugnen. Ihm wurde übel – zumal er schon wieder Hunger hatte.

Frau Rümmele war nicht mehr zu bremsen. »Verbannung, sage ich. Sie kriegen hier nicht mal Weckle!«

Gerhards Kopf zuckte hoch. Weckle! Semmeln heißt das, Semmeln! Zufällig wohnten seine Eltern in Eckarts, und da es dort keinen Lebensmittelladen oder Bäcker gab, kauften sie in Oberdorf bei der Bäckerei Speiser ein. Brot gab es hier zweifellos, bloß klangen die Anekdoten rund ums Brot, die seine Eltern erzählten, ganz anders!

»Morgens um sieben, da ist die Allgäuer Welt nämlich nicht etwa in Ordnung«, pflegte Gerhards Vater immer zu sagen. »Oder besser: In der Saison ist gar nichts in Ordnung. Da fällt da nämlich einer aus dem Schwabensilo ein« – eine treffliche Beschreibung für einen Zweitwohnungs-Apartment-Bau – »und kauft gleich fünfzig Semmeln. Für all die anderen Heuschrecken-Zweitwohnungs-Freunde aus dem Hanoi- und Adele-Land. Kommen wir Einheimischen gegen neun und wollen Semmeln kaufen, sind da nur noch leer gefressene Regale.«

»Musst halt auch früher aufstehen«, spottete Gerhard dann immer.

Frau Rümmele war schon weiter in ihrer Tirade. »Was glauben Sie! Meinen Sie, diese Barbaren hätten meinem Mann sein Engagement gedankt? Erst gestern haben diese dumpfen Bauernschädel wieder mal ihren IQ bewiesen. Sie verstehen unsere Visionen doch nicht.«

»Und was war gestern, gnädige Frau?«

»Na, es ging um das Event Castle, was sonst!« Sie schaute

Volker Reiber an, als müsste das ja nun wirklich jeder wissen, und dann brach aus ihr die ganze Geschichte heraus. »Und dieser grauenvolle Biologielehrer, dieser Rascher, der hat meinen Mann bedroht, tätlich angegriffen hat er ihn. Es war entsetzlich, gell!« Frau Rümmele verdrehte die Augen zur Decke, an der kleine Lichtpunkte in Blau und Gelb blitzten. »Grauenvoll! Barbarisch, gell!«, wiederholte sie. Sie redete jetzt nur noch mit Volker Reiber.

Gerhard beobachtete genau, wie er strahlte: Die üblichen Verdächtigen für Reiber. Denise Rümmele fuhr fort: »Und diese Kennerknecht ist doch auch nur ein williger Spielball in den Händen der Naturschützer! Meinen Sie, die hätte eingegriffen? Die stecken alle unter einer Decke, das sag ich Ihnen. Die haben meinen Mann gehasst.«

Gerhard kochte innerlich. Volker notierte eifrig. »Frau Doktor Kennerknecht mochte Ihren Mann also nicht besonders?«

»Doktor!« Denise Rümmele schnaubte. »Wofür die einen Doktor hat, wüsst ich gern. So ein niveauloses Frauenzimmer, in Stilfragen völlig in... inkom... inkompatibel! So jemand ist doch kein Aushängeschild, gell! Sagen Sie doch selbst: Würden Sie dort Urlaub machen, wo die Tourismusvertreterin nach Stall stinkt? Ich bitte Sie, des geht doch nicht.«

»Frau Rümmele, wäre es denkbar, dass Frau Kennerknecht Ihren Mann ermordet hat? Wegen des Event Castle beispielsweise?«

Denise Rümmele überlegte, und eine unvorteilhafte Längsfalte grub sich in ihre spitze Nase. »Ha, eigentlich nicht, das trau ich der dann doch nicht zu. Aber dieser Rascher, das ist ein gewalttätiger Mensch.«

Um von Jo und Rascher abzulenken, mischte sich Gerhard

ein: »Frau Rümmele, gibt es denn noch andere Menschen, die Grund gehabt hätten, Ihren Mann zu ermorden?«

Sie sah Gerhard verächtlich an. »Sehen Sie sich doch mal in der Lokalpresse um, diese Journalistenpest! Das sind doch auch nur Schmierfinken, gell! Und dann ist da noch dieser Georg Obermaier, der uns den Prozess angehängt hat. Also, der ist ja auch …«

»Sie haben einen Prozess erwähnt?«, unterbrach Volker Reiber und flötete geradezu.

»Ja! Stellen Sie sich vor, da kauft mein Mann aus reiner Nächstenliebe der alten Frau Obermaier ihre baufällige Hütte ab. Jetzt hat sie eine schnuckelige, kleine Wohnung, gell! Und ihr nichtsnutziger Enkel verklagt meinen Mann, weil er sie angeblich übervorteilt hätte.«

Volker Reiber notierte noch immer fleißig. Frau Rümmele war entschwebt, um die Prozessakten zu suchen. Reiber wirkte zufrieden. »Na, da wird die Lösung des Falls ja nicht lange auf sich warten lassen. Das alles ist ja eklatant.«

Eklatant – ein schönes Wort dafür, dass Gerhards beste Freunde – und zu denen zählte er Jo und Georg Obermaier – in der Klemme saßen und Peter Rascher, sollte es nach Reiber gehen, sowieso schon mit einem Fuß im Knast stand. Gerhard hielt das alles nicht mehr aus, er fühlte sich gebeutelt und zermürbt und erhob sich wie ein uralter Mann. Das hatte aber auch ganz handfeste Gründe: Das Designerteil aus Chromstäben war ja unter Umständen schick, aber ein absoluter Bandscheiben-Killer. Außerdem war es in der Rümmelschen Empfangskathedrale kalt. Er fröstelte und schlenderte zum Fenster.

Die Aussicht war toll, und die letzten Sonnenstrahlen spielten auf einem amerikanischen Pick-up. Ein Chevrolet

GMC 1500 mit zweihundert PS und einer 6,5-Liter-Dieselmaschine, dazu Bullenfänger und Zusatzleuchten auf dem Dach. OA-HJ-666.

Gerhard drehte sich zu Denise Rümmele um, die gerade mit einem Ordner unter dem Arm halleneinwärts die Hüften schwang und zu einem »Sodele, da hab ich ...« anhob.

Er unterbrach sie: »Frau Rümmele, wenn Ihr Mann, wie Sie sagten, gestern in der Frühe mit dem Wagen aufgebrochen ist, wieso steht das bescheidene Fahrzeug Ihres Gatten dann vor der Tür?«

Volker Reiber fuhr herum, Denise Rümmele stieß wieder einen spitzen Schrei aus und ließ den Ordner fallen.

Sie stürzte zum Fenster und wurde zum ersten Mal wirklich blass unter der Schminke. »Das kann nicht sein, gestern, als es dunkel wurde, war er mit Sicherheit noch nicht da. Ich habe eigenhändig die Jalousien heruntergelassen, gell!« Sie sagte das vorwurfsvoll, als sei es eine Zumutung, dass sie selbst solch niedere Dienste hatte verrichten müssen.

Reiber hatte schon das Handy gezückt und blaffte wohl die Spurensicherung an, augenblicklich aufzutauchen. Dann schenkte er Frau Rümmele einen langen Blick, und Gerhard fand, dass diese Vorstellung bühnenreif war: Reiber hatte etwas von einem waidwunden Hirsch, alle Enttäuschung der Welt lag in seinen Augen.

»Frau Rümmele, das hätten Sie aber sagen müssen. Das sieht nicht gut aus, ts, ts, ts.« Vor allem diese »Ts« mit schnalzendem Zungenschlag waren überaus beachtlich. »Gnädige Frau, Sie wollen mich glauben machen, dass Sie den ganzen Tag nicht hinausgeschaut und Ihren Mann überhaupt nicht vermisst haben?«

Frau Rümmele brach zusammen. Um ihre Mundwinkel

zuckte es, was unschöne Linien in die sonnenbraune Maske grub. Stirnfalten zeigten verräterische Tiefe, und ihr hysterisches Schluchzen trug auch nicht gerade dazu bei, ihre Züge zu glätten. Doch eher an die fünfzig – dachte Gerhard bei sich.

»Ich weiß nicht, ich weiß nicht, ich weiß nicht!« Sie jammerte wie eine Platte, die penetrant in einer Rille hing, und dann bedachte sie Volker mit einem tiefen Blick, der um Mitleid bat: »Mein Mann und ich, wir führen eine offene Ehe, gell. Was soll man da machen, oder? Mein Mann wollte das so. Wir haben getrennte Schlafzimmer. Ich überprüfe doch nicht, ob mein Mann im Bett liegt. Schon lange nicht mehr überprüf ich so was.«

Volker schnalzte noch ein »Ts«, bevor er ein neues Register seiner Verunsicherungstaktik zog. »Na, nun beruhigen Sie sich, gnädige Frau, das wird sich doch alles klären lassen.«

Erst erschrecken, dann beruhigen. Wer fürchtet sich vorm schwarzen Mann, wer fürchtet sich vorm Lederhosen-Reiber – nicht schlecht gemacht, musste Gerhard zugeben. Dennoch hatte die Befragung nichts Erhellendes ergeben: Frau Rümmele war zu Hause gewesen, das hatte die Hausdame bestätigt. Frau Rümmele war nämlich zwischen sechzehn Uhr und zwanzig Uhr mit ihrem Schönheitsprogramm beschäftigt gewesen, und die Hausdame hatte ihr mehrmals Champagner in den Whirlpool angereicht. Deshalb hatte sie logischerweise auch nicht hinausgesehen. Das Auto war anscheinend vom Himmel gefallen – so zumindest die Hausdame und Frau Rümmele unisono.

5. Als Jo ihre Pferde verlassen und ihr winziges Hexenhaus erreicht hatte, waren die Allgäuer Alpen in ein sanftes Rosa getaucht. Nur wenige Minuten lang, dann wurde es dunkel. Sie zog einmal tief die frische Luft ein, ließ das Auto wie immer unversperrt schräg am Feldrain hängen und wandte sich dem Häuschen zu. So klein es auch war, es war auf der Wetterseite mit typischen Schindeln verkleidet, so wie all die traditionellen Bauernhöfe: westseitig geschindelt, im Osten und Süden der Wohntrakt – ein Tribut an das harte Klima.

Als sie das Häuschen einigen Freunden vorgeführt hatte, waren die Kommentare konträr gewesen: Von »süß« bis zum »letzten Arsch der Welt« hatte das Spektrum gereicht. Ein süßer Welten-Arsch – hier in Göhlenbühl, das außer aus ihrem Miniaturhaus nur noch aus zwei Bauernhöfen bestand. »Ganz allein, hier oben, vielleicht wenn man sehr verliebt ist …?«, hatte ihre Freundin Andrea gemeint. Aber die lebte auch in Berlin. Andrea kam schon München wie eine belächelnswerte Kleinstadt vor. Außerdem, was hieß da allein? Jo hatte zwei Katzen, zusätzliche Kostgänger von den umliegenden Bauernhöfen, sie hatte ein Karnickel und Telefon und E-Mail und neuerdings sogar einen Heißwasserboiler. Purer Luxus sozusagen, wenn man schnell duschte oder nur eine halbe Wanne einlaufen ließ – wegen des Fassungsvermögens des Boilers. Sie besaß eine alte Ölheizung, bei der man gewisse Abstriche bei der Wärmeverbreitung machen musste – aber erst bei Minusgraden unter zehn Grad, und so oft herrschten solche Kühlschranktemperaturen ja auch nicht im Allgäu. Bloß etwa das halbe Jahr lang, dann, wenn Winter war.

Etwas strich um ihre Beine, aha, Frau Mümmelmeier von Atzenhuber, vulgo »Mümmel«. Die Katze maunzte vorwurfsvoll: Kommst du auch endlich mal nach Hause? Jo hob Mümmel hoch, hängte sie sich über die Schulter und marschierte ins Haus. Mümmel stürzte sich sofort auf Jos alten Wirtshaustisch: ein Juwel vom Antiquitätenhändler und eigentlich viel zu teuer. Genau richtig für Mümmel zum Krallenschärfen, denn obgleich in und um Jos Haus eine ganze Armada von Kratzbäumen stand, bevorzugte Mümmel edlere Hölzer. Dabei kam sie vom Bauernhof. Sozusagen aus dem hinterletzten Mistloch. Ihr Name war deshalb etwas lang geraten, weil sich da diverse Paten beteiligt hatten. Jedenfalls hatte Jo das kleine verschnupfte und halb verhungerte Bauernhof-Elend aufgepäppelt.

»Eigentlich kann ich keine Katze brauchen«, hatte sie ihrer Nachbarin erzählt. Die hatte gegrinst: »Na, aber die dich!«

Nach einigen Tagen hatte sich dann ein Schwan aus dem hässlichen Entlein zu entfalten begonnen. Dichtes Langhaarkleid, ein adretter Renaissance-Pelzkragen um den Hals und eine absolut gleichmäßige Zeichnung traten hervor. Mümmel war eine Black-and-White-Beauty, was aber ihre Abstammung nicht wirklich besser machte. Aber das schien sie nicht zu vergrämen. Eine echte Diva war, ist und bleibt eine Diva, auch wenn das Leben mal ungnädig war!

Mümmel blickte zur Tür, wo ihr Sohn Herr Moebius sich erst mal herzhaft streckte. Er war zu einem stattlichen Kater herangewachsen, der rein optisch keinerlei Rückschlüsse auf das Erbgut des Vaters zuließ. Er hatte Mamas edles Langhaar geerbt, den Schwanz noch puschliger, die Zeichnung schwarzweiß.

»Fauler Sack, du hast wohl wieder den ganzen schönen Tag verschlafen.« Jo zog ihn am Puschelschwanz.

Moebi schaute Jo strafend an, gab ein quiekendes Geräusch von sich, sauste in den Flur und legte ihr als Gegenbeweis einen zerrupften Vogel auf die Füße.

Jo stöhnte: »Unseliger Kater!« und grummelte dann etwas von »Glück gehabt, dass Winter ist«. Im Sommer nämlich brachte Moebius gern Beute aus dem weiten Reich der Reptilien vorbei: Frösche, Kröten, Schlangen oder Eidechsen. Jo lenkte Moebi mit Katzen-Leckerlis ab, fasste den Vogel mit einem Stück Zeitung und warf ihn draußen in die Mülltonne. Kalt war es geworden. Jo fröstelte und beschloss, das Wagnis mit dem Boiler zu starten. Eine halbe Badewanne würde er schon ergeben.

Jo sparte nicht mit Schaumbad, hing ihren Gedanken nach und griff schließlich zum Telefon, um Andrea in Berlin anzurufen. Ihre Telefonate miteinander konnten auch mal monatelang ausbleiben, aber niemand kannte Jo so gut wie Andrea. Auch wenn sie sich lange nicht gesprochen hatten, war die Vertrautheit da. Eine Vertrautheit, die übrig geblieben war von einem Teenieleben mit ständigen Achterbahnfahrten zwischen verwirrten Gefühlen und endlosen Telefonaten. Und die Eltern hatten in ihrer besten Rolle geglänzt – durch Abwesenheit. Denkwürdige Partys waren bei Andrea gefeiert, Eier direkt auf der Herdplatte gebraten worden. Morgens um fünf waren verquollene Gestalten in den elterlichen Bademänteln aufgetaucht. Beziehungskrisen waren unter der feixenden Anteilnahme der anderen durchgehechelt worden.

Mit akribischem Eifer hatten Jo und Andrea den Tag danach zum Aufräumen und zum Weiterhecheln verwendet.

Andrea ging nach wenigen Klingeltönen ans Telefon und lauschte dann gespannt Jos Bericht über den Mordfall. »Na, das ist ja mal ein Ding, aber schade ist es nicht um diesen Rümmele!«

Das stimmte, das musste Jo zugeben. Sie hatte wirklich ihre liebe Not mit Leuten wie Rümmele. Ein Rümmele hatte sich nie die Mühe gemacht, etwas über die Region zu lernen. Hatte sich nie gefragt, was die Menschen hier bewegte, hatte die Allgäuer immer auf die Stufe von Affen gestellt.

»Weißt du«, sagte Jo gerade, »Rümmele hat uns hier immer als ›Bergäffle‹ bezeichnet. Äffle, denen man ab und zu ein Zuckerle reicht. Das war einer seiner verächtlichen Lieblingswitze. Laut Rümmeles Biologiebuch ist das Allgäuer Bergäffle recht leicht mit Geld zu ködern – und meistens funktioniert das auch. Leider!« Jo seufzte. »Wir waren alle so resigniert nach dieser Sitzung, wie gelähmt. Wir saßen da wie die Überlebenden eines Schiffsbruchs. Stundenlang, wir hätten längst nach Hause gehen können, aber wir haben uns irgendwie aneinanderklammern wollen. Du kennst ja die meisten: meine Assistentin Patrizia, der Peter Rascher, Schorschi Obermaier und einige Hoteliers. Wir waren ein versprengter Haufen Menschen, die alle versuchten, ihre aufgewühlten Seelen zu beruhigen. Aber da war doch keiner dabei, der Rümmele umbringen würde.«

Andrea war sich da nicht so sicher. »Ich kann mich noch erinnern, als wir Rümmele auf der Allgäuer Festwoche in Kempten getroffen haben. Er hat seine Standardwitze zur Unterhaltung seiner Stuttgarter Gäste ausgepackt: Die Allgäuer sagen ›Hennapfrupfa‹ für Gänsehaut und ›Heigada‹, wenn sie eine gesellige Zusammenkunft meinen! Und seine Bekannten rasten vor Lachen. Wir mussten pflichtschuldigst mitlachen. Selbst ich hätte ihn umbringen können, so wie der das Allgäu demontiert hat. Obwohl ich mit dem ganzen Landidyll wirklich nichts am Hut habe. Aber Rümmele ging zu weit. Ich möchte nicht mehr im Allgäu leben, aber solche Hinterwäldler seid ihr dann auch nicht!«

Jo lachte. »Danke, das tröstet mich! Das aus deinem Munde! Aber im Ernst: Ich habe wirklich nicht das Gefühl, dass wir ein eigenbrötlerisches Taldasein im Takt des Zillertaler Hochzeitsmarsches führen, sondern dass wir versuchen, das Beste aus Tradition und Fortschritt zu verquicken. Was ist denn so schlecht daran, zu den Wurzeln zu stehen?«

»Nix daran ist schlecht«, sagte Andrea, »man zieht Kraft aus seinen Wurzeln. Aber so einer wie dieser Rümmele hat das nicht verstanden.«

Jo lächelte bitter, als sie sagte: »Das interessierte ihn nicht. Er war ein gefühlloser Geldsack. Aber ich habe auch immer saublöd reagiert. Ich hätte launig-humorig darauf hinweisen können, wie charmant und authentisch – ein touristisches Lieblingswort! – solche Eigenheiten doch sind. Ich habe das nicht geschafft, denn Opportunismus und Taktik – das liegt mir eben nicht. Du kennst mich ja ...«

Jo konnte sich vorstellen, wie Andrea grinste: »Da kommt halt bei dir der Eigensinn der Bergäffle durch!«

»Plus eine gewisse Resignation«, ergänzte Jo. »Bis zu einem bestimmten Punkt konnte ich Rümmele ja verstehen. Klar, ich verwende auch Begriffe wie ›Trekking‹ oder ›Hiking‹ und bin besorgt über unsere Gästestruktur, denn junge Leute bleiben aus. Ich bin auf Leute mit Ideen angewiesen, aber für Rümmele gab es nur Extreme. Es gab nur die dicke Kohle und den schnellen Erfolg. Der hatte ja keine Ahnung, für welche winzigen Erfolge ich zu kämpfen habe. Und wie lange das dauert.«

Andrea meinte: »Klar, du empfindest die Alteingesessenen auch nicht bloß als malerisches Geschenk des weiß-blauen Himmels. So mancher von denen scheint ja schon in Haferlschuhen auf die Welt gekommen zu sein. So was treibt dich doch auch an den Rand der Geduld, oder? «

»Ja schon. Darf es aber nicht! Überall in den Orten sitzen die Trachtler und die Mitglieder der Schützenvereine und Stockschützen in touristischen Gremien. Das sind oft derartige Reaktionäre, dass denen jede Form von Tourismus zuwider ist. Die bierdimpfeln in ihre Weißbiere und würden am liebsten eine Bürgerwehr gegen jede Form von Gästen bilden. Aber das Geld nehmen sie schon, weil sie natürlich im Sommer Fremdenzimmer vermieten«, antwortete Jo bitter. »Ich soll ein glorioses Bild der Heimat nach außen transportieren, das Bild vom guten Allgäuer. Aber hier gibt's eben auch Deppen wie überall.«

»Klar und Überzeugungsarbeit braucht eben auch viel Zeit. Die Uhren gehen anders im Gebirge. Das musst du auch akzeptieren, Fräulein Ungeduld. Gerade du! «, sagte Andrea.

»Stimmt schon, aber dir ist auch nicht immer nach Verständnis und Toleranz zumute. Licht und Schatten liegen so dicht beieinander, im übertragenen wie auch im eigentlichen Sinn: gleißendes Sonnenlicht für wenige Stunden, aber eine lange Zeit des Schattens zwischen den hohen Bergen. Wie sollen da die Menschen anders sein als eigensinnig. Das ist doch auch unsere Chance. Ich rede mir das jedenfalls immer wieder ein.«

Jo hatte ein Wort des Südtiroler Künstlers Leander Piazza

über ihrem Schreibtisch hängen: »Es ist nicht leicht, einen weiten Horizont zu haben, wenn man, um weit sehen zu können, den Kopf nach oben reißen muss. Hinauf müsste man können, dann würde sich der Horizont erweitern.« Ein Rümmele hatte nie begriffen, dass man das konnte, dass die so oft belächelten Bergäffle sehr wohl hinaufkonnten auf ihre Berge, auf einen letzten Schonraum in der hektischen Welt. Als Bergäffle konnte man sehr wohl weiter sehen als andere. Das hätte sie gern ihren Gästen vermittelt, gerade auch den jüngeren. Sie wollte sie in die echte Bergnatur entführen, weg aus den virtuellen Chat-Rooms.

Jo atmete tief durch. »Und wie immer gibt es keine Lösung, weil es keine anderen Menschen gibt. Für mich ist einfach die Waage zwischen Geben und Nehmen aus dem Gleichgewicht. Die Gäste werden immer fordernder, die Vermieter immer unverschämter. Es geht doch auch um eine Frage menschlich integren Zusammenlebens. Ist das denn so schwer?«

»Das Allerschwerste!«, sagte Andrea.

Wie immer, wenn sie mit Andrea telefoniert hatte, fühlte sich Jo besser. Das Wasser war inzwischen kalt geworden. Als sie dem Bad entstiegen und ins Wohnzimmer gegangen war, lagen die Katzen auf der Couch – so dass sie am Boden kauerte und wegen massiver Rückenbeschwerden wahrscheinlich wieder mal den Orthopäden würde konsultieren müssen.

Nein, einsam war Jo dank ihres Zoos wirklich nicht, und verliebt war sie – gottlob, wie sie fand – auch nicht mehr. Sie war im Sommer aus der Neubauwohnung und vor dem dazugehörigen antiseptischen Journalisten geflüchtet. Der Mann und das Ambiente waren letztlich ein Irrtum gewesen. Aber natürlich hatte Jo noch immer am Scheitern der Beziehung zu knabbern. Schließlich war es ihr erster Versuch gewesen, mit einem Mann zusammenzuziehen. Männer an Jos Seite waren an sich nichts Ungewöhnliches, davon hatte sie stets genug gehabt. Aber so dicht an ihrer Seite – das war für Jos Verhältnisse so, als ob Weihnachten und Ostern zusammenfielen.

Sie hatten eine Wohnung gemietet, und die auch noch in einem sterilen Neubau! Sie hatte die Banalität geradezu gesucht – mit Marcels netten und langweiligen Freunden über Familie und den Erwerb einer Immobilie geplaudert. Alles ganz lieb und nett: die Tourismusdirektorin und der stets korrekte Journalist. Es war ihr um biedermeierliche Heimeligkeit gegangen. Jo hatte sogar für Marcel gekocht. Für kurze Zeit war sie glücklich gewesen oder so etwas Ähnliches. Sanft zu sich selbst, sanfter zu anderen, sanfter im Umgang mit ihren eigenen Wünschen. Keine hochfliegenden Pläne, keine Sinnsuche. Aber das hatte nur kurzzeitig funktioniert, denn das Mühlrad in ihrer Brust war längst wieder in Gang gekommen und hatte tiefe Kerben gezogen, die beständig schmerzten.

Jos Freunde hatten Marcel dämlich gefunden. Gerhard besonders: »Dieser intellektuelle Schlappsack mit seinen schwarzen Existentialisten-Rollkragenpullovern. Der hat doch dauernd einen Trauerrand!« Aus Protest gegenüber den Freunden hatte sich Jo deshalb mit Marcel in die Zweisamkeit zurückgezogen. Sie hatten intellektuelle Gespräche geführt, nur noch gute Filme angesehen und gute Bücher gelesen.

Aber da war sein Waschzwang – nachdem er beispielsweise unwillig eine Katze hatte anfassen müssen. Marcel mochte Tiere nicht. Oder nach dem Tanken, diese affektiert weggespreizten Finger, als würde er an einer unheilbaren Dermatose leiden. Lächerlich! Oder dieses Kleingeistige, wegen einiger Euro sparen zu wollen, oder der waidwunde Blick, jedes Mal, wenn Jos Auto zu stottern begonnen hatte. Jo hatte dann angefangen zu brüllen, und das Schlimmste war, Marcel hatte alles verstanden. Er pflegte einen salbungsvollen Stil, zwischen Pfarrer und Psychiater. Und seine gestelzte Art zu sprechen! Dinge »in toto« zu fotografieren! Ja, konnte dieser Mensch denn nicht sagen: im Ganzen?

Jo runzelte die Stirn, als sie diese Szenen in Sekunden auf der inneren Leinwand ablaufen ließ. Sie war auf Dauer einfach nicht bereit gewesen, Kompromisse zu schließen. Das Scheitern war bitter gewesen, aber wer gibt so was schon offen zu? Jo kleidete ihre Verluste gern in humorige Worte – aus Selbstschutz und als Schutzmantel gegen die drängenden Fragen der anderen.

Weil die Couch sowieso belegt war, kroch Jo ins Bett, und es dauerte keine Minute, bis die Katzen hinterherzogen. Pro Fuß eine Katze, so hatte das Nachtlager auszusehen.

Gegen sechs Uhr ging das Brummen los. Andere Katzen schnurren. Moebius nicht, er brummte sonor. Gern morgens, wenn er den Tag begrüßte! Dann räumte er sehr vorsichtig mit der Pfote etwaige Kopfkissenzipfel und Bettdecken vom Ohr seines Menschen, bohrte seine Nase in selbiges und brummte. Das dauerte dann gewöhnlich so lange, bis Jo aufstand.

Jo frühstückte an dem holzdurchwurmten Tisch in ihrer kleinen Küche. Zwei stechende Augenpaare in Bernstein und Hellgrün fixierten sie – respektive den Cappuccino. Wie jeden Morgen setzte Jo zu einem Erziehungsversuch an und schubste Herrn Moebius vom Tisch. Frau Mümmelmeier folgte. Es dauerte etwa drei Sekunden, bis die beiden Katzen wieder dasaßen und vorwurfsvoll auf den Cappuccino starrten. Als echte Diva wusste Frau Mümmelmeier schon immer, dass das Leben zu kurz war für schlechte Getränke. So saß sie jeden Morgen vor der italienischen Designer-Kaffeemaschine und verlangte ihren Cappuccino. Den Milchschaum bitte fest, einen Hauch von Illy dazu, und das Ganze dann aber bitte nicht aus einer profanen Schale am Boden, sondern vom Finger. Das war ja wohl das Mindeste, wenn man sich schon einen Menschen hielt, dass der den Finger in den Milchschaum taucht und Portiönchen für Portiönchen der Dame anreicht. Dass sie dazu ihr entzückendes felliges Hinterteil auf ebenjenen Teil der Zeitung platzierte, den der Mensch gerade lesen wollte, verstand sich von selbst.

Und dann war ein schwarzer Tag gekommen – die Kaffeemaschine war in die ewigen Jagdgründe eingegangen. Es hatte Filterkaffee mit Milch gegeben, ganz ohne Schaum. Aber nicht lange! Denn das Heulen und Wehklagen einer Diva, die in ihrem Lebensrhythmus gestört wurde, zermürbt auch den kernigsten Katzenumsorger. Nun hatte Mümmel eine neue Maschine, ein Topmodell von Jura, das den Milchschaum noch perfekter werden ließ. Madame quittierte das mit huldvollem Schlabbern und sprang dann vom Tisch.

Jo tauchte zum wiederholten Mal den Finger in den Milchschaum und hielt ihn den beiden hin. Eiliges Schlabbern und ein gnädiger Blick: Siehst du, geht doch, du Dosenöffner, wieso nicht gleich! Nachdem Jo selbst also eher einen Espresso getrunken hatte, weil der Milchschaum komplett an die Terroristen auf den weichen Pfoten gegangen war, sie aber immerhin erfolgreich ihr Aufback-Croissant aus dem Supermarkt verteidigt hatte, läutete es. Um acht in der Früh, da traute sich jemand was. Wo doch jeder wusste, dass Jo vor zehn Uhr nur ein ferngesteuerter Zombie war. Na, dieser Dienstagmorgen fing ja gut an!

Jo schlappte zum Eingang, stolperte über ihre Reit-Bergschuhe und riss die Tür mit einem Ruck auf. Die Tür klemmte gern etwas. Umso begeisterter war Jo, als sie in Volker Reibers strahlendes Antlitz blickte, der heute mal ganz volksnah in Sportalm-Trachtenjanker, rustikales Hemd von Giesswein und Haferlschuhe verkleidet war. Nur vom Feinsten! Landhaus-Volker auf der Pirsch!

»Frau Doktor!« Wie konnte jemand so früh schon wieder so zackig sein? »Wir müssen da noch mal den Sonntag Revue passieren lassen.«

Revue passieren – Jo kaute an einem Stück Croissant und mümmelte: »Hmm.«

Reiber setzte sich zögernd an den Küchentisch.

Nun ja, Jo war nicht gerade für ein gepflegtes Ambiente bekannt. Sie hatte ja nie Zeit. Der Posteingang von mehreren Tagen bildete eine Art schiefen Turm von Pisa. Auf einem anderen Stuhl stapelten sich Kleidungsstücke. Kaffeebecher und zwei Weingläser gaben sich ein Stelldichein, ein Stirnband und ein einzelner Handschuh – den anderen hatte Herr Moebius wahrscheinlich zum Spielen gebraucht – bedeckten einige Plastikarchive mit Dias für das nächste Prospekt.

Jo schob den Haufen etwas enger zusammen. »Wollen Sie einen Kaffee?«

»Danke, ich trinke nur Mate-Tee.« Volker Reiber schenkte Jos Küche einen Blick, der besagte: Und zudem hole ich mir hier wahrscheinlich die Krätze.

»Damit kann ich nun nicht dienen.« Jo knallte eine Flasche Mineralwasser und ein semi-sauberes Glas auf den Tisch.

»Ich habe den Obduktionsbescheid vorliegen.« Volker Reibers Augen flammten auf. Donnerwetter, war der schnell gewesen, der musste ja wie ein Berserker unter den Pathologen gewütet haben, dachte Jo.

»Der Tod dürfte zwischen halb sechs und sieben eingetreten sein. Sie haben Glück, Sie waren wohl tatsächlich bis nach neunzehn Uhr im Gasthaus Krone. Der Wirt hat das bestätigt, Sie hatten ja noch die Rechnung zu bezahlen.«

»Da bin ich aber froh, dass ich nicht auch noch der Zechprellerei verdächtigt werde«, sagte Jo.

»Sehen Sie, es geht nun darum, festzustellen, wer die Krone wann verlassen hat. Es waren bekanntlich …«

Volker Reibers Stimme erstarb, und für einen Moment trat Fassungslosigkeit in seine sonst so austrainierten Gesichtszüge. Frau Mümmelmeier war auf seinen Schoß gesprungen und senkte ihre Nase in das Mineralwasserglas. Sie schaute ihn strafend an: Wieso ist das kein Milchschaum? Volker Reiber starrte retour. Es schien sich um einen seltenen Fall von Sekundenlähmung zu handeln, denn er rührte sich keinen Millimeter. Jo stopfte sich die Katze unter den Arm und evakuierte sie nach draußen.

»Entschuldigung, sie ist, äh, immer sehr erfreut, wenn Besuch kommt.« Jo kämpfte mit einem Lachkrampf, denn Volker Reiber war immer noch wie tiefgefroren. So hat wohl jeder sein Karma zu tragen, der schöne Volker hatte allen Ernstes Angst vor Katzen …!

Langsam kam wieder Leben in ihn, und – o Wunder – sein Ton wurde deutlich sanfter. Er hatte Jo eine Blöße zeigen müssen und schien heilfroh, dass sie die kleine Szene dezent überging. Sie brachte ihm sogar ein neues Glas.

»Es waren gegen sechzehn Uhr noch sechs Personen anwesend: Sie, Ihre Assistentin Patrizia Lohmeier, Peter Rascher, der Skigeschäftsinhaber und Bergführer Georg Obermaier, der Wirt vom Gasthof Rössle in Eckarts und der Pfarrer von der Pfarrei in Stein. Nun geht es darum, genau zu fixieren, wer wann gegangen ist«, erläuterte Volker Reiber. »Der Wirt des Rössle war allerdings um siebzehn Uhr schon in seinem Gasthof und hat den Abendbetrieb vorbereitet. Er fällt also aus.«

»Na, so ein Glück für ihn«, meinte Jo sarkastisch. »Aber wer dann gegangen ist, hätte es leicht bis ins Gunzesrieder Tal schaffen können, meinen Sie?« Sie fand das doch sehr einfach gestrickt.

»Vertrauen Sie meiner Erfahrung, Frau Doktor, ein Mörder hat immer ein Motiv, und im Fall von Herrn Rümmele liegen die Motive ja nachgerade auf der Straße.« Langsam fand Volker Reiber zu seiner alten Arroganz zurück.

»Nun, nach dieser Theorie könnte ja sogar ein Pfarrer der Mörder sein. Der war nämlich nur bis siebzehn Uhr da, und außerdem war auch er kein vehementer Verfechter von Rümmeles Ideen.« Jo machte keinen Hehl daraus, was sie von Rümmele hielt. Das war unklug, aber um diese Zeit, ohne ausreichend Koffein, haperte es erst recht mit der Diplomatie.

»Richtig, ein Mörder sieht nie aus wie ein Mörder«, dozierte Reiber, »aber der Pfarrer ist wirklich nur über die Straße gegangen. Er war um siebzehn Uhr fünfzehn im Pfarrhaus und wurde mehrfach gesehen.«

»Was fragen Sie mich denn, wenn Sie schon alles wissen!« Jo wurde nun auch aggressiver.

»Weil ich alle Ergebnisse vergleiche, Frau Doktor. Sie sollten mir zutrauen, dass ich meinen Beruf beherrsche!« Volker Reibers Blick über Jos chaotisches Küchenbüro zeugte von gewissen Zweifeln daran, wie sehr Jo denn wohl ihren Beruf beherrschte.

»Patrizia ist zwar um sechs gegangen, aber da werden Sie lange nach einem Motiv suchen müssen. Tja, und die anderen beiden ...«

»Ein renitenter Naturschützer und ein junger Mann, dessen Großmutter angeblich um ihr Haus geprellt wurde, na, was würden Sie da denken, Frau Doktor? Wann also sind die beiden gegangen?«

Jo hatte einen Kloß im Hals. »Peter Rascher ist mit Patrizia gefahren, sie wohnt in Niedersonthofen, er hat sie da auf dem Heimweg abgesetzt. Schorsch, also Herr Obermaier, ging vielleicht so um sechs.«

Volker Reiber schaute triumphierend.

Jo war wütend. »Aber es gibt wahrscheinlich noch hundert andere, die nicht auf der Sitzung waren und Herrn Rümmele bestimmt genauso wenig geschätzt haben wie Peter Rascher und Georg Obermaier!«

Volker Reiber sagte im Oberlehrerton: »Ja, aber nun bleiben wir beim Allfälligen, und Sie erzählen mir mal diese Geschichte von Georg und Kreszenzia Obermaier. Ich habe gestern Nacht noch die Prozessakten durchgesehen. Wenn das kein Motiv ist!«

Auch das noch! Jo erinnerte sich gut an die »Causa Obermaier«. Kreszenzia Obermaier hatte ein altes geschindeltes Austragshäuschen besessen, das einen Nachteil hatte – für Rümmele, nicht für Kreszenzia. Es lag auf dem Grund eines alten Bauernhofs, den Rümmele gekauft hatte und abreißen lassen wollte. So genannte »Vierspänner« wollte er bauen, uniforme Reihenhäuser Marke »Glückliches Eigenheim«. Leider aber ragte laut Plan einer dieser Vierspänner in Kreszenzias Küche. Das Häusl musste weg!

Jo versuchte, ihre Gedanken zu ordnen und einen möglichst

diplomatischen Bericht abzugeben: »Also, Sie wissen ja, dass die Oma Kreszenzia das Haus unter keinen Umständen verkaufen wollte. Da sie sich dank ihrer Kräutertees bester Gesundheit erfreut, sah es nicht so aus, als könnte man das aussitzen. Seltsamerweise fiel bald nach dem dritten Angebot von Rümmele das Licht aus, dann gab es einen Wasserschaden. Die Obstbäume waren eines Morgens dürr und abgestorben, das Kräuterbeet hatten angeblich junge Vandalen umgepflügt. Ein Zusammenhang war nie nachzuweisen: Die Rohre waren alt und rostig, die Leitungen unsachgemäß verlegt. Alte Bäume sterben eben, und die verrohten, gewaltbereiten Kids sind ein Produkt von TV und unfähigen Eltern. Rümmele kam sogar zwischendurch als barmherziger Samariter vorbei. Er brachte ein Notstromaggregat und einmal auch Saatgut für ein neues Beet, während am anderen Ende des Grundstücks die Bagger schon Aufstellung genommen hatten.«

Volker Reiber hatte mitgeschrieben. Der konnte tatsächlich Steno!

Jo schluckte. Na, diplomatisch war das wieder nicht gewesen. Sie konnte sich ihre Ironie bei so viel Wahnsinn einfach nicht verkneifen. Sie räusperte sich:

»Nun, Kreszenzia verkaufte schließlich. Der Preis ist zugegebenermaßen okay gewesen, und der Gönner Rümmele besorgte ihr ein wirklich schickes Apartment in Kemptner Toplage am Haubenschloss. Im zehnten Stock mit sensationellem Blick über Kempten. Das steht jetzt leer, die Oma ist zu ihrem Enkel Schorsch, also zu Georg Obermaier, gezogen.«

Was Oma Kreszenzia damals gesagt hatte, das gab Jo nicht wieder, denn das hätte Reiber nicht verstanden. »I ka it so weit überm Boden wohnen, des isch der Platz vom Herrgott. Der Mensch muss mit dem Boden in Berührung bleiben.« Die Oma war keineswegs verbittert gewesen. »Wenns der Himmelvattr so will, am End isch immer die Rechnung, am End geht alles seinen gerechten Lauf. Und nochhert isch es halt so, dass der Rümmele mit dem Baugrund kui Freud it haben wird.«

Wie Recht sie gehabt hatte, die Kreszenzia! Rümmele hatte die Rechnung präsentiert bekommen, und die war hoch! Jo fror auf einmal in ihrer warmen Küche. Rümmele hatte im Tod so leise ausgesehen, ganz anders, als er gelebt hatte – laut und polternd.

Aber wer hatte die Rechnung aufgemacht? Der »Himmelvattr« jedenfalls nicht, dachte Jo bitter. Könnte der Schorsch womöglich wirklich zu einem späten Rachefeldzug ausgezogen sein? Sie konnte und wollte sich das nicht vorstellen. Er war ein Bär, ein lieber Bär, einer, der wenig Wesens von seiner Person machte. Er war unbestechlich, von nichts und niemandem zu beeindrucken, aber er war sicher mit dem Gedächtnis eines Elefanten ausgestattet. Jo schluckte erneut.

Volker Reiber sah von seinem Stenoblock auf. »Ja, und was war nun mit dem Enkel, diesem Georg Obermaier, los?«

Jo fuhr fort: »Das Fatale war ja, dass er die Vertreibung aus dem Obermaier Obstbaumparadies gar nicht mitbekommen hat, weil er zu der Zeit in den USA bei der Skifirma Head einen neuen Ski mitentwickelt hat. Das war für ihn eine ungeheure Ehre, da er sonst nur Servicemann bei Head gewesen ist.«

»Servicemann?« Reiber runzelte die Stirn.

»Ja, einer, der Ski von Rennläufern präpariert, und da ist es schon etwas Besonderes, wenn man vom Head-Office in die Innovationsabteilung berufen wird. Deshalb war er auch fast vier Monate weg. Als er heimkam, legte die Oma gerade Beete in seinem Garten an. Sie hatte ja sonst keine Verwandten. Schorsch war logischerweise auf hundertachtzig. So sorgfältig er sonst Ski wachst und zum Fliegen bringt, so sorgfältig trug er Fakten zusammen.«

»Fakten?«

»Ja, über die Rechtmäßigkeit des Ganzen, er hatte sogar einen Zeugen, der bestätigen wollte, dafür bezahlt worden zu sein, die Beete ruiniert zu haben. Der kippte aber am Prozesstag um. Es gab diesen Prozess, von dem Sie die Akten haben. Schorsch verlor – denn letztlich war ein rechtskräftiger Verkauf zustande gekommen. Die Oma war ja wirklich nicht unzurechnungsfähig. Ein Lichtblick schien der Denkmalschutz zu sein. Der Kreisheimatpfleger bestätigte, dass der Hof und das Häusl mit handgeschnitzten Schindeln verkleidet seien, die eindeutig aus der Zeit vor 1850 stammten. Da aber Rümmele den Bauernhof längst abgerissen hatte, fiel das Austragshäusl auch nicht mehr unter den Ensembleschutz. Rümmele hatte zwar damals eine Konventionalstrafe wegen des Bauernhofs bezahlt, aber das nutzte Schorsch und seiner Oma wenig. Das Häusl war verkauft und wurde abgerissen.«

»Nun, Frau Doktor, Sie werden mir doch zustimmen, dass sich das nach einem veritablen Motiv anhört. Und am Samstag war er auf dem Meeting zugegen, und wahrscheinlich sind da seine Hassgefühle einfach erneut hochgekocht«, sagte Volker, der inzwischen lässig die Beine übergeschlagen hatte.

»Tut mir leid, aber das glaube ich nicht.« Jo überlegte. »Außerdem könnten Sie sich Frau Rümmele auch mal näher ansehen. Die hat die Krone nämlich zwar mit ihrem Mann und dessen Tross verlassen, aber sie ist mit einem anderen Auto weggefahren. Die beiden waren mit zwei Autos unterwegs, denn Frau Rümmele weigerte sich, in den Pick-up einzusteigen. Sie selbst fährt irgendein italienisches Cabrio. Ich habe beide Autos auf dem Parkplatz vor der Krone gesehen.«

Jo erinnerte sich gut an eine Szene während der Allgäuer Festwoche im letzten August. Obwohl das Gelände abgeriegelt gewesen war, hatte es Rümmele geschafft, mit seinem Pick-up direkt am Weinzelt vorzufahren und einige Saufkumpane aufzuladen. Denise Rümmele hatte derart getobt wegen des »Hamburgerfresser-Proleten-Fahrzeugs«, dass halb Kempten nun über die Präferenzen der Frau Rümmele bezüglich des Fuhrparks Bescheid wusste.

Volker Reiber schrieb in feinen kleinen Kritzeln Jos Worte mit, als ein knarzendes Geräusch seine Aufmerksamkeit auf sich zog. Er blickte alarmiert durch den Raum. Keine Katzen in Sicht – Jo konnte sich im Moment auch keinen Reim darauf machen, bis ihr Blick sich Richtung Boden senkte. Diesmal versagte ihre Beherrschung, und es entschlüpfte ihr ein Grunzlaut. Reiber war Jos Blick gefolgt und zum zweiten Mal verfiel er in die Eisblockstarre. Sehr konzentriert nagte da ein braunes Kaninchen an seinem Haferlschuh. Besonders die Schnürung zwischen Sohle und Oberleder schien es dem Langohr angetan zu haben.

Reibers Stimme brach: »Der frisst meinen Schuh, frisst ihn einfach ...«

Jo packte das Karnickel. »Er ist eine Sie, heißt Frau Hrdlicka, und sie hat als echte Wienerin eben Geschmack am Landhausstil.« Auwei! Lieber alle Contenance vergessen, als auf einen guten Witz zu verzichten. Ich bin die Meisterin des falschen Wortes zur falschen Zeit, dachte Jo.

Reiber starrte noch immer nach unten, sprang plötzlich auf und konnte gerade noch drohen: »Wir sehen uns wieder« – und weg war er. In einem Auto, dessen Frontscheibe und Motorhaube überzogen waren von den Abdrücken schmutziger Katzenpfoten. Niemand vertreibt ungestraft eine Salontigerin aus ihrem Salon!

Jo setzte das Kaninchen auf den Boden und ließ sich dazu plumpsen. Sie lachte so schallend, wie sie schon lange nicht mehr gelacht hatte. Es war wie eine Befreiung von all dem Ärger der letzten Wochen, als wäre ein Knoten geplatzt, denn Jos psychische Verfassung war nicht immer die Beste gewesen. Zeitweise war es verdammt schwer, an ihren Überzeugungen festzuhalten. Es ermüdete, gegen die Allgäuer Hautevolee und gegen das Event Castle zu kämpfen. Als Tourismusdirektorin stand sie im Bann des Ökonomie-Ökologie-Konflikts. Sie brauchte Gäste und gute Buchungszahlen, aber sie brauchte eben auch das, was das Allgäu im Übermaß zu bieten hatte: intakte Natur, Natur ohne eine Kunstwelt.

Heute konnte sie endlich mal wieder lachen.

Sie sah auf die Uhr. Halb zehn – eineinhalb Stunden hatte dieser Reiber ihre Zeit und ihre Nerven strapaziert. Vorsichtig zog sie unter dem Diastapel ein Telefon raus. Mist, der Akku war leer. Sie tauchte in ihrem Rucksack nach dem Handy und rief im Büro an:

»Patti, Jo hier. Du brauchst heute Vormittag nicht mehr mit mir zu rechnen, ich arbeite zu Hause an dem Prospekt weiter. Ach ja, wenn du mich erreichen musst, ruf über Handy an. Der Akku beim anderen Telefon ist leer.«

Patrizia gluckste: »Ordnung ist eine Tugend, aye, aye Chef, ich komm hier schon zurecht.«

Jo marschierte ins Bad und beschloss, sich zur Feier des Tages die Haare in »Light Kupfer« zu färben. Schließlich hatte sie immer eines dieser zerbrechlichen Wesen mit Porzellanhaut sein wollen, mit endlos langen, roten Naturlocken, tiefgrünen Augen unter mysteriösem Wimpernklimpern. Ach ja – und mindestens eins fünfundsiebzig groß mit einer Figur, die Männer zu den wüstesten Phantasien anregt und Frauen vor Neid zu Mordgedanken treibt. Immerhin – die Haare waren wirklich golden, wenn auch glatter denn glatt. Da sie nun mal keine eins fünfundsiebzig war, kam seit Jahren regelmäßig der prämenstruelle Depressionsschub über zu dicke Hüften – egal, ob sie fünfzig oder siebzig Kilo wog. Seit Frauengedenken – also etwa, seit Jo vierzehn Jahre alt war – fand sie sich zu dick, selbst wenn dank brutalster Diäten zwischendurch die 29er Jeans wieder passten. Aber nur zwischendurch!

Nun stand sie in 32er Jeans vor dem Spiegel und betrachtete die Falten um die Augen. Mehr aus wissenschaftlichem Interesse als aus Panik. »The Final Countdown« stampfte aus dem Radio. Wie passend! Mäßige Karriere, immer noch kein Privatleben mit Ehemann, Kindern und Eigenheim. Sie war zu alt, um noch Spitzensportlerin zu werden. Beim Skifahren hatte sie bereits bei den Kreiscup-Rennen aufgehört, obwohl sie Chancen gehabt hätte, in den C-Kader des DSV zu kommen. Die Vereinsstruktur war ihr schon mit vierzehn zu strikt gewesen. Die Szene rund ums Snowboarden hätte ihr vielleicht eher entsprochen, aber das war nach ihrer Zeit gekommen. Damen-Eishockey hätte ihr gefallen, aber das hatte ihr Vater verboten!

Jetzt war sie zu alt für sportliche Erfolge und zu alt, um Model zu werden, höchstens noch für »Lady Fashion«. Nicht dass sie das gewollt hätte. Aber es kam ihr seltsam vor, dass manche Dinge einfach definitiv vorbei waren. So ganz hatte sich Jo mit ihrem neuen Lebensabschnitt noch nicht angefreundet.

Nach wie vor verwunderte es Jo, wenn Menschen, die viel älter als sie waren, ihre Meinung für überdenkenswert hielten. Es verblüffte sie, was sie anrichten konnte. Im Positiven wie im Negativen, denn ihre Worte hatten in ihrer Position auf einmal viel mehr Gewicht. Sie musste ihre Taten überdenken, ihre Worte erst recht. Das war bedrohlich. Nichts, was sie tat, blieb unkommentiert. Wer sich exponiert, muss mit Reaktionen rechnen, dachte Jo. Binsenweisheiten, aber die machten den diffizilen Eiertanz um die Lokalpolitik und dieses vermaledeite Event Castle auch nicht einfacher!

Aber heute – angesichts eines Mordkommissars, der Angst vor Kleintieren hatte und dadurch aus der Fassung zu bringen war, befand sich Jo für durchaus akzeptabel.

»Mein unorthodoxes Leben kann doch auch ein Zeichen von Mut sein? Vom Mut, andere, eigene Wege zu gehen, oder?«, sagte Jo zu Hrdlicka. Die machte Männchen und legte den Kopf mit den rabenschwarzen Knopfaugen schief. »An Tagen wie diesem finde ich, dass ich doch ein ganz netter Kerl bin! Und das Gute daran ist: Solche Tage werden mehr, jawoll, Frau Hrdlicka.« Die Kaninchendame klopfte mit den Hinterläufen, weniger aus Zustimmung, sondern eher unwirsch, weil ihr Joghurtdrop noch immer nicht der Dose entstiegen war. Jo lachte: »Ich geb dir einen, aber dann sagst du auch, dass ich ein netter Kerl bin.« Frau Hrdlicka klopfte wieder.

Frisch getönt und gut gelaunt griff Jo zum Telefon und gab Gerhard einen kurzen Bericht von Reibers Auftritt.

Gerhard lachte: »Das hat er mir nicht erzählt. Aber immerhin, dass er bei dir gewesen ist und nun diverse Spuren verfolgt. Na ja, aber sei ehrlich, dein Zoo ist auch eine echte Herausforderung. Wo sonst haben Tiere so bescheuerte Namen? Katzen heißen Peterle und Muschi, aber doch nicht Herr Moebius oder Frau Mümmelmeier. Und ein frei laufendes Kaninchen namens Frau Hrdlicka ist ja wohl auch die Ausgeburt eines sehr verqueren Hirns. Deine Katzen trinken Cappuccino, dein Kater frisst Kartoffelchips, und ab und zu steht ein Pferd im Vorgarten. Du hast als Kind zu viel Pippi Langstrumpf gesehen.«

»Und du zu viel Derrick, oder wieso wolltest du sonst zur Bullerei? Apropos Bullen: Wie habt ihr es denn so schnell zu einem Obduktionsbericht gebracht?«

»Hast du das von unserem Augsburger Schönling?«, wollte Gerhard wissen.

»Hm, er sagte etwas von einer Todeszeit zwischen siebzehn Uhr dreißig und neunzehn Uhr. Leider konnte ich weder für Peter Rascher noch für Schorsch ein Alibi bestätigen.«

»Lass dich nicht täuschen, Volker Reiber ist nicht blöd. Er lässt Markus gerade Denise Rümmele beschatten. Er hält nicht allzu viel von dem Alibi, das ihr die Hausdame gegeben hat. Er fand deinen Einwand mit den beiden Autos durchaus überdenkenswert. Ich mag ihn nicht, aber er kann seinen Job, unseren Job. Aber jetzt ist er als Erstes losgefahren, um Peter Rascher und Schorsch zu verhören.«

»Blöder Sack!«, entfuhr es Jo. »Als ob Schorsch einen Rümmele erschießen würde. Kann der überhaupt schießen?«

»Keine Ahnung, aber derjenige, der Rümmele erschossen hat, war mit Sicherheit ein Meisterschütze. Laut Bericht der Ballistiker ist der Schuss aus einem Mauser Repetiergewehr abgegeben worden. Kaliber 6,5. Der Schuss kam zwar aus ziemlicher Entfernung, war aber absolut sauber platziert. Blattschuss! Rümmele muss sofort tot gewesen sein. Seltsamerweise hatte er auch eine Bänderverletzung am Knie. Dieser junge Pathologe stand da und kicherte: Wenn er es nicht besser wüsste, würde er sagen, Rümmele sei Snowboard gefahren und hätte einen Jump schlecht erwischt, respektive die Landung. Also die haben schon ein Gemüt, diese Leichen-Schnetzler!«

Jo hatte aufmerksam zugehört. »Und wie geht das nun alles weiter?«

Gerhard klang genervt: »Wie gesagt, Volker macht Verhöre,

und ich habe dem Herrn Meisterdetektiv heute zur Verfügung zu stehen. Außerdem ist hier jede Menge Bürokram liegen geblieben. Morgen in der Frühe bin ich eingeteilt in Oberdorf, die Nachbarn der Rümmeles zu befragen, ob sie etwas gehört oder gesehen haben. So ein Monster-Pick-up muss ja irgendwie dort vorgefahren sein. Ich ruf dich morgen im Büro an, wenn sich etwas Neues ergibt.«

»Falsch, ganz falsch. Ich komme morgen mit. Ich fahre direkt von zu Hause nach Oberdorf.« Jo war Feuer und Flamme.

»Du kannst nicht einfach in eine polizeiliche Ermittlung platzen, Jo! Jo?«

Sie hatte längst aufgelegt. Gerhard stöhnte. Dieses Weib!

6. Volker Reiber war in Hupprechts angekommen. Er hatte einige Mühe gehabt, das Nest zu finden, bis er in Memhölz jemanden nach dem Weg gefragt hatte. »Do nauf«, hatte ihm eine Bäuerin mit ungenauer Handbewegung bedeutet. Er war »do nauf« gefahren und kam mit seinem schwarzen BMW nur schlingernd zum Stehen. Volker fluchte. Vielleicht wäre die Anschaffung von Winterreifen doch nicht so abwegig gewesen! Dass diese Allgäuer aber auch keine vernünftigen Straßen und erst recht keine normalen Adressen hatten. Ein Ort namens Hupprechts und dann nur eine Nummer – das war die ganze Anschrift von Peter Rascher! Nicht mal Straßennamen hatte das Kaff hier hoch über dem Niedersonthofner See, und die Nummerierung folgte kaum einer Logik. Volker fluchte und hatte kaum Augen für den See, der ihm weit unten zu Füßen lag. Der See war ein Landschaftsjuwel, das sich in einen dichten Waldgürtel schmiegte. Der Grünten, Hausberg und Wächter des Allgäus, baute sich am Horizont auf. Er schien ganz nahe gerückt, es herrschte eine typische Föhnstimmung, die ganz falsche Entfernungen vorgaukelte. Teils war der See noch zugefroren, teils aufgetaut. Eine Patchworkdecke aus unterschiedlichen Grau- und Blautönen breitete sich aus.

Volker steckte in einer Sackgasse, die nichts erschloss als einen Misthaufen. Er schleuderte wieder rückwärts und hätte fast ein Huhn überfahren. Der dazugehörige Bauer schaute lediglich interessiert.

»Wo wohnt denn Peter Rascher?«, rief Volker.

»Do!« Eine vage Handbewegung deutete auf ein Holzhaus.

Na klar, das sah doch biodynamisch aus: Vollholz, Solarzellen am Dach, Birkenstockidylle.

Umso überraschter war er, als ihm eine Frau öffnete, die ganz und gar nicht nach Jute und Müsli aussah. Sie hatte aparte Gesichtszüge, trug keine lila Latzhose, sondern ein schickes kiwifarbenes Twinset zu einer braunen Jeans. Ihr Lächeln war herzlich. »Bitte?«

»Frau Rascher, nehme ich an?« Die Frau nickte und machte eine einladende Handbewegung. Volker zückte seinen Ausweis mit einer schmissigen Bewegung. »Reiber, Mordkommission, ich muss mit Ihrem Mann sprechen.« Bewusst verzichtete er auf ein »würde gern« oder ein »bitte«. Er wollte von Anfang an Distanz schaffen.

Frau Rascher lenkte ihn in ein gemütliches Zimmer. Bunte Kissen lagen auf dem Holzdielenboden, ähnlich fröhliche, mexikanisch anmutende Stoffe umschmeichelten raffiniert die Fenster. Viele grüne Pflanzen umwucherten Peter Raschers Schreibtisch. Er saß am Computer und sah hoch.

»Der Herr hier ist von der Mordkommission und möchte mit dir reden.« Der Satz klang mehr wie eine Frage.

Peter Rascher runzelte die Stirn, wohl mehr aus Überraschung denn aus Unwillen, seine Arbeit unterbrechen zu müssen.

Na, wenigstens trug Rascher Birkenstock, dachte Volker. Aber dazu keinen Strickpullover, sondern ein Hemd und eine Lederhose bis zur Wade, eine Hose, der man ansah, dass mindestens Raschers Uropa sie schon getragen hatte. Mit seinem dichten Bart wirkte er wie einer Werbung für Milka entsprungen, nur viel intellektueller. Er strahlte eine ungeheure

Souveränität aus. Volker war auf der Hut. Pfiffige graue Augen forderten ihn auf zu sprechen.

»Sie sollen beim Event-Castle-Meeting Herrn Rümmele bedroht haben!« Volker versuchte, seiner Stimme einen aggressiven Klang zu geben. Das schien an Rascher abzuprallen, denn der begann polternd zu lachen.

»Klar, keine Frage, den hab ich jeden zweiten Tag bedroht. Das ist die einzige Sprache, die so einer versteht, und ehrlich: Mir macht das Spaß. Ist gut für die Seelenreinigung.«

Seine Frau lachte herzhaft mit.

Volker straffte sich. »Ihre Seelenreinigung in Ehren, aber Herr Rümmele ist tot. Sie waren seit Jahren sein schärfster Gegner. Wo waren Sie, nachdem Sie die Krone verlassen hatten?«

Rascher wurde ernst. »Ich habe Patrizia, die Assistentin von Frau Kennerknecht, zu Hause abgeliefert – in Niedersonthofen übrigens – und bin dann selbst nach Hause gefahren. Ich war gegen ...«

Er schaute seine Frau an. »Gegen halb sieben etwa warst du da«, ergänzte diese.

Die beiden wirkten überhaupt nicht beunruhigt oder ehrfürchtig vor der Polizei, sondern gerade so, als würden sie ständig solche Gespräche mit den Gesetzeshütern führen.

Rascher blieb ganz locker. »Sehen Sie, ich bin über die Jahre bei Naturschutzaktionen immer wieder in Ungnade gefallen und denunziert worden. Ich habe eine gewisse stoische Ruhe entwickelt, wenn der Sturm wieder einmal über mich hereinbricht. Also, was kann ich sonst noch für Sie tun, wo Sie nun wissen, wo ich war?«

Volker war aus dem Konzept geraten. »Und Sie waren natürlich den ganzen Tag zu Hause, nicht wahr!« Seine Stimme durchschnitt den Raum, er fixierte Frau Rascher.

Frau Rascher seufzte, sah ihren Mann mit einem wehmütigen, aber liebevollen Lächeln an und sagte dann in Volkers Richtung: »Tja, genau so ist es, ich habe den ganzen Tag wegen eines Großbritannien-Projekttages an der Schule telefoniert. Mit Schülern, mit Eltern, mit England übrigens auch! Ich nehme an, Sie werden unsere Telefonverbindungen überprüfen können. Ich hatte jedenfalls keine Zeit, Herrn Rümmele zu ermorden.«

Peter Rascher ergänzte: »Ich habe übrigens ab sieben auch einige Anrufe erhalten, einige meiner Weggefährten wollten Auskunft über die Anhörung haben. Sie werden ja wohl auch die eingehenden Gespräche prüfen können.«

»Sie sind mehrfach aktenkundig geworden, Herr Rascher«, Volkers Stimme war schneidend, »und interessanterweise war Herr Rümmele immer involviert. Sie haben Schneekanonen zerstört, die teilweise mit Rümmele-Bau-Sponsorengeldern finanziert worden waren.« Volker Reiber schaute dabei Frau Rascher an.

Diese seufzte erneut: »Die Auftritte meines Mannes, wie der beim Event Castle, sind wohldosiert, er gibt gern den Advocatus diaboli, provoziert bewusst und setzt sich ein, um Bewegung in die Massen zu bringen. Genau genommen machen wir uns beide keine Illusionen. Man muss provozieren, um überhaupt gehört zu werden. Im Grunde ist mein Mann ein leiser Mensch, aber manchmal heiligt der Zweck die Mittel. Dieser Kerl mit seinen ewigen Idealen hat natürlich immer als Erster die Staatsdiener im Nacken.«

Bevor Volker noch etwas sagen konnte, fuhr Frau Rascher fort. Sie war eine zarte Frau, aber aus ihr sprach Entschlossenheit: »Wir haben keine Schneekanonen zerstört. Eines Nachts haben Gegner von Beschneiungsanlagen die Kanonen in einen Tobel gestoßen. Das war ein Schaden, der in die Hunderttausende ging. Damit hatten wir nichts zu tun, zumal Peter nicht gegen Kunstschnee generell protestiert hat. Er hatte die Gutachten vorliegen, die besagten, dass die Grasnarbe auf beschneiten Flächen viel besser geschützt sei. Besonders neuralgische Punkte in Skigebieten zu beschneien und so den Untergrund vor der mechanischen Einwirkung der Skikanten zu schützen, das war auch für Peter völlig in Ordnung. Nicht in Ordnung war, dass das Wasser aus einem Bach entnommen worden ist, an dessen Unterlauf die Bäume krepiert sind. Peter ist es gewesen, der deshalb den Bau eines Speichersees initiiert hat. Er hat Herrn Rümmele generell Recht gegeben, dass Schneekanonen richtig eingesetzt sinnvoll sind.« Frau Rascher sprach mit viel Hingabe.

Peter Rascher nickte seiner Frau zu und fuhr fort: »Die Alpen sind nun mal ein Kulturraum, und der Skisport ist ein wichtiger Wirtschaftsfaktor. Das wissen wir auch! Wir sind doch keine Träumer! Damals aber hatten sich rabiate Fortschrittsgegner formiert, Leute, die am liebsten alle Skigebiete geschlossen hätten, und die haben meine Popularität ausgenutzt. Die blindwütige Aktion mit den Schneekanonen hat mir eher geschadet. Viele Hoteliers und Gastwirte waren schon auf meiner Seite und wollten gegen diese speziellen Schneekanonen vorgehen, nicht aber gegen Beschneiung generell. Aber nach der Aktion sind sie umgeschwenkt, und ich stand ziemlich allein da. Das war damals höchst frustrierend für mich.«

Die Raschers klangen beide sehr engagiert. Volker machte sich eine Notiz. »Es ist aber wahr, dass Sie auch später noch öfter mit Herrn Rümmele Händel hatten.«

Raschers Koboldaugen blitzten. »Herr Rümmele hatte vor seinem Event Castle schon einmal einen Geniestreich geplant. Das war letztes Jahr. Er wollte einem Filmproduzenten aus München weismachen, dass das gesamte Allgäu hinter der Idee des ›Edelweißclan‹ stehe. Damit war ein Filmprojekt zu einer Serie gemeint: schöne Menschen, die in einer Daily Soap mit Spielchen um Macht und Geld und Naturgewalten unseren Nachmittag verdummen sollten. Straps im Raps, Mieder im Flieder, Po im Snow. So was in der Richtung. Alles ganz sexy, als Drehort war Oberstaufen angedacht. Nur stand das Allgäu nicht dahinter!«

Frau Rascher lächelte: »Ja, das war auch so ein Ding. Rümmele hatte die Drehorte sozusagen schon vorausbestimmt, es nur versäumt, die entsprechenden Eigentümer zu informieren. Ein Arzt, ein Intimfreund der Rümmeles, hatte auch die Schlossberg-Klinik bereits als Drehort vorgesehen, nur wusste die Klinikleitung noch gar nichts davon. Deren Veto gab dann den Ausschlag, dass das Projekt abgeblasen wurde und nun irgendwie auf Tirol umgeschrieben und dort produziert werden soll. Ich weiß gar nicht, wie weit die Sache gediehen ist.«

Volker hatte davon in überregionalen Zeitungen gelesen, die Emotionen waren damals extrem hochgekocht.

»Die einen sahen sich schon als Hollywood an der Iller, die anderen waren rundweg dagegen«, fuhr Frau Rascher fort. »Peter hat damals auch mit dem Ausverkauf der Heimat argumentiert, und wieder einmal hat er sich an die vorderste Front begeben. Den meisten, die sich die Argumente meines Mannes zunutze gemacht haben, war der Ausverkauf eigentlich schnurzegal. Im Gegenteil, sie waren wahrscheinlich beleidigt, dass ihr Ort nicht als Drehort vorgesehen war. Aber sie führten ihre christlich-moralische Gesinnung ins Feld, um gegen das Filmprojekt zu wettern.«

Peter Rascher lächelte seine Frau zärtlich an: »Armes Weib, da hast du dir so einen angelacht. Nichts als Ärger.«

Sie zwinkerte ihm zu. »Das wusste ich schon an der Uni, dass du ein unheilbarer Idealist bist.«

Volker sah von ihr zu ihm. Er räusperte sich. »Damals hat es doch einen Farbbeutel-Anschlag auf Rümmeles Haus gegeben. Außerdem wurden rund fünfhundert Schrottfernseher in seinen Garten gekippt. Die Schuldigen wurden nie ermittelt. Sie, Herr Rascher, gehörten zu den Verdächtigen.«

Frau Rascher lächelte in sich hinein, ihr Mann lachte wieder dieses polternde Lachen. »Wie Sie gesagt haben: Die Akten sind geschlossen. Lassen wir die TV-Geräte also in Frieden ruhen.«

Volker fühlte sich auf die Schippe genommen und insistierte aggressiv: »Aber Sie werden doch zugeben, dass die Idee mit den Fernsehern von Ihnen stammte.«

Rascher zuckte die Schultern. »Es freut mich, dass Sie mir das zutrauen. Derart geistreiche Zeichen zu setzen, das scheint mir tatsächlich mehr zu taugen. Zerstörung und Sachbeschädigung gehören hingegen nicht zu meinem Repertoire. Aber diese Fernseher? Womöglich peitschen meine Worte manche Fanatiker so auf, dass sie weit übers Ziel hinausschießen.«

»Und wer sind diese Fanatiker?«, wollte Volker wissen.

»Herr Reiber, ich könnte Ihnen Namen nennen von allen möglichen Leuten: Schüler von mir, Leute von der Agenda 21, Menschen von Greenpeace, vom WWF, von den Grünen. Die hatten Rümmele alle nicht gerade ins Herz geschlossen. Die Liste würde rund zweihundert Namen umfassen. Aber keiner von denen hat Rümmele erschossen, und ich glaube auch nicht, dass das Leute sind, die Auftragskiller verdingen.«

»Das mag sein, aber ist es nicht denkbar, dass Ihre Parolen und Maximen in schlichteren Gemütern Aggression hervorrufen? Wenn da einer zur Selbstjustiz greift und meint, es sei für eine höhere Sache ...?« Volker starrte Rascher mit eisigem Blick an.

Peter Rascher nickte. »Ich verstehe Ihren Gedanken. Aber sagen Sie selbst, müssen die Kritiker deshalb verstummen, um so etwas vorzubeugen? Was würde das für mich denn heißen? Schweigen, weil ein Irrer mich falsch verstehen könnte?« Rascher sah Volker direkt in die Augen. »Ich weiß darauf keine Antwort. Aber ich fühle mich unwohl. Sollten Sie mit Ihrer Vermutung Recht haben, müsste ich mich der Verantwortung stellen. Ich bin mir leider mit zunehmendem Alter bei den Menschen immer unsicherer. Ich werde Ihnen, so weit ich kann, helfen, aber im Moment ist das alles, was ich sagen kann.«

Raschers Tonfall war eindeutig. Das Gespräch war zu Ende. Er trat hinter seinem Schreibtisch hervor. Volker wandte sich zum Gehen. »Ich werde Ihr Telefon prüfen lassen, und Sie verlassen das Allgäu bitte nicht in den nächsten Tagen.«

Peter Rascher ließ noch mal mittels einer Lachsalve das Haus erzittern, schüttelte den Kopf und dirigierte Volker zur Tür.

Volker war mit einem gewissen Unwohlsein zu seinem Auto gegangen. Er fühlte sich ausmanövriert. Rascher hatte ihn im Grunde vor die Tür gesetzt, und er hatte dem keinen Widerstand entgegengebracht. Diese beiden Raschers waren so wenig angreifbar. Volker war wütend auf sich selbst. Langsam steuerte er den Wagen wieder an Niedersonthofen vorbei. In der Kurve beim Campingplatz kam er ins Schleudern. Verdammt, dieses Allgäu! Da waren die Straßen überall nusstrocken, bloß hier versteckte sich eine Eisplatte im Schatten. Hier gab es so vieles neben dem Offensichtlichen, das ihm permanent dicke Striche durch seine Rechnungen machte. Aber bei diesem Georg Obermaier würde er anders durchgreifen.

Er parkte vor dem Sportgeschäft in Immenstadt. Es war klein; im Schaufenster hatte Georg Obermaier ein Schild platziert, das ein Skitourenwochenende unter seiner Leitung ankündigte.

Volker trat ein. Soweit er beurteilen konnte, war der Laden sehr gut sortiert. Das Sortiment bestand aus Spitzenprodukten und war ansprechend präsentiert. Ein Mann war gerade dabei, Preisreduktionen an einigen Ski vorzunehmen. Er war groß, schlank, durchtrainiert ohne aufdringliche Muskeln, kängurusehnig, ein Bergfex eben. Einer, der vor dem Frühstück mal schnell siebenhundert Höhenmeter – nicht ging, sondern joggte! Er trug ein kariertes Fleecehemd und eine Think-Pink-Hose, genau in der Farbe seiner wirklich unverschämt blauen Augen.

Das also war dieser Schorsch. Volker hatte ihn dank des Schaufensterplakats sofort erkannt. Er schoss auf ihn zu wie eine Katze auf die Beute. »Reiber, Kriminalhauptkommissar der Mordkommission. Ich muss Sie sprechen.«

Im Laden herrschte eine Atmosphäre, als wäre urplötzlich ein Gewitter hereingebrochen.

Da der Sporthändler keinerlei Anstalten machte, ihm irgendeinen Sitzplatz anzubieten, lehnte sich Volker lässig-provokant an die Theke: »Ich ermittle im Mordfall Rümmele. Sie waren doch am Sonntag auf dem Meeting.«

Ein »Was isch?« unterbrach Volkers Rede. Er kam aus dem Konzept. »Sie waren doch am Sonntag bei dem Meeting zum Event Castle?«

»Ah so, die Sitzung. Ja, so an Blödsinn, ein so verreckter Blödsinn!« Schorsch lachte gutmütig.

»Sie waren also kein Freund dieses Event Castle?«, fragte Volker.

»So kann man sagen«, erwiderte Schorsch.

»Es ist auch richtig, dass Sie mit Herrn Rümmele einen Rechtsstreit hatten?«

Schorschs Blick verfinsterte sich. »Ja, und den hob i verloren. I will dazu auch nix mehr hören.«

Volker blaffte ihn an: »Das werden Sie wohl aber müssen! Wo waren Sie denn, nachdem Sie das Meeting, äh die Sitzung, verlassen hatten?«

Schorsch Obermaier schaute ihn aufmerksam an. »Daheim, wo sonst? I hob noch eabas arbeiten müssen.«

»Kann das jemand bestätigen?« Volker wurde lauter.

»Nein, wieso denn?«

»Lieber Herr Obermaier, Sie hatten ein Motiv für den Mord, Sie haben kein Alibi. Ts,ts, ts. So einfach ist das nicht.«

Schorsch Obermaier bedachte Volker mit einem langen Blick, man sah ihn förmlich denken. »Wisset dir was, jetzt gehet dir amol, und wenn dir eabas Neues wisst, dann kennet dir ja wieder kommen.« Er schob den verblüfften Volker zur Tür hinaus und ließ das Rollo herunterrauschen.

Volker trat gegen die Tür, ein kurzer Aussetzer nur, dann hatte er sich wieder unter Kontrolle. Niemand setzte ihn vor die Tür, schon gar nicht so ein unzivilisierter Bergbauer! Seine Befehle über Handy knatterten wie Pistolenschüsse: Telefon der Raschers überprüfen, Georg Obermaier überwachen. Er fuhr zurück ins Büro. Dort hielt er den restlichen Tag Gerhard Weinzirl in Atem. Die Stimmung war angespannt.

7. Der Mittwoch begann mit Sonne. Faserige Zirruswolken am Himmel wirkten wie weiße Graffiti auf hellblauem Grund. Ein perfekter Tag, denn Jo war in Hochstimmung. Jo war auf der Pirsch. Sie konnte es kaum erwarten, ihre kriminalistischen Talente zu erproben. Sie startete ihren uralten Subaru Justy, dessen Rot von Rostflecken durchsprenkelt war und den ein gebogener Kleiderbügel statt einer Antenne zierte. Aber sie liebte ihn nun mal, und der kleine, leichte Allrad-Wagen tuckerte so fröhlich durch den Schnee wie vor zehn Jahren – wenn er ansprang. Heute hatte er das dankenswerterweise ohne Murren getan und sie sicher nach Oberdorf gebracht.

Jo hatte sich am Ortseingang bei der Raiffeisenkasse aufgebaut und sprang Gerhard geradezu vor das Polizeiauto.

»Johanna«, Gerhard zog ihren Namen in die Länge, »das ist eine offizielle Ermittlung, du kannst nicht …«

»Laber, laber, Leberkäs«, Jo kräuselte die Lippen zu einer Schnute, »du gehst jetzt mal ganz offiziell ermitteln, und ich besuche Frau Müller. Bei der wollte ich sowieso schon lange mal reinschauen, weil sie mir ihren neuen Hund zeigen möchte. Und am Rande, da frag ich mal. Wir treffen uns so in einer halben Stunde im Rössle. Ja?« Weniger eine Frage als eine Anweisung, und weg war sie. Sie hörte gerade noch, wie Gerhard ihr hinterherrief: »Dann frag aber nach dem Auto!«

An der Tür öffnete eine gepflegte ältere Dame. Ein Airdale-

Terrier wedelte begeistert mit dem Schwanz. Im Prinzip wedelte der ganze Hund, denn der Schwanz reichte diesem Burschen kaum aus, seine Euphorie zu zeigen. Frauchen konnte ihn gerade noch davon abhalten, Jo liebevoll die Pfoten auf die Schulter zu legen. Jo hatte sich schon mal vorsichtshalber im Türrahmen eingespreizt.

»Entschuldigung! Ach, die Frau Doktor Johanna! Das ist ja nett. Meine Seele! Entschuldigung! Jessy ist ein bisschen lebhaft.«

Jo grinste: »Das merke ich, das ist ja ein lustiges Tier. Ich tingle gerade so durch Oberdorf, und da wollte ich Sie einfach mal besuchen. Das hatte ich ja versprochen.«

»Na, dann tingeln Sie mal hier rein.« Resolut drückte Frau Müller Jo auf eine Couch, wie durch Zauberhand stand da auch schon eine Kaffeetasse, und Jessy lag als tierische Wärmflasche flugs auf ihren Füßen. Eine wunderbar wohlige Wärme entströmte einem einfachen Kachelofen. Außerdem war der Kaffee ausgezeichnet.

Frau Müller war die Witwe von Jos Vorgänger, und sie hielten losen Kontakt zueinander. Sie war eine gute Zuhörerin, denn sie kannte Jos Probleme bestens. Auch ihr Mann hatte sich an so manchem der Allgäuer Betonschädel gestoßen.

So kam Frau Müller gleich zum Thema. »Wie man hört, ist es ziemlich rund gegangen bei dem Event-Castle-Termin?«

Jo nickte. »Ein grauenvoller Tumult, Rümmele hatte einen bühnenreifen Abgang ...« Sie stockte. »Einen ziemlich endgültigen Abgang.«

»Sie Arme, ich habe natürlich auch gehört, dass Sie den toten Rümmele gefunden haben.«

»Ja?« Jo schaute zu Boden. »Das heißt, alle haben von Rümmeles Tod gehört?«

Frau Müller schaute Jo amüsiert an. »Das ganze Dorf redet von nichts anderem. Aber das können Sie sich ja vorstellen. Das ist die schaurig-schöne Sensation. Die Polizei ist auch schon da. Ich habe den Gerhard Weinzirl gerade bei Familie Fromm ins Haus gehen sehen. Wissen Sie, den kenne ich, seine Eltern wohnen ja in Eckarts, und ich kenne seine Mutter vom Singkreis und vom Kegeln in Memhölz auf der Insel.« Dieser Frau entging nichts, dachte Jo. »Also, wo war ich?«, überlegte Frau Müller. »Ach ja – also, Herr Rümmele ist Ortsgespräch, und jeder hat so seine Theorie, warum er umgebracht wurde.«

Jo rutschte unruhig auf der Kante der Couch umher. »Ach ja, welche denn?«

»Och, die meisten sind ziemlich langweilig.« Es schien Frau Müller ehrliches Unbehagen zu bereiten, gar nichts Spannendes erzählen zu können. »Liebesaffären und solcher Kram, Sie werden ja bestimmt schon von seinen Partys gehört haben. Er und die Dame des Hauses pflegten regen Kontakt zum jeweils anderen Geschlecht.« Aus Frau Müllers Mund klang das wie Neuigkeiten aus der Sonntagsschule.

»Nichts Interessanteres dabei?«, wollte Jo wissen.

»Es geht auch das Gerücht, dass irgendein Biologielehrer was damit zu tun hat. Ich komm jetzt nicht auf den Namen. Ich glaube, weil Herr Rümmele schon oft am Rande der Legalität und darüber hinaus agiert hat. Er soll öfter in Naturschutzzonen gebaut haben. Sie wissen ja, wie die Leute sind.«

Jo nickte, diese Lady hatte ihr immer schon gefallen.

»Da Sie so eine rege Auffassungsgabe haben, Frau Müller, können Sie mir zufällig etwas zur Mordnacht sagen? Ich meine Sonntagabend oder -nacht. Mich würde auch das Auto interessieren.«

Frau Müller sah richtig enttäuscht aus. So eine leichte Aufgabe! »Sicher, das Auto ist hier um etwa halb elf vorgefahren. Ich war mit Jessy draußen. Ich muss immer so spät gehen, damit ich ja nicht diese beiden Hunde von Rümmeles treffe. Jessy hat mal einen gepackt und geschüttelt. Sie wollte nur spielen, aber Frau Rümmele hat fast einen Herzinfarkt bekommen und meinen armen Jessy zu einer Bestie gemacht.«

Sie strich Jessy über den Kopf, der bei der Nennung seines Namens aufgesprungen war und wieder wie wild zu wedeln begonnen hatte. Eigentlich schade um die warmen Füße. Jo tätschelte Jessy und beugte sich zu Frau Müller hinüber. »Und wer saß in dem Auto?«

»Gefahren ist ein junger Mann. Der ist ausgestiegen und sehr schnell in den Wagen eines jungen Mädchens, einen Golf glaube ich, umgestiegen.«

Jo war gespannt, ihre Schultermuskeln verkrampften sich. Tatsächlich eine Spur! »Haben Sie den Mann erkannt, können Sie ihn beschreiben?«

Frau Müller streichelte konzentriert Jessys Kopf und schloss die Augen. »Nein, wenn Sie Haarfarbe oder so etwas meinen. Er war aber wie gesagt eher jung, sein Gang war sehr elastisch. Sonst? Hm? Er hatte so eine auffällige Jacke an – ja genau: ein Aufdruck mit einem Skifahrer, der über eine Almhütte springt. Ich bin ziemlich sicher. Er stand kurzzeitig mit der Rückenpartie voll im Licht der Straßenlaterne.« Sie öffnete ihre Augen wieder. »Hilft das? Sie erzählen das doch sicher diesem netten Herrn Weinzirl, oder? So ganz zufällig tingeln Sie ja wohl doch nicht durch Oberdorf.«

Jo nickte und lächelte. »Nein, ich tingle ehrlich gesagt nicht so ganz zufällig durch den Ort. Vielen lieben Dank.«

Sie tätschelte Jessy, verabschiedete sich schließlich und stieg in ihr Auto. Frau Müller winkte noch an der Tür, und Jessys Hinterteil wedelte.

Ganz entgegen ihrer sonstigen Gewohnheit, sich als Niki Laudas legitime Nachfolgerin zu verstehen, fuhr Jo sehr langsam die engen Kurven nach Eckarts. Gerhard saß im Rössle vor einem »AKW«, dem leckeren Alt-Kemptner Weißbier des Allgäuer Brauhauses. Jetzt zur Mittagszeit waren nur einige Tische belegt, und Wirtin Gaby war gerade damit beschäftigt, ihrem Dekogeschick freien Lauf zu lassen. Immer passend zur Jahreszeit verwandelte sich der Landgasthof entweder in ein Wintermärchen, wo der Himmel voller Wattewölkchen hing, oder jetzt zum nahenden Frühjahr in eine Welt aus Gelb und Lindgrün.

Gerhard schaute hoch. »Und?«

»Jetzt erzähl du doch erst mal, du bist doch der Bulle«, sagte Jo.

»Hm, das war nicht so ergiebig.« Gerhard sah Jo prüfend an. »Ich war bei vier Nachbarn, und was die gesagt haben, glich sich wie ein Ei dem anderen. Sie hätten nichts gehört, gesehen, könnten nichts sagen. Vielleicht doch die drei Bergaffen? Bei Rümmeles seien ständig Leute aus und ein gegangen, da hätte man nicht mehr drauf geachtet. Spät nachts sei noch Licht gewesen. Diese Lärmbelästigung oftmals, aber man habe halt ein Auge zugedrückt. Der Herr Rümmele sei dann ab und zu mit einer Kiste Wein vorbeigekommen. Und da habe man nett geplaudert. Man wollte ja auch nicht so sein. Von einer Frau kamen ein paar Details zu den Partys: Ein paarmal seien Mulattinnen ins Haus gegangen. Du hättest den Gesichtsausdruck sehen sollen! Und dann folgte, dass man über Tote ja nicht schlecht reden solle. Einer hat sich gefragt, was die arme Frau Rümmele wohl jetzt mache. Der habe es ja nicht so gefallen in Oberdorf. Dieses boshafte Lächeln wird mir in ewiger Erinnerung bleiben. Aber alles in allem nichts Konkretes, keine Namen.«

Gerhard betrachtete Jo noch mal prüfend. »Und selbst, Frau Doktor Hobby-Kommissar?«

Jo sah ihn süffisant an.

»Jo, du weißt doch was!« Gerhard beugte sich nach vorne.

»Ja, also, so wichtig wird das nicht sein«, druckste sie herum.

»Jo! Johanna Kennerknecht! Rede!«

Schließlich gab Jo das Gespräch mit Frau Müller wieder: »Na ja, und dann hat sie eine Jacke beschrieben, eine mit einem Skifahrer im Sprung.«

Gerhard sank in sich zusammen. »Verdammt, du meinst so eine Jacke, wie Schorsch Obermaier eine hat? Die, wo ein Skifahrer über die Almhütte springt?«

Jo nickte. »Ja, aber …«

»Nichts ja aber, ich fahre jetzt noch mal zu Frau Müller und nehme sie mit aufs Revier, damit sie diese Aussage zu Protokoll geben kann. Und du hältst dich da raus!« Gerhard war schon aufgesprungen und in der Tür.

Jo schaute ihm nach und nahm das halbvolle Weißbierglas. Sie nippte daran und schaute aus dem Fenster. Ganz im Gegensatz zum frühlingshaften Interieur lag draußen noch genug Schnee. Noch immer war der Himmel kitschblau, einige Föhnlinsen hingen über den Alpen. Was hätte sie drum gegeben, nur auf ein paar Schwünge zum Skifahren düsen zu können. Wenn die modernen Ski-Lemminge sich am Wochenende vor Waltenhofen oder am Autobahnende in Oy stauten, frühstückte der Allgäuer noch und quittierte die Staumeldung mit stoischem »Jo mei …«

Tu felix Allgäu, wo die Lemminge ans Nebelhorn oder zum Fellhorn fuhren und die Locals wie Jo sich auf Nebenstrecken vorbeischummeln konnten! Heute wäre ein Tag für Steibis gewesen oder für Thalkirchdorf, für die flachen Lifte auf der sonnenverwöhnten Thaler Höhe. Und manchmal bedauerte Jo den Fortschritt, wo die alten Einersessel den modernen kuppelbaren Bubbles gewichen waren. Die Zeiten, als Lokalmatadorin Cristel Cranz noch Überfallhosen getragen hatte, waren eben vorbei.

Heute wäre auch ein perfekter Tag für das Berghaus Blässe unterm Ofterschwanger Horn gewesen, um dort auf der Sonnenterrasse bei einem Allgäuer Käsbrot und Weißbier zu sitzen. Jo seufzte. Orte wie Steibis oder Ofterschwang heilten aufgewühlte Zivilisationshektiker. Skifahren hätte auch Jos aufgewühlte Seele beruhigen können. Der Schorsch, das konnte einfach nicht sein!

Jo wollte es nicht glauben. Ein, zwei Stunden über Pisten zu pflügen, das hätte ihren Kopf frei gemacht, aber mitten im Urlaubsland hatte sie keine Zeit für Berge. Gerade intonierte Jos Handy die Melodie des »Tell«. Patrizia war dran. »Ich sollte dich daran erinnern, dass du mit Marcel einen Termin bei Zaumberg hast. Das Interview, du erinnerst dich.«

Jo seufzte aus tiefstem, gequältem Seelengrund. Sie hätte fast ein Date mit der Allgäuer Zeitung vergessen. Die wollten ein Statement von ihr zum geplanten Event Castle haben und gleich ein Bild machen. »In situ« wie Journalist Marcel Maurer formuliert hatte.

Jo zahlte Gerhards Weißbier und fuhr wieder ungewohnt langsam in Richtung Zaumberg. Sie legte Pink Floyd ein. »Shine on you crazy diamond«, das war die Musik ihrer Jugend. Das war so lange noch nicht her, aber ihr Berufsleben hatte inzwischen so turbulente Züge angenommen, dass ihr die Kneipennächte im Pegasus Äonen zurückzuliegen schienen.

Jo bremste den Subaru mit einem Quietschen. Marcel stand schon am Treffpunkt auf der Zaumberger Straße hoch über dem Alpsee. Er winkte lasch. Der ganze Typ wirkte irgendwie immer wie eine schlappe Fahne. Seine Schultern waren leicht nach vorne gekippt. Er kam auf sie zu, Block und Kameratasche in der Hand. »Ciao, Jo.«

Jo nickte. Ein Maler hatte seine Staffelei am Abhang aufgestellt und bannte den ausgehenden Winter in feines Pastell. Ein Ort, zum Malen schön! Aber wie lange noch? Bühl schmiegte sich ans Ufer, einige Langläufer zogen eine schnurgerade Spur am See entlang.

»Wahnsinn«, sagte Marcel, »sie wollen unser Land verschandeln, eine Hure des schnellen Geldes daraus machen. Ich sitz hier oft und schau über den See. Schade, dass ich nicht malen kann wie der da!«

Jo lächelte bitter. »Ja, der hat wenigstens eine Erinnerung. Nicht mehr lang, und dann schauen wir auf Zinnen aus Pappmaschee und ein paar tausend bunte Autos.«

»Es ist ein Wahnsinn«, wiederholte Marcel, »aber – versteh mich nicht falsch – der Tod von Rümmele hat Sand ins Getriebe gebracht, das gibt den Gegnern des Event Castle etwas mehr Zeit. Ich bin nicht traurig, dass er tot ist.«

Jo schaute ihn alarmiert an: »Und das aus deinem Munde! Du warst doch ein echter Rümmeleunterstützer. Du bist doch der Inbegriff der Political Correctness. Du hast Rümmele doch ständig in der Zeitung gehabt, wenn er irgendwo wieder einen Scheck überreicht und den großen Gönner der Witwen und Waisen markiert hat.«

»Ach Jo, musst du denn immer gleich so ätzend werden? Du weißt doch selbst, wie das ist im Lokaljournalismus. Ab einer Fünfhundert-Euro-Spende bekommt der Spender einen Artikel mit Foto. Ja, du natürlich, du warst dir für solche Geschichten zu fein. Du warst ja schon immer zu wirklich Höherem berufen.«

Jo seufzte: Marcel hatte ja Recht. Mit siebenundzwanzig hatte sie ihre Promotion abgeschlossen, und das war ein bedrohliches Alter gewesen: nichts geleistet, nur einen Sack voller Ideale im Gepäck. Der Sack hatte erste Dellen bekommen, als Jo ein Volontariat bei der Allgäuer Zeitung angetreten hatte und feststellen musste, dass dort für pulitzerpreisverdächtige Formulierungen kein Platz war. Auch nicht für Traktate von über dreihundert Zeilen. Dreißigzeiler waren ihr Geschäft gewesen – und Leserbriefe. Marcel hätte auch lieber auf Seite drei geschrieben, aber Willensstärke war nicht seine herausragendste Eigenschaft. Er war viel zu devot, fand Jo.

Als die Stelle der Tourismusdirektorin ausgeschrieben worden war, hatte sie zugegriffen. Die Stellenbeschreibung hatte gut geklungen. Sie wollte was bewegen, und der Sack mit den Idealen zog mit um ins neue Büro. Heute stand er fest verschnürt auf dem Speicher und wurde immer brüchiger. Noch einen Umzug würde er wohl nicht überstehen.

Sie maulte Marcel unangemessen laut an: »Na prima, deine hohe Meinung über mich kenne ich ja. Und wenn es dich beruhigt, du kannst dich hämisch zurücklehnen. Dieser Tourismusjob ist die Hölle. Von wegen Personalverantwortung, konzeptionelles Denken und neue Wege im Tourismus gehen. Ich sitze zwischen allen Stühlen, und ich kann jeden Moment in einen verdammt tiefen Graben dazwischen fallen. Von Höherem würde ich dabei gerade nicht reden.«

»Sorry, aber du schaffst es immer noch, mich auf die Palme zu bringen.« Marcel zuckte die Schultern.

»Danke für die Blumen, du auch!« Jo musste jetzt doch lachen.

Es war einfach zu blöd, mit einem Exfreund auf beruflicher Ebene zu verkehren, dachte sie. Schließlich hatte sie ein Jahr lang ihr segensreiches Vorstadtdasein gelebt, mit just diesem Marcel an ihrer Seite. Er war der antiseptische Journalist gewesen.

Ich sollte mich echt mal zusammenreißen, lenkte Jo innerlich ein. Aber andererseits: Konnte der nicht einfach mal locker sein? Heute schon wieder, dieses »in situ«!

»Schau nicht so ernst«, meinte Marcel und sah sie schon wieder so besorgt an, als sei er ihr Therapeut. »Lach mal, ich muss doch ein nettes Bild von dir machen, wie du hier in einer momentan noch unberührten Landschaft stehst.«

»Ich sehe aus wie ein verfetteter Hamster, wenn ich lache«, meuterte Jo, und Marcel drückte ein paarmal mit der Reihenschaltung ab.

»Lass gut sein, Jo, erstens siehst du nicht aus wie ein Hamster, und zweitens bist du doch unsere Tiertante. Selbst wenn du aussähest wie ein Hamster, müsste dir das doch gefallen. Gehen wir lieber in medias res. Ich habe da einige Fragen vorbereitet.«

Jo würgte an der »Tiertante« und dem »in medias res« und bekam ein verdrücktes »okay« raus.

Marcel wollte gerade seine erste Frage stellen, als Jos Handy Laut gab. Sie meldete sich genervt: »Kennerknecht, das passt mir jetzt momentan schlecht, ich bin mitten ...« Sie wurde unterbrochen.

»Johanna, do isch der Schorsch. Du musst kommen mit dem

Gerhard. Ich sitz in U-Haft. Es isch …« Verdammt, wieder kein Netz. Jo war schon auf dem Absatz. »Marcel, tut mir leid, ich muss sofort weg, reden wir demnächst in meinem Büro weiter. Patrizia gibt dir einen Termin. Das wird jetzt nichts mit in situ.«

Jo riss die Autotür auf und fuhr mit einem Satz nach vorne an. Sie drückte sich verkrampft gegen den Autositz, die Schultern verspannt, das Lenkrad weißknöchlig umklammert. Sie legte den dritten Gang ein, riss das Steuer herum und schoss in den Weg nach Luitharz. Hierher kam nie ein Schneepflug, aber auch kein Belgier, der mit fünf Stundenkilometern durch den lebensbedrohlichen Winter brauste. Jo schlingerte leicht, knüppelte zwischen zweitem und drittem Gang, als ginge es um die Rallye Paris–Dakar. Schneefahren ist wie das Fahren auf Sand, Bremsen ist tödlich.

Für die Panoramastraße hatte sie jetzt keinen Blick. Irgendwo anders hätte man sie längst zum »Tourist Scenic Drive«, zur »Touristenstraße«, zum autogerechten Panoramarundweg stilisiert. Wo sonst standen Grünten, ja sogar Mädelegabel und Krottenkopf so perfekt Spalier wie hier oben im Bergstätter Gebiet? Hier war das eben so. Wozu Aufhebens davon machen? Entzückte Amerikaner und aus allen Linsen schießende Japaner gab's in Neuschwanstein genug. Da mochten sie auch bleiben. Diese Gegend blieb einigen wenigen Kennern überlassen. Die Anmut der Bescheidenheit sagt der Masse nichts, dachte Jo. Aber deshalb brauchte das Allgäu noch lange kein Event Castle.

In Akams mit seiner geschindelten Dorfkirche war das Netz wieder da. Sie wählte Gerhards Nummer und brüllte ins Telefon: »Wie kannst du den Schorsch verhaften?«

»Langsam, Mädel, ich hab den Schorsch nicht verhaftet. Das war Volker Reiber, und es blieb ihm auch gar nichts anderes übrig. Er hatte eine Gegenüberstellung auf der Dienststelle angeordnet.«

»Ja und?«, schrie Jo.

»Deine Frau Müller war von der durch Volker importierten Großstadt-Kriminalistik sehr angetan. Sie war ganz aufgeregt. Sie musste sich fünf Männer ansehen, und bei Georg Obermaier hat sie zumindest die Statur als passend empfunden. Und die Jacke, die war es, da war sich die pfiffige alte Dame ganz sicher.«

Jo brüllte weiter ins Handy: »Und eine Jacke hat Mister Lederstrumpf gereicht? Verdammt, tu doch was! Ich bin in zehn Minuten in Kempten.«

8. Jo raste über den Adenauerring – es dauerte nur sieben Minuten, bis sie in Gerhards Büro stürmte. Gerhard war schneeweiß im Gesicht.

»Schorsch ist wirklich in der Weiherstraße, dringender Mordverdacht. Er ist aber auch ein verstockter Trottel. Sieht schlecht aus für ihn.«

»Wieso, ich dachte, der schöne Volker hätte Frau von und zu Gräfin von Rümmele in Verdacht oder auch Peter Rascher?« Jo wippte hin und her.

»Ja, das stimmt auch, aber Frau Müller hat die Geschichte dreimal absolut identisch erzählt. Dir, was Volker nicht weiß, mir in Oberdorf und Volker auf dem Revier. Sie ist gegen halb elf mit ihrem Hund Gassi gegangen. Sie sah Rümmeles Auto kommen, einen jungen Mann aussteigen, der sofort in einen wartenden Golf umgestiegen und mit einem Mädel am Steuer davongebraust ist. Frau Müller kann nicht ausschließen, dass es Schorsch gewesen ist. Und sie ist absolut glaubwürdig.«

»Scheiße, aber es war doch stockdunkel.« Jo klammerte sich an einen Strohhalm.

»Schon, aber sie hat die Jacke genau beschrieben.«

»Aber solche Jacken gibt es doch mehrere?« Jo rannte im Zimmer auf und ab.

»Nicht allzu viele. Vier vielleicht noch, aber Schorsch hat keine Ahnung, wo die sind. Habe er wohl mal verschenkt, sagt er. Er ist stur wie ein Hackstock. Zur fraglichen Zeit sei er in seinem Zimmer neben dem Laden gewesen, habe Sportkataloge gewälzt und Bestellungen geschrieben. Niemand kann das bestätigen. Die Oma hat im Obergeschoss schon geschlafen. Du kennst ja ihre Einschlaftees, die hauen selbst ein Rhinozeros um!«

»Aber der Reiber kann ihn doch nicht nur aufgrund einer solchen Zeugenaussage hin einsperren!«, tobte Jo.

»Kann er schon, zumindest vierundzwanzig Stunden lang. Er war stocksauer. Der Schorsch muss ihm irgendwie das Kraut ausgeschüttet haben.« Gerhard zuckte die Schultern.

»Ich glaub das einfach nicht!« Jo schüttelte den Kopf.

»Ich auch nicht. Aber komm, wir haben eine Besuchserlaubnis.« Gerhard legte ihr eine Hand auf die Schulter.

Schweigend fuhren sie von der Polizeistation »Auf der Breite« los. Als sie am Stift, dem Mittelpunkt der barocken Stiftsstadt, vorbeikamen, seufzte Jo tief. Im Kornhaus unter dem schweren Gewölbe, wo im Winter der Wochenmarkt abgehalten wurde, war sie schon lange nicht mehr gewesen. Sie betrachtete die gewaltige St.-Lorenz-Basilika heute fast wie eine Touristin, überrascht angesichts der erhabenen Größe und der strengen Ausstrahlung. Früher, da hatte man sich auf dem Wochenmarkt auf einen »Ratsch« getroffen. Die Verkaterten des Kemptner Nachtlebens hatten durch intensive Gaben von Weißwürsten gehofft, wieder auf die Beine zu kommen. Schade, nicht mal für die kleinen Dinge des Lebens war mehr Zeit.

Schon wieder eine Unterlassungssünde. Jo wäre gern einmal wieder durch Kempten gebummelt, über den St.-Mang-Platz mit seinen herrlichen Rokoko- und Barockfassaden, die Freitreppe hinauf zur Fußgängerzone. Ein bisschen Shopping hätte ihrer vernachlässigten Garderobe auch nicht geschadet.

»Vergangenheitsblues, hm?« Gerhard sah Jo an, die starr geradeaus schaute, und bog in eine kleine Gasse ein. Zwischen dem Kornhaus und dem Adenauerring schmiegte sich ein Altkemptner Viertel mit winkligen Gassen und schnuckligen Hinterhofgärten an den Hang. Die Lage war viel zu altstadtromantisch für einen Knast! Schweigend betraten sie das Gebäude der JVA. Der Beamte zog die Stirn kraus.

»Von einer Zivilistin war aber nicht die Rede!«, maulte er, aber Gerhards Blick ließ ihn in sich zusammensinken. Er hob lasch die Hand, ging voran und öffnete eine Tür.

Schorsch saß da, die Schultern nach vorn gebeugt, unrasiert. Er war irgendwie geschrumpft, die blauen Augen wirkten verwaschen wie eine Jeans nach Hunderten von Schleudergängen.

»Du brauchst einen Anwalt, nicht uns«, sagte Gerhard ruhig.

Schorschs Augen sandten Blitze. »Dem Jurapack trau i it. Dir schon. Mit dir hob i schon Omada gemacht, bei der Oma.« Das ließ keine Widerrede zu. Er fuhr fort: »Schauts, die sagen, eine Zeugin hätte mich im Rümmele seinem Auto gesehen, und a Fehl hätte mich in einem Golf mitgenommen. Ich kenn ja nicht mal eine Fehl mit einem Golf.«

»Mensch, Schorsch, ob du ein Mädchen mit einem Golf kennst oder nicht, das ist doch total egal. Es geht um diese Jacke«, schnaubte Gerhard.

»Ja mei, das waren so Werbedinger. Was weiß i denn, wo die gelandet sind. Aber dir wisset doch, dass i nia net uin umbring. I hob dem Rümmele nix getan. Bloß meh …«

»Bloß meh was??« Gerhards Stimme hatte ein gefährliches Tremolo angenommen.

Schorsch starrte zu Boden, riss den Kopf hoch und stieß trotzig aus: »I hob ihm halt die Ski verschliffen.«

»Du hast was? Wann? Wieso?« Jos Stimme war zu laut und schrill, wie bei einer dieser Brüll-Talk-Shows im Fernsehen.

»Der Rümmele isch am Samschtig zu mir in den Laden gekommen und hot den ganz neuen teuren Stöckli Race Carver dabei gehabt – du woisch scho, den wo die ganze Rennläufer auch fahren, unter einem Schweizer Nobelski hats der Rümmele ja it gemacht – und da wollt er halt einen Rennschliff und Rennwachs. Mei der isch reingepoltert, und dann hat er in seinem scheußlichen Dialekt gesagt: Der Herr Obermaier, immer fleißig, immer fleißig, muss man heutzutage, gell.«

Verblüffend, wie gut Schorsch den Rümmele imitieren konnte.

Jo musste grinsen. »Tja, in der Kommunikation mit dem debilen Einheimischen hat er sich halt so eine Art Kindergarten-Duktus angewöhnt.«

Gerhard sah sie strafend an und wandte sich an Schorsch. »Und weiter?«

»Ja mei, i hätt ihm am liebsten den Ski, an dem i grad dran war, übern Schädel gezogen, aber so eabas tu i ja allet it. Und dann hat der Rümmele sein Ski auf den Tisch gelegt, mir fufz´g Euro hingeschmissen und gesagt: Bis morgen früh, gell! Und weg war der. I hob mi nochhert gewundert, weil es doch am Samschtig war und der mit morgen ja allat Sonntig meinen musste.«

»Tja, für einen Rümmele haben eben Ladenöffnungszeiten nicht gegolten«, sagte Jo und zu Gerhard gewandt: »In Schorschs Weltbild kommt so einer wie der Rümmele eigentlich nicht vor. In meinem auch nicht.«

»Genau«, sagte Schorsch, »aber i war echt narret. Zerscht

des Theater mit der Oma, hob i denkt, und dann traut der sich do her. Dir hilf ich schon, hob i denkt.«

Jo grinste. »Und dann hast du ihm aus Wut den Ski verschliffen. Das Schlimmste, was du jemandem antun kannst, ist ein verschliffener Ski?«

Schorsch nickte eifrig.

Gerhard sah vom einen zur anderen. »Sagt mal, spinnt ihr, wovon redet ihr denn?«

Jo war mal wieder in Fahrt: »Also ich stell mir das so vor: Der Schorsch hat mit dem Kantenschleifer unterschiedlichen Druck auf die Kante ausgeübt und so ein Wellenprofil erzeugt. Der Grat, der beim Schleifen entsteht, den hat er nicht wie üblich mit dem Radiergummi abgezogen, sondern stehen lassen. So ein Ski fährt überallhin, bloß nicht die Kurven, die ihm sein menschlicher Steuermann vorgibt! So war das doch?«

»Genau! Aber das wars auch schon, genau wie die Jo gesagt hat«, sagte Schorsch und schickte hinterher: »Aber des glaubt mir der Lackaff aus Datschiburg doch nie!«

»Nein, sicher nicht«, meinte Gerhard, »im Gegensatz zu Frau Doktor hier verstehe ich nämlich auch nur die Hälfte, und unser Schönling Reiber hat mit Skifahren sicher nichts am Hut.«

Jo verstand Schorsch tatsächlich nur zu gut. Sie war schließlich selbst mal leidlich erfolgreich Skirennen gefahren. Ein guter Ski war ein gehätscheltes Juwel, ein guter Serviceman in Gold nicht aufzuwiegen. Und Schorsch war einer. Er hatte lange Jahre als Head-Serviceman Wunder vollbracht, bei Eis, plötzlichem Neuschnee und aufgefirnten Wasserpisten. Deshalb gab es für Ski-Insider im Allgäu nur eine Adresse: »Schorschs Sport-Eck« in Immenstadt. Und das schien der Rümmele auch gewusst zu haben.

»Hat er den Ski am Sonntag abgeholt?«, fragte Gerhard.

»Klar – um Punkt neine isch der Rümmele auf der Matte gestanden. Er hat so ein dämonisches Grinsen aufgehabt.«

»Hat er denn gesagt, wo und mit wem er ein Rennen fährt?«, wollte Gerhard wissen.

»So einen frag ich doch nicht«, ereiferte sich Schorsch. »Er hat bloß gesagt: Heut krieg ich ihn. Isch des wichtig?«

»Wenn wir wüssten, wen er mit ›ihn‹ gemeint hat, schon!« Gerhard zeigte plötzlich so etwas wie Jagdeifer. Jo atmete auf, Gerhard war in das Spiel eingestiegen, gottlob!

Sie sagte: »Schorschi, pass auf. Ich schick dir jetzt den Bruckner Robert, das ist kein Jurapack, sondern ein seriöser Anwalt. Den kennst du auch noch aus der Schule. Der soll dich beraten. Und – schon wahr, der Lackaff muss das nicht wissen.«

Schorsch lächelte: »So g´fallts mir, und schauts bei der Oma vorbei, die macht sich Sorgen.«

Die beiden nickten und verließen das Gefängnis.

Draußen packte Gerhard Jo rüde am Arm und riss sie zu sich herum: »Du weißt schon, dass wir uns in eine Ermittlung einmischen und zudem Fakten verschweigen.«

Jo jubilierte innerlich. Er hatte »wir« gesagt!

Sie mümmelte ein leises »Hmm« heraus und fügte lauter hinzu: »Komm, ich lade dich zum Essen ein, wir müssen nachdenken, aber nicht mit leerem Magen.«

Dicke Wolken waren aufgezogen. Der milde föhnige Wintertag war binnen einer halben Stunde einem Schneetreiben gewichen. Ein typischer schneller Wetterumsturz hier am Nordstau der Alpen, der in kürzester Zeit eine anmutige Landschaft in ein Inferno aus Weiß verwandeln konnte. Keine Konturen waren mehr zu sehen, und natürlich ergab dieser Schlechtwetter-Cocktail stadtauswärts ein absolutes Chaos. Es war spiegelglatt, und zu allem Unglück kam zum Berufsverkehr mal wieder der Urlauber-Auftrieb und das Skiferien-Chaos der Rot- und Gelbschildler hinzu. Ein Belgier zog gerade mitten auf der Straße Schneeketten auf, ein Holländer traute sich nicht vorbeizufahren, die Straße war blockiert. Jo ließ das Auto durch sanftes Herunterschalten ausrollen, um nicht zu rutschen. Von hinten aber näherte sich ein Wagen mit voller Festbeleuchtung. Der Fahrer trat augenscheinlich in die Eisen, kreiselte an Jo vorbei und stippte mit der Nase in eine Altschneewächte auf der gegenüberliegenden Seite. Die Türen des Wagens gingen augenblicklich auf, ein Pärchen beschimpfte sich in einem schwäbischen Dialekt, der eine Beleidigung für empfindliche Allgäuer Ohrmuscheln war.

Gerhard zog die Augenbrauen hoch. Jo sah ihn an. Er schüttelte den Kopf: »Ich bin jetzt nicht mehr im Dienst!« Er zückte sein Handy. »Unfall kurz hinter Waltenhofen, schickt mal wen, ein RT-SE 788 steckt im Graben, so eine Suzuki-Vitara-Friseusenschleuder in Pink. Ende und Servus.« Er legte auf und grinste.

Jo schaute ihn an. Erneutes Nicken. Sie wendete vorsichtig, fuhr mit Zehenspitzengefühl und einem Hauch von Gas an und bog Richtung Hegge ab. In Waltenhofen nahm sie die Nebenstrecke über Rauns und Martinszell, ein Sträßchen so eng, dass zwei Autos kaum aneinander vorbeipassten. Den steilen Berg in Martinszell meisterte Jo dank Allrad souverän, überquerte die B2, wo sie sich eine Lücke im Staugeschehen freihupte. In Oberdorf in der Bergstraße hing noch so einer aus RT am Hang. Jo überholte locker, und sie kamen recht beschwingt im Rössle in Eckarts an.

»Ihr schon wieder?« Die Wirtin lachte, und eine Weinschorle sowie ein AKW kamen ungefragt auf den Tisch. Zwei Knoblauchsuppen auch. Das war ein Ritual bei Jo, in schlechten Phasen ging sie immer Knoblauchsuppe essen. In letzter Zeit war sie dabei, sich fast eine Knoblauchvergiftung zuzuziehen.

»Ich versteh das nicht, es muss doch auch noch andere Verdächtige außer Schorsch geben«, begann Jo. »Was ist denn mit Frau Rümmele, die ständig so bemalt ist, als sei sie auf dem Kriegspfad?«

»Wir haben uns die Hausangestellte noch mal vorgenommen. Ich glaube ganz ehrlich nicht, dass sie lügt. Sie hätte auch gar keinen Grund zu lügen. Ihr Vertrag mit Rümmeles läuft sowieso Ende des Monats aus. Sie hat da nur stundenweise zur Überbrückung gearbeitet. Sie hat ein kleines Kind zu Hause, das aber nun in einen Ganztageskindergarten geht, und sie tritt ihren alten Job bei der Raiffeisenkasse wieder an.«

»Frau Rümmele war also wirklich daheim?«, fragte Jo.

»Ja, sieht so aus.«

»Und ein Liebhaber oder so was?« Jo gab nicht auf.

»Alle befragten Nachbarn haben angegeben, dass da immer mal wieder wilde Partys gelaufen seien. Dass nackte Mädels auf den Tischen getanzt hätten. Da aber niemand wirklich dabei war, überwiegt wahrscheinlich die Dichtung.«

»Und die Hausangestellte?«

»Nun, die hatte die Aufgabe, Snacks zuzubereiten, Champagner einzukühlen, und wurde dann weggeschickt. Am nächsten Tag räumte sie im Schwimmbad und in der Sauna wieder auf.« Gerhard war anzumerken, dass er das eher befremdlich fand.

»Ja, aber das spricht doch für was Anrüchiges!«, rief Jo euphorisch.

»Oder gerade eben nicht, denn Frau Rümmele war immer dabei«, dämpfte Gerhard ihre Begeisterung, »vielleicht war das ja so eine Art Swinger-Club, alles ganz locker. Wieso hätte sie sich einen Liebhaber halten sollen, wenn ihr die frei Haus unter den Augen des Gatten geliefert worden sind? Lassen wir Frau Rümmele mal beiseite.«

»Ja gut, aber dann haben wir nur noch Peter Rascher und Schorsch zur Wahl, und beide Optionen gefallen mir gar nicht. Mensch, Gerhard: Peter Rascher ist kein Mörder. Vielleicht hat ja ein anderer Naturschützer den Mord begangen. Aber auch das kommt mir unlogisch vor. Ich meine, die wissen doch, dass das Projekt auch ohne Rümmele weitergeht, mit Verzögerung zwar ...«

Gerhard zuckte mit den Schultern. »Vielleicht wollten sie ihn nur erschrecken, und es war ein Unfall? Was weiß denn ich?« Er löffelte seine Suppe. Mechanisch, langsam. Eine beunruhigende Stille lag bleiern über dem Tisch.

Jo durchbrach das dumpfe Schweigen: »Und dann führt wieder alles zu Schorsch. Der muss da raus. Es geht auch um die Oma, die sollte so lange nicht allein sein. Sie ist zwar ganz schön fit, aber allmählich wird sie doch ein bisschen wunderlich mit all ihren Tees. Sie braucht ihren Enkel.«

»Sicher muss er da raus. Aber was erzählt der auch für einen konfusen Unsinn. Diese Sache mit dem verschliffenen Ski ist doch wirklich ein merkwürdiges Ding, oder?« Gerhard sah irritiert von seiner sahnigen Suppe hoch.

»Ja und nein. Dass er als Rache einen Ski verschleift, das ist Schorschis Stil. Was ich nicht zusammenkriege: Rümmele wollte ein Rennen fahren und hat den Ski schleifen lassen. Aber was hat das mit dem Mord oder Unfall zu tun?«, fragte Jo.

Gerhard dachte lange nach. »Nenn es männliche Intuition, ich glaube, der Ski ist eine Schlüsselstelle in dem Ganzen.«

Jo lachte laut heraus: »Männliche Intuition, klasse – die erkennt meines Wissens nur, wann ›Sportschau‹ kommt oder wo das Bier billig ist. Aber eure Intuition scheitert ja schon daran, zu merken, welche Tussi willig ist. Ihr überschätzt euch.«

Gerhard ignorierte Jo einfach. »Wenn der Rümmele ein Rennen fahren wollte, dann kann er das ja schlecht allein getan haben«, hob er erneut an, nachdem er das letzte der roten Pfefferkörner geknackt hatte, die sich mit der dicken Sahne und den herrlichen Knoblauchzehen trefflich am Gaumen verbanden. Er setzte hinzu: »Wir müssen alle Ski-Rennen checken, die am Sonntag stattgefunden haben. Vereinsmeisterschaften, Firmenrennen, einfach alles.«

»Ich ruf mal Patrizia im Tourismusbüro an. Sie müsste noch da sein.« Jo wählte und erläuterte ihr Anliegen: »Meinst du, du kriegst das heute noch hin?«

Jo hatte noch ihren halben Zander auf dem Teller, und Gerhard seine Bergler Schmankerlpfanne noch nicht fertig, als das Handy wieder erklang. Jo hörte zu und kritzelte etwas auf einen Bierfilz. »Danke, Patti, du bist ein Schatz.«

Sie schaute Gerhard zweifelnd an. »An dem Sonntag gab es ein Gästerennen am Grünten, einen Kindercup in Thalkirchdorf und ein Mutter-und-Kind-Rennen der Grünen Frauenliste in Ratholz und natürlich ein Weltcup-Rennen in Garmisch. Es wurde nachgeholt und nach Garmisch verlegt, weil das Wetter mal wieder Kapriolen geschlagen hat. Das ganze Berner Oberland hatte keinen Schnee, und Beschneien war auch nicht, weil die Temperaturen penetrant um zehn Grad gelegen haben. Also, das sind die Skirennen, aber die alle scheinen mir kaum Rümmeles Betätigungsfeld gewesen zu sein. Obwohl die grünen Muttis ...« Jo grinste.

Gerhard wiegte den Kopf hin und her. »Ich lass Markus die Teilnehmerlisten prüfen, mal rumfragen, ob unser Freund HJ irgendwo aufgetaucht ist. Was immer man ihm sonst nachsagen kann, unauffällig war der nicht!«

»Bleibt die Frage, was das Ganze bringen soll. Ich bin für einen rabiaten Naturschützer, der durchgedreht ist«, maulte Jo.

Gerhard setzte ein überhebliches Sherlock-Holmes-Lächeln auf. »Polizeiarbeit hat mit Recherche und unbestechlichem Verstand zu tun. Trau nie dem, was du siehst. Und sei geduldig. Mit Geduld bist du nun leider gar nicht geschlagen.«

Jo streckte ihm die Zunge raus.

Gerhard beschloss, einen Abstecher zu seinen Eltern zu machen, und Jo fuhr nach Hause. Nachdem sie nun entgegen ihrem guten Vorsatz überhaupt nicht mit dem Prospekt weitergekommen war, sah das schwer nach Nachtschicht aus. Die Weichpfoten waren schon da, akkurat nebeneinander auf die Couch hingegossen. Moebius hob wenigstens ein Augenlid zu ihrer Begrüßung, Mümmel zuckte nicht mal mit der Pfote.

Jo trollte sich in die Küche. Sie lagerte ihre diversen Multifunktionsstapel ein wenig um und rollte mit den Augen. Der Bürgermeister hatte das Budget für die neuen Prospekte an eine neue Agentur vergeben. Ein Vorschlag war gekommen, und die Texte trieben Jo rote Wutflecken ins Gesicht: »Der Berg und Du. Sehnsucht. Schneewirbel. Im Auf und Ab. In der Wollust der winterlichen Gedanken. Der Berg und Du.« Daneben hatten sie ein Foto platziert, das unscharf drei Bergbauern zeigte, die im Nebelgrau auf einen Berghang blickten und aussahen wie die letzten Überlebenden eines Murenabgangs.

»Wollust, oh weh! Damit werden wir kaum Gäste anlocken, höchstens wollüstige Suizidkandidaten – bei dem Bild«, stöhnte Jo und überlegte sich eine etwas tauglichere Formulierung für das Bürgermeisterbüro: »Sehr geehrter, lieber ... freue ich mich über das Engagement von Ihrer Seite ... weiß immer um Ihr großes Interesse am Tourismus, aber dennoch bla, fasel, bla.«

Ein Scheißtag! Jo schlappte in den Keller. Das zumindest war ein unschätzbarer Vorteil des Häuschens. Der Keller war nur grob in den Fels gehauen, der Boden aus Lehm. Festgestampfter Lehmboden, das ließen sich Weinkenner andernorts mühsam einbauen, bei Jo gab es den umsonst. Eine gleichmäßige Temperatur um zehn Grad herrschte hier, und das tat dem »Weißen Riesling« aus dem Burgenland wirklich gut. Jo nahm sich eine Flasche. Dieser Griff saß, auch wenn sie sonst dem kreativen Chaos anhing, der Weinkeller war picobello sortiert.

Mit dem Wein ging die Arbeit weit besser von der Hand, und Jo sank gegen Mitternacht todmüde ins Bett. Sie lag noch nicht richtig, als die Tiere ebenfalls nachzogen. Diesmal als Dreigestirn, auch Kaninchen lieben weiche Unterlagen.

9. Dank anhaltender Schneestürme, die immer wieder den Himmel verdunkelten, hatte Moebi beschlossen, den Donnerstag erst gegen halb acht Uhr zu begrüßen, und da wäre Jo sowieso aufgestanden. Nach dem üblichen kurzen Cappuccino-Ritual entschloss sich Jo, einen Abstecher zu Oma Kreszenzia zu machen.

Sie war höchst erstaunt darüber, fast gleichzeitig mit Volker Reiber vor dem Haus anzukommen. Diesmal entstieg er in einem grauen Zwirn mit langen Rockschößen und Mao-Stehkrägelchen seinem Auto. Jo hatte sich heute mal in einen S.-Oliver-Hosenanzug geworfen, der immerhin vom Modehaus Wagner stammte. Einer ihrer seltenen Shopping-Ausflüge. Aber selbst dieses gute Stück war vier Jahre alt und hatte sicher nur ein Zehntel vom Designertraum ihres Gegenübers gekostet. Ein Dressman wie Reiber ließ jeden anderen schlecht aussehen.

»Wie kommen Sie dazu, Herrn Obermaier aufzusuchen?«, fauchte er Jo statt einer Begrüßung an.

»Wunderschönen guten Morgen, Herr Reiber.« Jo setzte ihr Sonntagslächeln auf. »Und um auf Ihre Frage zu antworten: Georg Obermaier hat mich angerufen. Das ist, glaub ich, in einem Rechtsstaat so üblich, dass auch Mordverdächtige zum Telefon greifen dürfen.«

Reibers Augen blitzten. »Ich wusste nicht, dass Ihr Sozial-Doktor auch zur Juristerei befähigt. Aber bitte: Was hat Ihnen dieser Obermaier erzählt?«

Jo mahnte sich zur Vorsicht. Jetzt nichts über die Ski erzählen. »Er sagte, dass er zu Unrecht verdächtigt wird, dass er in seinem Zimmer im Erdgeschoss war und dass die Oma leider so schwerhörig ist, dass sie ihm kein Alibi liefern kann. Er bat mich, nach der Oma zu sehen, was ich hiermit tue. Und was tun Sie hier?«

»Na, diese Frau Kreszenzia zur Mordnacht befragen, vielleicht hat sie ja doch etwas gehört oder gesehen. Diese alten Leutchen ändern ja ständig ihre Aussagen.«

Jo sah ihn scharf an. »Die Oma ist lediglich schwerhörig, aber nicht debil. Die hat mehr im Kopf als ...« Sie war schon versucht, »Sie« zu sagen, rettete sich aber gerade noch: »... als wir beide zusammen.«

»Und wir werden da jetzt nicht beide zusammen reingehen. Ich gehe da rein, Sie können gern später wiederkommen. Sie können nicht einfach an einer Befragung partizipieren.« Volker Reiber sah Jo dann mit seinen stahlgrauen, ins Grüne changierenden Augen unverwandt an.

»Oh, partizipieren kann ich sehr wohl, und wenn's nur ist, um die Oma schonend auf Sie vorzubereiten.« Und auf seinen Fremdwort-Fimmel, dachte Jo und war schon in der Tür. Volker Reiber ließ die Augen noch mal graugrün aufflackern, folgte ihr aber ohne weiteren Kommentar.

Die Oma hätte man sicher nicht vorbereiten müssen. »So, hondr an Dischkurs ket do dussa? Des isch aber kui Wetter für so eabas. Etzt trinket dir erscht amol an Tee.«

Sie setzte große Henkelbecher vor den beiden ab, aus denen es kräutrig herausdampfte. »Lindenblüten mit der Spezialmischung von mir. So, und du bisch der, der mein Bua verhaftet hat?«

Volker Reiber schluckte.

Die Oma tätschelte Jos Hand. »Mich hat da gestern noch so ein Anwalt angerufen, Bruckner schreibt sich der. Der hat gesagt, dass i mi it aufregen soll.« Sie schaute erst Jo, dann Reiber an. »I reg mi nia auf. Und der Schorschi auch nicht.«

»Aber als es um den Hausverkauf ging, hat er sich ganz schön aufgeregt.« Reiber nippte vorsichtig an seinem Tee. »Sehr gut, der Tee, Frau Obermaier! Sehr schön, aber Ihr Enkel hat sich doch wirklich aufgeregt.«

»Ja mei, der will halt immer mein Bestes, der Bua. Mir isch des gar it so arg gsi mit dem Heisle. Aber mir isch es halt arg gsi um die Leit, die den Baugrund gekauft haben. Lauter so Junge, die müssen doch jeden Pfennig umdrehen.«

Reiber wollte wohl gerade wieder eine Fragensalve herausschmettern, als Jo ihn mit einem Blick stoppte. Vorsicht!

»Kreszenz«, Jo sah sie liebevoll an, »das ist ja immer so, dass Bauvorhaben sehr knapp kalkuliert sind.«

»Schon, Fehl, aber das war schlechter Boden, und das haben die Ersten allat schon gemerkt.«

»Wieso denn schlecht? Das ist doch eine gute, ganz normale Bauernwiese?« Jo war irritiert.

»Des sott ma moina, wenn ma bloß so überhops na luget.«

»Aber nun kommen Sie doch mal zum Punkt!« Reiber wurde ungeduldig. Jo schenkte ihm noch einen flammenden Blick.

»Und wenn ma ganz guat luget, Kreszenz?« Jo verfiel unwillkürlich in Allgäuerische.

»Dann isch das ein Boden, der wo drainiert worden isch, und wenn du da aufgräbst, kommen alte Tonröhrle raus«, sagte Kreszenzia ganz einfach.

»Alte Tonröhren?« Jo schwante etwas.

»Ja, des isch doch klar. Frühnar hat man Moosboden mit

Drainaschen getrocknet. Legal hat man das beim Wasserwirtschaftsamt angegeben. Illegal hat man allat schwarz drainiert. Aber drunter isch auf jeden Fall ein huragreißlichr nasser Boden. Da kannst du schlecht bauen. Drum war doch bei mir im Austragsheisle allat immer Wasser im Keller. Drum war i gar it so bös, dass der Rümmele des hat kaufen wollen.«

Jo starrte sie an und begann zu lachen. »Kreszenz, du alte Schlaumeierin, du wolltest bloß den Preis hochtreiben?«

»Na, Fehl, das nicht! I wollt dem Rümmele klarmachen, dass das nasser Boda isch.«

»Aber Herr Rümmele hat Ihnen nicht geglaubt?« Volker Reiber mischte sich wieder ein.

»It glaubt oder it glauben wollen.« Die Oma zuckte mit den schmalen Schultern.

»Und Schorsch?« Jo war vor lauter Aufregung aufgesprungen.

»Hat das auch gewusst, aber der hat prozessiert, weil er gesagt hat, dann macht er dem Rümmele wenigstens sein Leben schwer. Wenn der schon allat die Bauherren übers Ohr haut. So hat er das gesagt, der Schorschle«, sagte Kreszenzia freundlich. Sie erhob sich. »So, i muss etztele in d Kirch. Und du«, sie deutete auf Volker Reiber, »lasch den Bua wieder naus.«

»Ja, können Sie ihm denn ein Alibi geben?«, fragte Volker.

»Na, ka i it, i war im Bett. Da müsst i ja lügen. Und das tut ein guter Chrischtenmensch it, oder?« Sie strahlte die beiden an und sagte zu Jo: »Und du, Johanna, du kannsch dem Schorschle sagen, dass i zurechtkomm.«

Daran hatte Jo keinen Zweifel, als sie sah, wie energiegeladen Kreszenzia zur Tür ging und diese aufstemmte. Jo und Volker Reiber folgten ihr und sahen ihr zu, wie sie sich auf ein uraltes schwarzes Hollandrad schwang. Wie eine junge Frau!

Reiber starrte ihr nach. »Faszinierend!«

»Hm, so kann man das auch nennen.« Jo schaute ihm direkt in die Augen. »Lassen Sie den Schorsch jetzt wieder raus?«

»So schnell geht das nicht. Ein Alibi hat er nun mal keines. Und diese ganze dubiose Drainagegeschichte, die muss ich erst mal überprüfen«, wiegelte er ab.

»Nun machen Sie aber mal einen Punkt, Herr Reiber. Die Oma hätte ihm ein Alibi geben können. Aber sie hat es vor lauter Integrität nicht getan.« Jo fand Reibers Vorgehen extrem ungerecht.

»Das wäre doch auch gar nichts wert gewesen, ein Alibi von einer Verwandten. Nun machen Sie aber auch mal einen Punkt, Frau Doktor. Ich sage doch, dass ich erst mal Licht ins Dunkel dieser verworrenen Drainagegeschichte bringen muss.«

Jo schüttelte den Kopf über so viel Unvermögen. »Sie verstehen rein gar nichts von Landwirtschaft, oder?«

»Sollte ich?«

»In dem Fall wäre es von Vorteil«, meinte Jo. »Falls es Ihr Ego erlaubt, könnte ich Ihnen zumindest eine kurze Einführung geben.«

»Ich bitte darum. Gibt's hier ein Café?« Volker Reiber lächelte sogar und sah dabei gar nicht schlecht aus, wie Jo fand.

»Ja, klar, aber ich würde sagen, wir schauen mal zu Mama My hinein. Da kriegen Sie Ihren grünen Tee.«

Als sie das Lotus betraten, hatte es gerade geöffnet. Frau My drückte herzlich Jos Hand und begrüßte auch Volker Reiber überaus freundlich.

Sie war begeistert, dass Reiber grünen Tee bestellte. »Ich bin Buddhistin, immer viel beten und viel Tee trinken. Ich esse nix tote Tiere, Sie auch nicht?« Sie strahlte ihn an und ging.

Jo sah ihn vorsichtig von der Seite an. Er schien ein wenig durcheinander zu sein. Frau My brachte den Tee, Reiber schenkte sich ein und rührte hektisch in der Tasse. Aus der Küche klangen gedämpfte Stimmen herüber.

Volker Reiber versuchte ein Lächeln. »Das hätte ich Immenstadt jetzt gar nicht zugetraut ...«

Jo legte den Kopf schief. »Meinen Sie, wir essen unentwegt Schweinsbraten und bekreuzigen uns, wenn wir Asiaten sehen? Herr Reiber, das ist doch nicht Bayerisch Kongo hier.«

»Nein, so meine ich das nicht. Aber der Kontrast von Kreszenzia Obermaier zu Ihrer Mama My ist etwas überraschend. Wieso eigentlich Mama My?«

»Sehen Sie, sie flüchtete 1979 aus Vietnam. Eine der tragischen Geschichten. Sie stammt aus der Oberschicht, war Schriftstellerin und hat für Zeitungen gearbeitet. Die Familie war begütert, der Großvater war Schulleiter. Dann kamen die Kommunisten und haben alles enteignet. Es kam zu Verhaftungen, Folterungen, die ganze Palette des Grauens. Sie konnte flüchten, aber ihr Mann war krank, und sie hatte fünf kleine Kinder dabei. Deshalb Mama My. Wissen Sie, ich stelle es mir neben der ganzen wirtschaftlichen und körperlichen Pein auch psychisch sehr schwer vor, sich als Intellektuelle mit einem China-Restaurant hochzudienen.« Jo brach ab.

Volker Reiber rührte weiter in seinem Tee.

Jo fuhr fort: »Ich bewundere sie sehr und freue mich wahnsinnig darüber, dass ihre Kinder so gut geraten sind. Ein Sohn schreibt jetzt seine Doktorarbeit in politischen Wissenschaften. Er hat ein dreijähriges Stipendium für Peking bekommen. Jetzt muss er Chinesisch lernen. Allgäuerisch kann er besser. Sie sehen, hier schließt sich der Kreis.«

»Ja eben, und das ist doch ein ungewöhnlicher Kontrast«, sagte Reiber.

»Ja und nein, eigentlich ist der Unterschied nur einer der Sprache und der Kulturen. Keiner des Herzens. Beide sind Frauen, die es schwer hatten und einfach immer getan haben, was eben getan werden musste. Ohne zu klagen, ohne zu hadern.« Jo war sich nicht sicher, ob das Gespräch nun nicht zu sehr in privaten Bahnen verlief.

Reiber rührte noch immer in seinem Tee und sah dann hoch. »Sie überraschen mich wirklich, Frau Doktor Kennerknecht.«

»Weil ich denke? Fühle? Wir sind weder dumpfe Bauern noch superschnelle High-Tech-Städter. Wir essen an einem Tag Bergkäse und am anderen Tofu in Currysoße. Glauben Sie mir, Herr Reiber. Hier reimt sich vieles, was anderswo kein Gedicht mehr ergäbe.«

Beide lauschten den Worten hinterher, bis Volker Reiber sagte: »Ein schöner Satz.«

Bot er einen Waffenstillstand an? Jo versuchte zumindest jetzt, sich jeglicher Ironie zu enthalten.

»Also diese Bodengeschichte. Ich bin da keine Fachfrau. Sie wissen ja, der Sozial-Doktor« – o weh, so ganz klappte das nicht mit der Selbstbeschränkung in Sachen Ironie –, »aber ich habe in meiner Zeit als Journalistin mal intensiver recherchiert. Es ist so, dass es Böden gibt, die eigentlich ganz gut aussehen. Knapp unter der Grasnarbe liegt aber eine wasserundurchlässige Lette, und darunter ist purer Moorboden. Anfang des zwanzigsten Jahrhunderts wurden solche Böden drainiert, und zwar mittels Tonröhren. Der Ton saugt das Wasser auf, leitet es ins Innere ab, und dann läuft das Wasser ab.«

Volker Reiber hatte aufmerksam zugehört. »Ja, aber darüber muss es doch Unterlagen geben?«

»Schon, die liegen beim Wasserwirtschaftsamt. Aber es

gab auch Bauern, die Böden schwarz drainiert haben. Und das Interessante daran ist, dass der Ausfluss weit außerhalb des Grundstücks liegen konnte und kann. Wenn man sich da noch ein Jahrhundert mit Kriegsverkäufen und Zerstückelungen vorstellt und an die Flurbereinigung denkt, dann kann es gut sein, dass ein Bauer einen schwarz drainierten Boden gekauft hat und wirklich nichts davon weiß.«

»So, und bei dem Boden, den Rümmele gekauft hat und weiterverkauft, war das der Fall?«

»Das weiß ich nicht, aber vorstellbar ist es schon. Rümmele hat den Boden samt des alten, leer stehenden Bauernhofs von Schorschs Mutter gekauft. Die lebt in Australien. Ist abgehauen, als Schorsch zehn war, und hat ihn bei der Oma gelassen. Sie hat den Grund auf Kreszenzia übertragen, und bei jedem Weiterverkauf sollte die Bedingung bestehen, dass ihre Schwiegermutter, also Kreszenzia, im Austragshäusl bleiben kann. Ich bezweifle, dass Schorschs Mutter Kenntnis über den Zustand ihrer Wiesen hatte. Sie war keine Bäuerin aus Leib und Seele, sie hat Schorschs Vater zwar geheiratet, aber sich nie für die Landwirtschaft interessiert. Schorschs Vater starb bei einem Traktorunglück, ein halbes Jahr später war Schorschs Mutter weg.«

»Aber die Kreszenzia wusste noch davon?« Reiber schien richtig gespannt zu sein.

»Davon gehe ich aus. Sie ist Jahrgang 1912!«

»Faszinierend«, sagte Reiber und meinte es wohl aufrichtig. »Ganz schön rege, die alte Dame. Und was bedeutet das nun für das Bauwesen?«

»Da müssen Sie jemanden fragen, der Ahnung von Tiefbau hat. Aber meines Wissens erlebt der Bauherr sein blaues Wunder. Er muss den Boden austauschen und eine Bodenwanne einbauen, was natürlich die Kosten gut in die Höhe treibt.«

Volker Reiber rührte wieder mit abgespreiztem Finger im Tee und schrieb mit rechts seine Notizen. Er schaute durch Jo hindurch. »Das wäre aber schon kühn von der Rümmele-Bau, den Interessenten erst miese Bauplätze zu verkaufen und dann mittels der Mehrkosten für Bodenwannen Geld zu scheffeln.«

»Ja, ziemlich kühn und doch wohl ein gutes Mordmotiv für den einen oder anderen Bauherrn!«, rief Jo triumphierend.

Volker Reiber drohte ihr mit dem Zeigefinger. »Sie geben wohl nie auf.«

»Selten, sehr selten«, murmelte Jo.

»Wann wurden denn die ersten Baugruben ausgehoben?«

»Ich glaube, erst vor einigen Tagen, es ist ja noch ein bisschen früh im Jahr, aber ein solches Loch habe ich gesehen. Mensch, da steht Wasser drin!« Jo schrie so laut, dass die Leute am Nachbartisch herübersahen.

Volker Reiber grinste. »Gemach, gemach, Frau Doktor. Da werde ich jetzt mal recherchieren, wer der Bauherr ist. Außerdem werde ich beim Wasserwirtschaftsamt vorfühlen.«

»Und Schorsch?«

»Wenn ich das alles verifizieren kann, wäre ich geneigt, ihn bis auf Weiteres rauszulassen«, meinte Reiber.

Jo zählte innerlich bis zehn. Nein – sie würde jetzt weder das Wort »gemach« noch das Wort »verifizieren« kommentieren.

Reiber bezahlte und gab Jo doch tatsächlich die Hand. »Wiedersehen, Frau Doktor«, er schluckte, »und danke.«

»Bitte, gern!« Jo erwiderte seinen Händedruck.

Sie traten vor das Lokal, das Wetter war noch immer saumäßig. Jo zog den Anorakkragen hoch. Gerade fegte wieder so ein Schneeschauer ums Eck. Sie rettete sich in ihr Auto und rief Gerhard an. Der unterbrach ihren Bericht mehrmals, weil Jo vor lauter Überschwang leichte Probleme mit der Reihenfolge hatte.

»Das lenkt Volker Reiber zumindest erst mal ab, wunderbar«, sagte Gerhard.

»Was heißt, lenkt ab, wir müssen uns die Bauherrn ansehen«, meinte Jo.

»Ach Jo, das tut der Reiber schon, wir haben Wichtigeres zu tun. Denk an die Skirennen. Darauf sollten wir uns konzentrieren. Das ist unser Trumpf. Oder hast du Reiber etwa davon erzählt? Jetzt, wo du schon ganz intim Kaffee mit ihm trinkst.«

»Intim? Intim mit Volkerchen im Lotus, da hast du nun aber meinen verwegensten Traum getroffen. Ins Schwarze. Aber im Ernst: Wird das jetzt zum Wettkampf? Wer löst den Fall? Wollt ihr da ein albernes Männlichkeitsritual daraus machen? Ganz so schlimm ist der Reiber auch nicht. Aber natürlich habe ich ihm nichts von dem Skirennen erzählt. Wieso auch? Weißt du denn was Neues?«

»Zero, null. Kein Rümmele gesehen worden, nirgends, von niemandem, nix, niente – auch nicht in der VIP-Lounge beim Garmischer Weltcup, da hatte ich noch die meisten Hoffnungen.«

Jo überlegte: »Wenn er nirgends offiziell gewesen ist, dann muss er eben ein Privatrennen organisiert haben, mit seinen Spezis oder so. Aber wo und wann und warum? Und wieso saß er da in diesem unzugänglichen Tal?«

Das Wort »unzugänglich« hing in der Luft, schwebte dort und senkte sich schwer in Jos angestrengtes Hirn. Ein langes Schweigen entstand, und dann sagte sie vorsichtig: »Wenn er auf Ski ...?« Sie ließ vor Aufregung das Handy fallen, angelte es hinter der Handbremse wieder hervor. »Gerhard, bist du noch da?«

»Klar.« Auch ihm war die Erregung anzuhören, als er fragte: »Auf Ski am Geißrückenalpweg? An der Stelle? Obwohl! Wenn er von der Alpe durch den Wald und über die abgeholzten Flächen gekommen wäre? Aber das tut doch keiner allen Ernstes. Es sei denn …«

»Es sei denn, diese Wahnsinnigen haben extra eine lebensgefährliche Route gewählt«, ergänzte Jo.

»Selbst wenn die Bäume dicht stehen und einige Tobel im Weg sind – er hätte maximal sehr enge Freundschaft mit einem Baum geschlossen, schießen tun Bäume einfach nicht. Und außerdem: Wo sind die Ski, die Stiefel?« Gerhard war offenbar nicht so überzeugt.

Jo konnte Gerhards gerunzelte Stirn förmlich sehen und musste lächeln. Sie nannte das »konzentrierter Dackel«, was Gerhard stets dazu brachte, sofort die Gesichtszüge zu glätten.

Aber Gerhard stieg dennoch weiter ein in das Gedankenspiel. »Lassen wir das mal weg, trotzdem muss ihn irgendwer gesehen haben. Er muss irgendwie auf den Berg gekommen sein. Ein schweratmiger, übergewichtiger Lebemann wie Rümmele hat sicher keine Felle aufgezogen!«

»Und wenn doch? Ich hör mich mal um, ich wollte sowieso zwei Stunden auf die Piste, bevor der erboste Bürgermeister heute Nachmittag mein Büro stürmen wird.«

Jo ächzte mit ihrem Justy von Immenstadt und Blaichach aus durch die steilen Serpentinen nach Ettensberg hinauf. Die Straße eröffnete einen weiten Blick auf die Kirche, die eher wie eine nordische Stabkirche wirkte. Diese Nebenstrecke gab immer neue Ausblicke auf die Allgäuer Alpen frei. Dann kam Reute mit seinen beiden wunderschönen Bauernhöfen, und bald darauf kauerte Gunzesried im Talgrund.

Kein Bilderbuch-Bayern wie das lüftlbemalte Oberbayern, keine Barockkirchen, dafür geschindelte Kirchtürme, in Ehren vom Wetter ergraut – die Patina der harten Winter. Allgäuer Höfe reihten sich an die Straße, sauber, aber nicht so schmuck und putzig wie am Tegernsee. Es war ein kraftvolles Land, das noch immer nicht zu viel Schminke für den Tourismus aufgelegt hatte. Es war mutig genug, einige Narben und Falten offen zu zeigen, und sollte es nach Jo gehen, dann wollte sie diese Echtheit bewahren. Solange hier noch keine Heerscharen von Cabrio-Schickis einfielen, kostete der würzige Bergkäse der Sennerei in Diepolz oder Gunzesried eben noch faire Einheimischenpreise. Solange es kein Event Castle geben würde und keine Convenience-Kletterer!

Vielleicht war es manchmal ein Nachteil, die Heimat so zu lieben und zu verteidigen wie eine Löwin ihr Junges, dachte Jo. In einer Faser ihres Herzens gab sie Rümmele Recht. Frau Doktor und das liebe Vieh, eher die Frau fürs Grobe, die es niemals schaffte, eine Seidenstrumpfhose laufmaschenlos über die ersten zehn Minuten zu retten. Deren Schminke immer bei Hitze davonlief und die niemals die Konsequenz aufbrachte, ihre Diäten durchzuziehen. Vielleicht war sie ja wirklich mit fünfunddreißig ein inkonsequentes Auslaufmodell mit überkommenen Werten und Moralvorstellungen.

Was sind wir auch für eine merkwürdige Spezies Mensch, die da Anfang der sechziger Jahre geboren worden ist, sinnierte Jo, während sie die Kurven schnitt. Immer beim Autofahren hatte Jo ihre nachdenklichen Minuten: Einfach nur gegen die Gesellschaft zu brüllen, wäre leichter gewesen, und sich einfach nur anzupassen, wäre im Fall des Event Castle eine saubere zeitgeistige und trendy Lösung gewesen. Wie Jo solche Schlagworte der modernen Tourismuswerbung hasste! Aber nein, sie hatte diese Vision vom Beruf, der auch Berufung ist, die Idee, dass sie für alles und jeden Verantwortung übernehmen musste. Für »ihr« Allgäu genauso wie für all ihre Viecher.

Jo schnitt weiter die Kurven und dank ausgefeilter Technik hatte sie genug Zeit, auf ihr Allgäu zu schauen – eins, das es vielleicht in einigen Jahren nicht mehr geben würde. Plötzlich senkte sich eine eigentümliche Traurigkeit über sie: dieselbe Traurigkeit, die sie empfunden hatte, als Schule und Studium beendet waren und als sie ihren ersten Job geschmissen hatte. Es war die Melancholie, weil man alte Zeiten niemals zurückholen kann. Es ging um Wehmut und die Angst, wieder einmal an der Schwelle zu einer ungewissen Zukunft zu stehen.

Jos Bewertungen wurden zögerlicher. Sie empfand den Aufbruch zu neuen Ufern nicht mehr nur als spannend. Sie konnte ihr eigenes Tempo nicht mehr mithalten. In solchen schwachen Momenten zweifelte sie an sich und ihrem Lebenskonzept. Vielleicht war sie einfach zu altmodisch für den modernen Event Tourismus. Sie sollte wirklich einen Gang runterschalten, aufhören, die Kurven zu schneiden. Sie musste auf einmal wieder lächeln. Jo schnitt die nächste Haarnadelkurve. Die Energie kehrte zurück.

Scheiße! Typen wie Rümmele dürften sie nicht so sehr verunsichern oder kränken. Rümmele würde das wohl auch nicht mehr können.

Rümmele war Geschichte, aber warum? War Rümmele wirklich auf einer schier unmöglichen Tiefschnee-Route Ski gefahren?

10. Heute, wochentags, war nicht allzu viel los in Ofterschwang. Jo parkte direkt am Lift. Heute gab es keine Modenschau der neuesten Designer-Skianzüge zu exorbitanten Preisen. An den Autokennzeichen war abzulesen: fast nur Einheimische wie Jo. Sie trug über einer No-Name-Skihose einen langen Herrenanorak – Hauptsache kuschelig und der Allerwerteste gewärmt!

Das Ofterschwanger Horn hatte eine neue kuppelbare Vierer-Sesselbahn bekommen, die den altersschwachen Schlepper ersetzt hatte. Sehr effektiv, auch wenn Jo ihren alten Schlepplift geliebt hatte. Wie so viele Kinder hatte sie hier Ski fahren gelernt, auf unpräparierten Hängen, zwischen Grasbuckeln und Dreckbrocken, beneidenswert gut Ski fahren gelernt!

Sie schnallte ihren Slalom Carver an, ein Modell vom letzten Jahr überdies, und grüßte mal hier, mal da. Die Leute kannten Jo, und natürlich war Rümmele das Thema. Sie erzählte die Story, wie sie den toten Rümmele gefunden hatte, bestimmt zehnmal, so wie jetzt gerade im NTC, der Skiverleihstation an der Talstation des neuen »Weltcup Express«.

»Stimmt das, dass der bloß Socken angehabt hat?«, fragte Martha mit verschwörerischem Blick – eine Bekannte, die als Skilehrerin arbeitete und die Jo zufällig vor dem NTC getroffen hatte.

»Sorry, ich darf dazu nichts sagen, die Polizei lässt nur ganz gezielt Informationen raus.«

»Och komm«, Martha drängelte, »das sollen Skisocken gewesen sein.«

Jo schüttelte den Kopf. »Ehrlich, geht nicht.« Sie machte eine Kunstpause und gab vor, so ins Blaue reinzureden: »Ja, Ski gefahren ist der Rümmele gar nicht mal so schlecht. Hast du ihn eigentlich gesehen, die letzten Tage? Du bist doch mit deinen Skischülern fast täglich hier.«

»Den Rümmele hab ich hier nie gesehen. Aber die High Society war eigentlich auch mehr am Nebelhorn oder am Fellhorn unterwegs, nicht hier bei uns.« Martha grinste.

Jo runzelte die Stirn: Das stimmte, und es sprach gegen diese ganze Skigeschichte. Verdammt! Jo plauderte noch etwas mit Martha, versuchte sich im Smalltalk und verabschiedete sich schließlich. Sie führte noch einige ähnlich ergebnislose Gespräche. Sie fand, dass sie ungeheuer unauffällig gefragt hatte. Gerhard wäre da vielleicht anderer Meinung gewesen.

Am Ende war Jo bitter enttäuscht, sie hatte sich das leichter vorgestellt. Sie hatte sich eine Lösung so sehr herbeigewünscht, dass sie der Stillstand wütend machte. Weder in Gunzesried noch auf der Ofterschwanger Seite der Skischaukel – eine liebenswürdige Allgäuer Übertreibung – war auch nur ein Hauch von Rümmele gesehen worden. Und wenn er doch mit Fellen gegangen war? Die Hörner waren schließlich legendäre Skitourenberge, und lange bevor es hier Lifte gegeben hatte, führte die Hörnertour auf den Weiherkopf, über Rangiswanger Horn, Sigiswanger Horn und Ofterschwanger Horn hinunter nach Ofterschwang oder Gunzesried.

Lieber Aktionismus als gar nichts zu tun, lautete Jos Devise. Also beschloss sie, auf die andere Seite des Skibergs zu fahren. Ihr Justy schepperte durch das gemütliche Gunzesried, vorbei am Anwander Hof. War das alles wirklich nur vier Tage her? Sie folgte der Straße bergan und weiter hinein in ein Tal, das gerade im Winter wie verwunschen dalag. Nein – keiner wäre auf die Idee gekommen, ein Mörderspiel hier anzusiedeln. Sie redete mit einigen der Tourenfexe, die am Parkplatz nun gegen Mittag ihre Siebensachen zusammenpackten. Sie erfuhr zwar, dass der Firn dieses Jahr Weltklasse sei – von Rümmele aber nichts.

Verdammt noch mal, er musste gesehen worden sein! Jo war noch immer vom Jagdfieber infiziert, obwohl ihr das alles schon sehr konstruiert vorkam. Unlogisch! Aber wann war schon jemals Logik Jos Ratgeber gewesen! Sie entschied, sich eine Denkpause zu gönnen, und fuhr ins Kamineck, ein uriges Gasthaus hier an diesem liebenswerten Ende der Allgäuer Welt.

»Nett, dass Sie mal wieder reinschauen«, ließ sich die Wirtin vernehmen. »Trinken Sie was?«

»Ja bitte, machen Sie mir eine kleine Weinschorle, heute ist eh schon alles egal.« Jo zuckte genervt die Achseln.

»Ärger mit dem Datschiburger? Nachdem Sie ja direkt dabei gewesen sind?« Die Wirtin war neugierig.

»Ach, der schöne Herr Reiber, nein, der ist mein geringstes Problem. Ich sage Ihnen, der hat doch allen Ernstes auch mein Alibi gecheckt. Aber wieso kennen Sie den?«, wollte Jo wissen.

»Die haben uns hier alle stundenlang gelöchert. Die waren einen ganzen Tag im Tal unterwegs und haben von sämtlichen Leuten die Autos überprüft. Sie wollten alle Fahrzeuge wissen, die im Tal gesehen worden sind. Stellen Sie sich das mal vor! Sie haben sich vor allem aber für Rümmeles Wagen interessiert, wollten immer wieder wissen, ob wir nicht doch sein Auto gesehen hätten.«

»Und, haben Sie? Mit Ihnen hatte es Rümmele doch immer ganz wichtig!« Jo grinste anzüglich.

Rümmele hatte jede attraktive Frau angebaggert und immer gleich die Champagnerkorken knallen lassen. Dass immer die widerlichsten Kerle über keinerlei gesunde Selbsteinschätzung verfügten!

Die Wirtin verzog das Gesicht. »Man soll über Tote nichts Schlechtes sagen, aber der war wirklich ein Kotzbrocken, wie er hier um alle Frauen rumgeschwänzelt ist. Aber gerade weil der sich immer so in Szene gesetzt hat, hätten wir den doch nie übersehen. Und diesen Monster-Jeep auch nicht. Der Rümmele ist ja immer gefahren wie ein Irrer! Und laut war das Teil! Aber am Sonntag hatten wir wegen einer Beerdigung geschlossen. Und was ich im Tal bisher erfahren habe, hat ihn auch sonst keiner gesehen.«

In dem Moment reichte der Schankkellner Jo die Schorle. Irgendetwas lag in seinem Blick, etwas Gehetztes.

»Moritz, du hast ihn auch nicht gesehen, oder?« Jos Stimme war durchdringend.

»Nö, wie denn auch, war ja schließlich geschlossen.« Die Antwort kam zu schnell, zu laut. Zu hastig verzog der Kellner sich wieder in den Hintergrund.

Jo entschuldigte sich in Richtung WC und ging schnurstracks in die Küche. Sie lehnte nur im Türrahmen und schaute Moritz an, der Kartoffeln schälte.

Moritz blaffte sie an: »Is was?«

Jo schüttelte den Kopf und schaute weiter. Minuten verstrichen.

»Wenn die Chefin ...«, hob Moritz an.

»Wenn die Chefin was?« Jos Stimme war ganz sanft.

»Wenn die Chefin erfährt, dass ich am freien Tag da war und mit der Laura ...«

Daher wehte der Wind. Moritz, der nur über ein Doppelzimmer im Wohnheim verfügte, hatte ein Date gehabt.

»Welche Laura?«

»Die Rascher Laura. Die Eltern von Laura dürfen nie erfahren, dass wir zusammen sind.«

»Peter Raschers Tochter, diese Laura?« Jo riss die Augen weit auf.

»Ja.« Moritz klang furchtbar unglücklich. »Peter Rascher hat mich seit der letzten Aktion ziemlich auf dem Kieker.«

»Was heißt das? Moritz, jetzt red doch mal Klartext.«

»Na ja, da war doch diese Geschichte mit den Farbbeuteln und Fernsehern. Es gab ziemlich Ärger wegen Sachbeschädigung an diesem Großkotzhaus vom Rümmele. Peter wollte, dass ich zugebe, die Farbbeutel geworfen zu haben. Ich war es aber nicht. Ich wusste allerdings, wer's war. Peter hat was von Vertrauensmissbrauch gefaselt und Verrat an der Sache und mich gebeten, in Zukunft den Umweltaktionen fernzubleiben. Hab ich dann auch gemacht.« Moritz klang trotzig.

»Ach, du dickes Ei!« Jo schaute Moritz fassungslos an. »Du hast was mit der Laura. Und du bist bei Öko-Aktionen unangenehm aufgefallen. Und jetzt ist Rümmele tot. Ist dir klar, was das alles bedeutet?«

Moritz' Stimme wurde immer kläglicher. »Ja, natürlich, das ist es ja, aber das wusste ich doch am Sonntag noch nicht, dass der Rümmele tot ist. Als das Auto ...«

Jo unterbrach ihn, verknotete nervös einige Haarsträhnen am Hinterkopf. »Ganz langsam! Jetzt erzähl mal von vorne.«

»Ja, aber die Chefin!«

»Von mir erfährt sie nichts, wenn du mir augenblicklich sagst, was mit dem Rümmele geschehen ist.« Jo flüsterte jetzt.

Moritz sah gequält aus. »Das hat der Rümmele auch gesagt, der hat Laura und mich erwischt, als wir gerade, na ja ...«

»Moritz, rede!«

Moritz atmete tief durch. »Plötzlich ist der Rümmele durch die Küche in den Gastraum gekommen. Wir sind in unsere Klamotten gehüpft und waren total panisch. Der Rümmele hatte wie der Schoko-Onkel den Finger gehoben und gesagt: Kinder, Kinder, wenn ich das der Chefin erzähle. Ich hatte Angst. Ich bin auf Bewährung – ich hatte ein paar Gramm Dope zu viel auf der Kralle, als dass die Bullerei mir das mit dem Eigenbedarf geglaubt hätte. Jedenfalls ist die Chefin Spitzenklasse, dass die mir den Job gegeben hat. Und den will ich behalten, um jeden Preis!«

»Um jeden Preis?«, fragte Jo zögernd.

»Nicht wie Sie denken! Rümmele wusste, dass wir ein Skidoo haben, und er wollte auf das Ofterschwanger Horn gefahren werden. Es war schon dämmrig, ungefähr fünf. Die Lifte standen, aber er hatte Ski dabei.«

Jo dachte nach. »Aber was ich nicht ganz verstehe: Eigentlich war die Wirtschaft geschlossen, oder? Wie konnte Rümmele sich dann auf deinen Taxi-Dienst mit dem Skidoo verlassen?«

»Hat er gar nicht. Im Gegenteil. Er wusste, dass geschlossen ist. Er wollte das Skidoo einfach so nehmen. Er wusste, dass es immer unabgesperrt im Schuppen steht. Dass wir da waren, gab ihm so ne Art zusätzlichen Kick. Er ist, äh war, eine miese Sau!«

»Moritz!«

»Mensch, stimmt doch!«

»Okay, also weiter: Er hat dich sozusagen erpresst?«, wollte Jo wissen.

Moritz sah immer verzweifelter aus. »Ja, und da habe ich ihn halt den Berg raufgefahren. Er hat mir nicht gesagt, weswegen er in der Dunkelheit auf diesen blöden Berg wollte. Er war in Hochstimmung und meinte, ich könnte den Schampus schon mal kalt stellen. Er sagte, diesmal würde er ihn kriegen und dass er in einer halben Stunde wieder da sei. Er hat so ein doofes Victory-Zeichen gemacht.«

»Wen wollte er denn kriegen?« Jo wippte nervös mit dem Fuß.

»Keine Ahnung. Vielleicht seinen Ski-Rekord. Ich weiß es echt nicht.«

»Kann der mysteriöse ›Er‹ nicht jemand gewesen sein, mit dem er ein hirnrissiges Rennen gefahren ist?«, fragte Jo.

»Da war weit und breit keine Sau mehr unterwegs. Ich weiß wirklich nicht, was oder wen er mit ›er‹ gemeint hat.«

»Gut, und weiter, Moritz?«

»Ich hab das Skidoo wieder in den Schuppen gefahren. Aber dann stand um zehn das Auto vom Rümmele immer noch da. Mir wurde mulmig, und Laura meinte, wir sollten es einfach vor sein Haus fahren. Wenn ihre Eltern was erfahren hätten. Und dann sagte Laura eben auch, dass ihr Dad schon genug Ärger wegen Rümmele gehabt hätte. Na, und ich dachte, wenn das mit dieser Diskussion über die Farbbeutel alles wieder losgeht ...«

Jo ging ein Licht auf. »Du hast das Auto gefahren! Aber wieso hattest du eine Jacke von Schorsch an?«

»Na, ich hab da doch mal ein paar Wochen gejobbt. Ich hab das Auto also hingefahren, hab extra ne Plastiktüte auf den Sitz gelegt und Handschuhe angezogen. Laura hat das vorgeschlagen.«

Na, die Kleine hatte wirklich zu viele Krimis gelesen, dachte Jo. Sie nickte aufmunternd.

Moritz fuhr fort: »Jedenfalls, als ich am Montagabend gehört habe, dass der tot ist, da war ich froh, dass das Auto weg war.«

Jo unterbrach ihn: »Aber Moritz, das ist doch Quatsch. Keiner wusste, dass du im Haus warst. Diese ganze Autoaktion war doch völlig hirnrissig!«

Moritz schluckte: »Ja, heute weiß ich das auch. Aber an dem Abend waren Laura und ich völlig von der Rolle. Wir wollten auf keinen Fall in irgendwas reingezogen werden. Laura fand das auch, und sie wollte auf jeden Fall vermeiden, dass ihr Dad irgendwie Trouble bekäme.«

Jo musste nun doch ein wenig lächeln. Diese Laura war ja wirklich eine Marke!

Moritz lächelte jetzt auch. »Wissen Sie, das kam mir ein bisschen wie bei ›Tatort‹ vor, außerdem ist mir der Rascher doch egal. Aber ich dachte mir halt, dass ich wegen der Bewährung so wenig wie möglich mit der Bullerei zu tun haben sollte.«

Jo konnte ihn verstehen. Sie straffte die Schultern. »Weißt du eigentlich, dass der Schorsch im Gefängnis sitzt? Eine Zeugin hat die Jacke gesehen, und jetzt glaubt dieser Mordkommissar aus Augsburg, dass Schorsch es war. Moritz, der Schorsch hat dich immer gut behandelt. Du wirst ihn jetzt nicht hängen lassen. Red mit der Laura, redet mit Peter. Und dann geht zur Polizei. Moritz!«

Moritz war blass geworden und schaute zu Boden.

»Denk darüber nach! Der Schorsch war dir ein Freund, als es dir dreckig ging. Weißt du, er ist auch mein Freund, und wir müssen ihm helfen. Wenn du es nicht tust, werde ich zu Kommissar Reiber gehen. Ich lass dir einen Tag Zeit, aber dann muss was passieren.«

Moritz nickte.

Jo verabschiedete sich und verließ das Gasthaus. Sie überlegte kurz, ob sie Moritz trauen, und mehr noch, ob sie ihm glauben konnte. Hätte er Rümmele ermorden können? Sie war aber so im inneren Jubel gefangen, dass sie diese Frage erst einmal verdrängte. Rümmele war auf dem Berg gewesen. Sherlock-Gerhard hatte also doch Recht gehabt. Jemand musste Rümmele gesehen haben. Jo fuhr zurück nach Ofterschwang, parkte ihr Auto und zog die Ski an.

Mit Ski an den Füßen war die Welt wieder in Ordnung. Jo zog lange Radien auf der Kante, sie beschleunigte, gab etwas Druck auf den Innenski, tänzelte einige kurze Slalomschwünge und ließ den Ski dann wieder in weiter Super-G-Manier gehen. Carven war wie Autofahren mit Servolenkung, einfacher, kraftsparender. Wenn Jo an ihre Jugendrennski zurückdachte: Eins fünfundneunziger Monsterbretter, und heute klebte ihr 160er wie zementiert selbst auf eisigsten Pisten. Ein neues Gleit- und Kantenfeeling, messerscharf geschnittene Schwünge statt gerutschter. Als sie mit einer 360-Grad-Drehung vor dem Gipfellift-Häuschen abschwang, konnte sie wieder lächeln. Nicht mal Fliegen war schöner.

Seppi, der Liftmann, hob die Augenbrauen. »It übel, du hosch nix verlärnet.«

»Na ja, das mit der Rennkarriere liegt etwas zurück, und das Perverse ist ja auch, dass ich vor lauter Arbeit nicht mehr zum Skifahren komm. Da erzähl ich allen, wie prima unsere Skigebiete sind, und selbst komm ich vielleicht zehnmal im Winter auf den Berg«, sagte Jo lachend.

»Wenn du allat reiten musst und sogar Leichen finden, dann hosch du freilich kui Zit it«, sagte Seppi.

»Redet ihr immer noch über den Rümmele?«

»Jo mei, do isch so uiner aus Augschburg do gsi ...« Seppis Worte verhallten im Wind.

»Mei«, echote Jo und meinte wie zu sich selbst: »Was schon komisch ist, ist die Fundstelle vom Rümmele, da hinten im Tal.«

Schweigen.

»Scho, aber it, wenn ma Ski anhat«, sagte der Seppi.

Jos Herz begann zu rasen, aber sie rief sich zur Räson. Jetzt bloß nicht plappern und den Seppi verschrecken.

»Ja mei, Ski?«, überlegte sie und sah den Seppi an.

»I muin ja bloß ...«

»Ja?«, fragte Jo sanft.

»I muin ja bloß, weil der Martl am Sonntig mit dem letzten Lift von der Pistenkontrolle nauf isch.«

Jo erstarrte bei dem Namen. Der Martl! Martin Neuber, Olympia-Abfahrtssieger aus Ofterschwang. Einer der ganz Großen im Skizirkus. Einer, der sich am Ende der diesjährigen Weltcup-Saison befand und der eigentlich etwas Gewinnbringenderes zu tun hatte, als auf seinem Heimatberg Ski zu fahren.

»Kähl, oder, der war ganz allui, mutterseelenallui. Sagt es müss trainieren. Aber doch it im Dunklen«, eiferte sich der Seppi.

Jos Gedanken überschlugen sich. »Hast du das dem aus Augsburg auch erzählt?«

Seppi schaute verdutzt. »Na, wieso, der hat nach dem Herrn Rümmele gefragt, und den hab i it gesehen.«

Geliebte Allgäuer! Geliebter Respekt vor »den Fremden«!

Verstockt seien sie. Nein, nur konsequent, dachte Jo. Auf eine konkrete Frage folgt eine Antwort. Nicht weniger, aber auch nicht mehr! Jo wäre Seppi am liebsten um den Hals gefallen. Aber sie blieb ganz cool.

»Kähl, aber so ein Star braucht wahrscheinlich einfach mal Ruhe.« Jo tat, als würde sie darüber nachdenken, und schaute ins malerische Land hinein. Ganz lässig, obwohl ihr Herz raste.

»Hm, ka sei, ja mei.« Der Seppi nickte. Jo tippte sich an ihr Baseballkäppi und nahm den Bügel.

Der Martl war auf dem Berg gewesen und der Rümmele auch! Martin Neuber hatte am Sonntag in Garmisch die Abfahrt bestritten. Rümmele hatte Sonntag in der Früh den Ski abgeholt, war dann bei dem Event-Castle-Termin gewesen und gegen vier hinausgerauscht. Das alles passte zeitlich bestens! Beide Männer waren nach Schließung der Lifte dort aufgetaucht. Der eine war aus Gunzesried, der andere aus Ofterschwang gekommen. Das hieß doch, dass diese beiden ein Rennen gefahren waren! Das hieß auch, dass niemand etwas von dem Rennen merken sollte. Aber warum? Warum trug ein Olympiasieger mit einem Bauunternehmer ein Rennen in der Dunkelheit aus?

Jo war ratlos, und eine gemeine, zerfleischende innere Unruhe meldete sich. Die Zuverlässigkeit der Unruhe. Martl – sie sagte sich den Namen leise vor. Martl.

11. Plötzlich wurde in Jos Erinnerung der Sommer vor zwei Jahren wieder hellwach. Sie stand hier im Schnee in Ofterschwang und war in Gedanken beim Schnee auf der anderen Erdhalbkugel. Als wäre ihr Trip nach Chile gestern gewesen. Jo war zu einem so genannten »Fam Trip« – »Familarisation«, auch so ein schönes Touristikerwort – für Touristikdirektoren nach Chile eingeladen worden. Sie sollten die dortigen Skigebiete und deren Marketing »explorieren«. So stand es jedenfalls auf der Einladung. Jo war gern bereit zur Exploration in einem so exotischen Land gewesen.

Die erste, der sie davon erzählt hatte, war Andrea gewesen, und Jo hatte ihr damaliges Telefonat noch im Ohr. Andrea hatte zu lachen begonnen. »Na, das passt ja wieder. Immer rein in die Exotik. Und jetzt Chile. Ja, das ist weit genug weg für deine Fluchten!« Andrea hatte gnadenlos wie immer weitergemacht. »So kannst du Marcel natürlich auch loswerden. Schleichend auslaufen lassen.«

Wie wahr! Das Unternehmen Marcel war längst gescheitert, auch wenn Jo noch halbherzig daran festgehalten hatte. Oder nicht mal halbherzig, höchstens mit einem Viertel ihres Herzens war sie Marcel noch zugeneigt gewesen. Mit dem Viertel, das die geistreichen Gespräche liebte.

»Du mit deinem Sozialarbeitergeschwätz«, hatte Jo am Telefon gemault.

»Sei doch mal ehrlich. Da darf dieser arme Marcel natürlich ruhig kompliziert sein, soweit er deinen Intellekt fordert. Wenn es aber an deine Nerven geht, deinen Tagesablauf stört, dann ist dir das entschieden zu kompliziert. Jo! Du bist nun mal nicht die Frau, die im Namen der Liebe die Last eines schwierigen Menschen auf ihre schmalen Schultern laden will.«

»Spar dir deinen Sarkasmus. Ich weiß selbst, dass ich mir gern die Rosinchen aus dem Kuchen picke.«

»Hm«, hatte Andrea gesagt, »und dann wechselst du mal locker den Spieler von der Ersatzbank ein. Dann kommt dein lieber alter Freund Gerhard ins Spiel, um dein Auto zu reparieren oder um Ersatzteile für dein Mountainbike zu besorgen.«

Auch das stimmte auffallend, hatte Jo gedacht. Mit Gerhard – nicht mit Marcel – hatte sie ihre Mountainbiketouren gemacht und am Abend waren sie meist im Rössle eingekehrt. Da war dann Gerhard durchgefallen. Er sollte doch bitte keine Banalitäten erzählen. Er sollte wirklich nicht ihren regen Geist langweilen.

»So geht das nicht, Schätzchen«, war Andrea fortgefahren, »best of both worlds gibt es nicht.«

»Ja, Frau Doktor Diplom-Psychotante. Aber glaubst du vielleicht, mir macht das Spaß? Das Mühlrad arbeitet weiter und beantwortet meine Fragen in seinem gleichförmigen Mahlen erst recht nicht: Welcher Kompromiss ist mir denn nun der liebere? Der Kluge, der ernst und kompliziert ist? Oder der loyale Freund, der mich zum Lachen bringt? Und der mich manchmal mit seiner Banalität an den Rand des Wahnsinns treibt? Fußball, Kumpels – das ist ihm wirklich wichtig.«

Andrea hatte ins Telefon gelacht: »Tja, meine liebe Freundin, auf dieses Problem hast du keinen Exklusivitätsanspruch. Den Mister Supermann, der alles gleichzeitig kann und vor allem zu der Zeit, die Madame konveniert – den gibt's leider nicht. Falls du ihn triffst, sag unbedingt Bescheid!« Andrea hatte lauthals gelacht. Jo auch.

Sie hatten noch eine Stunde herumgealbert. »Na, jedenfalls viel Spaß in Chile. Vielleicht triffst du einen feurigen Hacienda-Besitzer. Schick mir ein Flugticket, ich besuch dich dann.«

»Blöde Kuh, ich komme schon wieder zurück. Ich ruf dich aber sofort an, wenn ich einen gefunden habe, der eine deutsche Psychotante sucht«, hatte Jo das Gespräch beendet und war Koffer packen gegangen: Winterklamotten mitten im Hochsommer! Ihr Skisack hatte schon im Flur gestanden, draußen waren es dreißig Grad im Schatten gewesen.

Nach einem endlosen Flug über Madrid und São Paulo landeten sie in Santiago de Chile. Dort wartete ein Kleinbus. Der erste Anlaufpunkt sollte Portillo sein, ein Skiresort unweit der argentinischen Grenze in einem Meer aus Schnee und Eis. Die Kollegen aus allen Teilen Deutschlands waren ein wilder Haufen. Der Cabernet Sauvignon floss schon am ersten Abend in Strömen. Aber es war nicht so sehr die Benebelung durch den Alkohol, Jo wurde von einer nebulösen Nebenwelt gleichsam verschluckt. Sie fühlte sich schwerelos, wie auf einer Insel am Rande der Wirklichkeit, unter willkürlich zusammengewürfelten Menschen, die nur eins einte: der Zufall und die Tatsache, dass es keinen Notausgang gab!

Genau genommen gab es doch einen Ausgang: die verwegene Gebirgsstraße, auf der sie gekommen waren. Sie war den Elementen ausgesetzt, den Lawinen und dem Steinschlag. Unbeleuchtete Lkws mit flatternden Planen auf dem langen ungewissen Weg nach Argentinien blieben zuhauf am Straßenrand hängen. Einen hatte eine Lawine am Vortag mit sich gerissen, gute fünfhundert Höhenmeter tief. Kein aussichtsreicher Fluchtweg!

Keiner konnte hier auf einer Höhe von über dreitausend Metern schlafen. Jo hängte patschnasse Handtücher in ihrem Zimmer auf, um die extrem trockene Luft besser aushalten zu können. Am nächsten Morgen waren die Handtücher trocken. Jo und ihre schlaflosen Kollegen suchten Zuflucht an der Bar.

Unter den Zufluchtsuchenden waren auch mehrere internationale Skinationalmannschaften, die hier im chilenischen Winter ihr Sommertrainingslager hatten. Die norddeutschen Kollegen fanden das verwunderlich, aber Jo konnte es gut erklären: »Hier herrschen optimale Bedingungen zum Trainieren und Ski-Testen. Wisst ihr, auf den mitteleuropäischen Gletschern haben die Pisten im Sommer für die schnellen Disziplinen – also Abfahrt und Super G – gar nicht genug Länge. Und dann kommt hinzu: In den Alpen gibt es im Sommer Sommerschnee, das heißt, der hat eine ganz andere kristalline Struktur als der Winterschnee. Hier ist Winter, und nur so kann man Ski unter Wettkampfbedingungen testen.«

»Gut gebrüllt, Löwe«, kam es von hinten. Jo drehte sich verdutzt um und staunte nicht schlecht, als sie Martin »Martl« Neuber sah. Sie kannten sich von früher, so wie alle Allgäuer in etwa gleichem Alter sich von früher kennen, aber sie hatte ihn aus den Augen verloren – ihn, den großen Superstar. Sie erinnerte sich noch an die Kreiscup-Rennen. Er wollte damals schon nur eines: siegen. Das tat er dann bereits als Zehnjähriger, nicht unbedingt verbissen, aber absolut konsequent.

»Martl, servus. Das ist ja schon witzig. Da muss ich um die halbe Welt fliegen, um einen Allgäuer zu treffen. Zu Hause würde ich wahrscheinlich nicht mal ein Autogramm von dir bekommen.«

»Du doch immer«, flirtete er sofort mit ihr. Unrasiert, viel zu blond, ein Hauch von nettem Jungen um die Augen, weniger als ein Hauch. Auch etwas Hartes umgab ihn. Eine gefährliche Mischung!

Jo stellte ihn den Kollegen vor, die ihn natürlich kannten. »Aus Funk und Fernsehen«, wie eine blonde Kollegin gleich ziemlich albern zu zwitschern begann. Martl schien nicht interessiert zu sein, Jo räumte aber dennoch das Feld. Er schickte ihr einen Blick hinterher.

Jos Gruppe fuhr weiter nach Termas de Chillan. Die deutsche und die italienische Mannschaft folgten einen Tag später, weil sie ihr Trainingsquartier verlegt hatten. Termas lag unter einem Vulkan, der aus allen Ritzen qualmte. Schwefelgestank lag in der Luft, Bäume waren mit Moosen verhängt – eine Theaterkulisse für ein Endzeitdrama. Und am Ende der Welt stand ein Grand Hotel wie ein Fremdkörper: zu nobel, zu teuer und voller Menschen, die unter Strom standen.

Für Jo war es wie die bizarre Kulisse für ein Drama. Hier hätte sie Isabel Allende verfilmt: Während draußen die Welt zusammenstürzt, leben drinnen einige Privilegierte weiter. Sie leben schneller als anderswo, ungeduldig, der Herzschlag ist weithin hörbar – verräterische Herzen!

Das Wetter schlug um. Ein plötzlicher Wärmeeinbruch brachte Regen. Er war so dicht, dass jedes Entkommen verstellt schien. Die Skifahrer waren genervt, auch sie mussten im Hotel abwarten. An Training war nicht zu denken.

Aber eines vermittelten sie sehr unverblümt: Es war besser, mit ein paar netten Tourismusmädels zu warten. Drinnen im Hotel vibrierte die Luft, Blicke taktierten, Blicke enthüllten, Blicke spielten gefährliche Spiele. Der Tag schleppte sich hin.

Das Hotel hatte ein Thermalbad. Gesprächsfetzen verhallten über dem heißen Wasser. Dichter Dunst lag in der Luft und vernebelte alle Vernunft. Die blonde Kollegin hatte ihre Attacke auf Martl aufgegeben und einen italienischen Abfahrer im Visier. Martl lag auf einer Liege am Beckenrand, ein Handtuch um die Hüften. Die muskulösen Oberschenkel kaum verdeckt, die Brust mit feinen, kurzen Härchen überzogen.

Jo kam aus dem Wasser. Sein Blick wurde deutlicher. Jo schaute weg und nahm sich ein Buch. Rückzug ins Handtuch, angezogene Knie, die Arme darum geschlungen, letzte Bastionen hochgezogen. Es regnete unentwegt weiter.

Es kam der Abend an der Bar. Jo fummelte einen Hosenanzug aus dem Koffer. Einen, den sie sonst mit Rollkragenpullover trug. Heute nahm sie nur das Sakko, nichts drunter. Die Auswahl der Kleidung unterlag nicht mehr Jos eigener Hand, sie geschah einfach. Sie tranken Pisco Sauer. Jo hatte keine Ahnung, ob sie einen oder fünf oder zehn getrunken hatte. Ihre Worte wurden stetig kühner. Hatte Jo wirklich zu Martl und einem Südtiroler Trainer gesagt, dass sie sich entscheiden würde im Laufe der schwülen Nacht, wer den Zuschlag bekäme? Wer hatte da aus dem Nebel geredet?

Es gab ein offizielles Abendessen für die Tourismusleute. Jo hatte nasse Hände und schickte hektische Blicke zur Tür, die Ohren gespitzt hinauf zur Bar. Mussten Sportler nicht früh zu Bett?

Sie mussten nicht, denn in dieser Nacht wurde nur mit höchsten Einsätzen gespielt, da zählten andere Prioritäten als banale Schlafenszeiten. Das Spiel ging weiter, die Erregung ließ die Luft flirren. Gedanken verflüchtigten sich, lange bevor sie überhaupt zu formulierbaren Sätzen werden konnten.

Die Kandidaten zeigten ihre Waffen: Der nette Abfahrtstrainer führte den Südtiroler Charme im Schilde, Martl nichts als animalische Gier. Der Nette oder das Tier? Das Tier!

Der Aufzug war zu schnell, wie alles hier an diesem Tag. Es war nicht mal Zeit für weiche Knie. Er war nackt, als er die Weinflasche mit einem Skistock öffnete. Er kam mit zwei Gläsern auf sie zu. Bei jedem seiner Schritte spielten unzählige Muskeln. Er hielt ihr ein Glas hin und nippte nur kurz. Er mochte keinen Rotwein.

Jo war verloren. Martl war so selbstverständlich in seiner Männlichkeit, wie sie es noch nie erlebt hatte. Sie hatte immer gedacht, dass solche Männer mit den letzten keltischen naturgewaltigen Kriegern oder den Wikingerkönigen ausgestorben seien. Ein Mann, der nahm und gab. Kein Sex-Egoist, aber auch kein erotischer Tändler. Ein archaischer Mann, einer, der den Bären im Kampf niederringen würde oder den Säbelzahntiger.

Er ging nach Stunden zurück in sein Zimmer, zurück zu seinem frühmorgendlichen Trainingsalltag. Jo schlief eine Stunde und erwachte mit brennenden Augen.

Damals glaubte sie eines zu wissen: Er hatte sie verdorben für alle anderen Männer. Nicht gerade arm an Vergleichsmöglichkeiten, zweifelte Jo daran, dass es so einen wie ihn jemals wieder geben würde. Sie hasste ihn dafür, ihr die Tür zu dieser Welt geöffnet zu haben.

Als Jo nach Hause kam, war sie völlig durch den Wind. Sie rief Andrea an.

»Na«, tönte Andrea, »wie geht es meiner guten alten Jo, die nie die Folgen bedenkt und ungestüm voranprescht? Welchen Schaden hast du diesmal an deiner Seele angerichtet? Ich nehme an, dass du dich gerade mal wieder staunend fragst: Und wie kriege ich das alles bloß wieder entwirrt?«

Jo schluckte: »Ach, Andrea.« Dann folgte ein langer Bericht.

Andrea schwieg, bevor sie zögernd sagte: »Ich bin ja fast ein wenig neidisch. Wilder Sex mit einem Wikingerkönig? Aber ernsthaft: Glaubst du nicht, dass er im normalen Leben anders ist als auf dem chilenischen Zauberberg? Wenn der Boden der Realität, des normalen Lebens vor ihm liegt – Heimat, Europa, Werbeverträge, Manager –, dann ist er vielleicht auch ein ganz normaler Liebhaber.«

Jo klang gequält: »Ich rede mir das auch schon dauernd ein. Aber es ist einfach so, als wäre die Erde weggesackt.«

»Ich weiß nicht, Jo! Du bist gerade mal einen Tag wieder zu Hause. Warte mal ab. Nach ein paar Tagen mit deinen Bürgermeistern, den Obmännern und der Bürokratie zeigt die Erde wieder ihr wahres Gesicht. Du bist in Chile eine andere gewesen: Alle Emanzipation zum Teufel, weggeschwemmt von deinem Ski fahrenden Wikingerkönig! Ich glaube, das wäre hier ganz anders gelaufen, vielleicht wäre da gar nichts gelaufen.«

Jo wollte das gern glauben, aber sie war einfach nicht mehr so recht zurechnungsfähig. Patrizia wollte alles über die Studienreise wissen. Und Jo erzählte die offizielle Version. Aber ganz beiläufig erwähnte sie – weil sie vor Mitteilungsdrang einfach fast platzte –, dass sie Martl getroffen hatte. Das gab Patrizia an den Bürgermeister weiter, und der hatte eine brillante Idee. »Ach wirklich, Sie haben ihn in Chile kennen gelernt? Interessanter Typ. Wenn Sie ihn kennen, lassen Sie uns doch eine Kampagne mit ihm machen. Dort urlauben, wo Olympiasieger das Skifahren gelernt haben. Das wäre doch was.«

Patrizia fand das »superlässig«, der Bürgermeister war sowieso völlig selbstverliebt, was blieb Jo da übrig? Und genau genommen, auch wenn sie das ungern zugab: Das war doch der perfekte Anlass, ihn rein beruflich wiederzusehen.

Sie trafen sich im Hotel Sonnalp. Er trug Jeans und sah aus wie der nette Junge von nebenan. Martl war im Gespräch umgänglich und professionell. Jo stellte ihm das Konzept vor. Er hatte Verstand, und er besaß diese selbstverständliche Männlichkeit, die sie schon in Chile so fasziniert hatte, auch im Berufsleben. Er vertraute auf sich selbst und sagte: »Als Olympiasieger bist du unsterblich.« Beiläufig gab er zu bedenken, dass eine Kampagne mit ihm sehr teuer würde.

»Er meinte das gar nicht arrogant«, erzählte Jo danach Andrea.

»Für mich hört sich das nach einem unheilbaren Narzissten an«, antwortete Andrea knapp.

Das Sondierungsgespräch war beendet, die Arbeit getan. Martl ließ Jo aufzählen, was nun zu tun sei: Essen, Trinken, Spazieren, Mountainbiketour?

Er nickte gnädig: »Alles okay, aber hast du keinen besseren Vorschlag?«

Sicher hatte sie einen, und wieder sprach da eine andere aus dem Off: »Wir könnten ins Bett gehen, aber wohl kaum hier im Sonnalp, wo uns jeder kennt.«

Er sah sie an. »Fahr hinter mir her.«

Sie fuhren Richtung Kempten. Parkten an einem Apartmentbau in Thingers. Miese Ratte, der Schlüssel zu seiner ganz privaten Absteige war das, hatte er das alles geplant?

Hier waren sie nicht in Chile, hier waren sie am Kemptner Stadtrand, und es war taghell. Es gab keinen Cabernet, aber es gab eine Warnung.

Er trat ans Fenster und deutete den Mariaberg hinauf. »Dort

oben wohne ich mit meiner Familie.« Rennen sollte ich, dachte Jo, spätestens jetzt. Wollte er ihr weh tun oder klarmachen, dass von ihm nichts zu erwarten war, von Mister Familienvater? Sicher wollte er das, aber Jo rannte natürlich nicht und fatalerweise: Es hatte nicht am Zauberberg gelegen, Martl war auch hier in Kempten eine erotische Offenbarung.

Für Jo war es mehr als Sex, es war eine seltsame Berührung auf einer Ebene, die nur ganz wenige Menschen berühren dürfen. Er war verheiratet, was Jo nicht störte, denn neben der Lust empfand Jo Freundschaft für ihn.

Als sie das Andrea erklärte, wurde diese richtig wütend. »Johanna, wie naiv bist du? Du unterschätzt seinen Narzissmus und die Brisanz der Lage. Er ist ein Promi, ein weltbekannter Sportpromi. Mit dem kannst du nicht einfach befreundet sein. Er sucht doch keine Freundschaft bei dir.«

Er suchte Sex, das wusste Jo – eigentlich. Keine überflüssigen Worte vorher, schon gar nicht nachher und erst recht nicht in einer Öffentlichkeit, die eben auch eine gemeinsame war. Sie traf ihn zwangsläufig wegen der Kampagne, und er ignorierte sie mit Eiseskälte – er, der sich vor wenigen Stunden noch über ihren Körper hergemacht hatte, als ginge es um sein Leben.

»Aber Andrea, was kostet es ihn, am Tag danach stehen zu bleiben und einige banale Sätze mit mir zu wechseln? Das ist doch ganz unverfänglich«, hatte Jo damals kläglich gefragt.

Aber wenn sie ehrlich war, kannte sie Andreas Antwort bereits. »Es kostet ihn nichts, aber er wird es nie tun, weil er einfach nicht will. Ende der Durchsage! Bring dich in Sicherheit, so lange du noch kannst«, fügte Andrea noch hinzu, obwohl klar war, dass ihre Freundin das Gegenteil tun würde.

Die Affäre hatte sich über ein halbes Jahr gezogen. Jo war Fachfrau für die Fertigkeit geworden, von Garagen unbemerkt in Hotelzimmer zu schleichen und sich durch Hintereingänge zu stehlen. Martl hatte nie mehr als eine Stunde Zeit gehabt, und die Ernüchterung hatte mit jedem Mal zugenommen. Jo hatte reden wollen, und er war geflüchtet: in ein abgeschaltetes Handy, später in ein abgemeldetes Handy und dann in einen Familienurlaub.

Es hatte lange gedauert, bis es nicht mehr weh tat. Andrea war wieder mal pragmatisch gewesen. »Sei froh, einen Wikingerkönig getroffen zu haben. Du hättest nie gewusst, was gestählte Oberschenkel sind und ein Waschbrettbauch. Du hättest wie alle dummen Mädels von Sex mit einem Promi geträumt. Egal, ob Brad Pitt oder so einer. Du weißt jetzt, dass der Preis hoch ist.«

»Na ja, Brad Pitt...?« Jo lachte etwas mühevoll. »Der wäre den Versuch doch noch mal wert. Du hast schon Recht. Ich habe herausgefunden, was ich von einem Mann erwarte. So was jedenfalls nicht! Schon eher Loyalität und Freundschaft und einen, der auf das Aufrechnen von Leistung und Gegenleistung verzichtet – beim Abspülen und auch bei Gefühlen.«

Jo stand noch immer in Gedanken versunken auf dem Parkplatz im firnigen Ofterschwanger Frühlingsschnee. Warum holte sie dieser Mann jetzt wieder ein, wo sie so mühsam gegen die Gespenster gekämpft hatte? Sie beschloss, Gerhard anzurufen, und sie mahnte sich, Ruhe zu bewahren.

»Gerhard, Jo hier. Rümmele ist mit Martl Neuber ein Rennen gefahren, nehme ich jedenfalls an. Was tun wir denn jetzt bloß?«

»Wir trinken einen Prosecco Long im Pega«, sagte Gerhard überraschenderweise, »ich bin um halb elf abends da.«

Das Pega hatte seine heilende Wirkung auf Jo noch immer nicht verloren, auch nicht nach so vielen Jahren. Dino, der Inhaber, hatte sich überhaupt nicht verändert. Nach all der Zeit tauchten immer noch bekannte Gesichter auf, wie ein alter Kumpel, der heute Besitzer einiger gutgehender Bäckerei- und Konditoreifilialen war. Seine Brezen standen allgemein für Qualität – für Jo und Gerhard allerdings eher für abgefahrene Partys bis weit in die Morgenstunden hinein. Dank seiner hatten sie stets ofenfrische Brezen gehabt. Sie standen zu dritt da und tranken in Erinnerung an die »good old days« Prosecco aus Longdrinkgläsern auf Eis. Eigentlich Frevel, aber eben auch ein ganz spezielles Kemptner »Kulturgut«.

Als der alte Freund gegangen war, hatte Jo sich einigermaßen gefangen. Diese Entspannungspause hatte sich wie zufällig ergeben und war doch so geplant gewesen. Lieber, lieber Gerhard, der an ihrer Stimme am Telefon gemerkt hatte, dass es um ihr Nervenkostüm sehr schlecht bestellt war.

Nun aber schaute er sie prüfend an. »Hast du irgendeine Idee, wieso diese beiden in der Nacht Skirennen fahren?«

Jo schüttelte den Kopf. »Nicht die leiseste!«

Gerhard versetzte die Eiswürfelreste in seinem Glas in Drehbewegungen. Klirr. Der Laut erstarb. Sie schwiegen. Auf einmal klang Gerhard entschlossen. »Dann müssen wir Martl fragen. Von Rümmele können wir schlecht eine Antwort erwarten. Ich habe den Weltcup-Kalender gecheckt, die sind in Bormio. Wir fahren da jetzt hin.«

Das hörte sich so an wie früher, als sie schnell mal nach einer Kneipennacht an den Gardasee zum Frühstücken gefahren waren! Jo zuckte zusammen wie unter einem Schlag.

»Ich kann nicht, ich kann mit dir nicht zu Martl fahren!« Jo klang hysterisch.

Gerhard zischte sie an: »Bloß weil du mit ihm gevögelt hast? Das haben wir auch mal, mich siehst du fast täglich, ohne hysterisch zu werden! Aber vielleicht zählt ein Olympiasieger ja anders!«

»Wieso weißt du …?« Jos Stimme war kläglich.

»Das wissen viele. Jo, bist du so naiv? So, wie du immer von ihm erzählt hast. Von Chile. Von eurem Werbekonzept. Du musstest ja geradezu zwanghaft über ihn reden. Jo, ich kenne dich. Ich weiß, dass da was war. Und da haben sich noch ganz andere das Maul zerrissen!«

Jo wurde rot, heiße Flecken schossen ihr ins Gesicht wie ein Fieberschub. Scham, Wut, wieder Scham. Aber was hätte sie Gerhard sagen sollen? Dass ein Olympiasieger wirklich anders zählte? Dass dieser ganze Lebensabschnitt eine Sonderstellung gehabt hatte?

Aber hätte sie das Gerhard erklären wollen? Warum sie sich hatte verletzen lassen? Gerhard wäre entrüstet und eifersüchtig gewesen. Irrational natürlich, denn ihrer beider Geschichte lag noch länger zurück. Aber Martl kränkte Gerhards männliche Eitelkeit, nahm Jo jedenfalls an. Martl kränkte die Eitelkeit eines jeden anderen Mannes. Zu groß, zu schön, zu erfolgreich. Einer wie der Martl beunruhigte.

Jo war inzwischen in Gerhards VW-Bus eingestiegen und starrte verbissen geradeaus. Gerhard auch, die Worte stellten sich tot. Jo sah ihn vorsichtig von der Seite an. Er hatte oftmals das Unverbrauchte eines Kindes. Obwohl er Allgäuer mit Leib und Seele war, sagte er »schau mer mal« in schönstem Bayrisch. Es folgte ein »des wert scho« – und das waren bei ihm keine Floskeln, sondern es war Ausdruck einer Gabe, optimistisch und lächelnd auf die Kraft der Entwaffnung zu setzen. Er sah selbst frisch rasiert und gekämmt immer aus, als wäre er gerade aus einem Sturm oder wahlweise total verwurschtelt aus dem Bett gekommen. Selbst in Uniform wirkte er schlampig und nonkonform. Mülltonnen-Gerhard!

Jo hatte ihn oft so erlebt: Es war immer wieder verblüffend zuzusehen, wie er mit Vorstandsvorsitzenden plauderte, denen der Binder Kopf und Kragen zuschnürte. Wie er aber auch andererseits Penner aus dem Straßengraben zog und genau den richtigen Ton fand. Jo war jedes Mal aufs Neue überrascht, dass er sich an Dinge herantraute, die weit über seinen Möglichkeiten lagen. Wie er alles reparierte mit einer Eselsgeduld und so lange bastelte und schraubte, bis es letztlich doch klappte. Er war gerade deshalb ein wunderbarer Polizist: menschlich und integer. Er würde gerade deshalb nie Karriere machen! Es war diese Unverbrauchtheit, die Jo so faszinierte. Sie schaute auf sein Profil mit der kurzen Stupsnase. Er hatte auch optisch was von einem gewitzten Jungen.

Vielleicht war das das Geheimnis ihrer Freundschaft. Auch mit ihr hatte er sich eigentlich an etwas herangetraut, das weit über seine Möglichkeiten hinausging. Eigentlich brauchte sie An- und Aussprachen, wortgewaltigen Esprit. So was wie Marcel. Aber eben nicht immer. Eigentlich brauchte sie den Philosophen, der mit ihr zusammen die Angst totredete. Gerhard war immer nur Kumpel. Der Beste von allen!

Das hätte sie ihm gern gesagt, hier in diesem kalten Auto, aber seine Augen war ungleich kälter als der Bus, dessen Heizung mal wieder ausgefallen war. Sie schwiegen. Ein nervenzehrendes, böses Schweigen.

12.
Volker Reiber war nach dem aufschlussreichen Gespräch mit Kreszenzia in Immenstadt sofort zur Rümmele-Bau gefahren, wo er sich die Namen der Bauplatzkäufer ausdrucken ließ. Es waren zwei Vierspänner geplant, vier Doppelhäuser und vier freistehende Einfamilienhäuschen. Die ersten, die gebaut werden sollten, waren die Einzelhäuser. Ja, die Baugruben seien ausgehoben worden, sagte ihm ein dunkelhaariges Mädchen, das in dem lichtdurchfluteten Büro wirkte wie eine Jakobs-Light-Reklame für Karrierefrauen. Volker ließ es dabei zunächst bewenden und schaute sich die Namen an: Er stutzte beim Namen Patrizia Lohmeier. Der Name war ihm doch schon untergekommen. Das war doch die Assistentin von Jo Kennerknecht! Volker schnalzte mit der Zunge. Diese Kennerknecht musste doch gewusst haben, dass ihre Assistentin baute!

Sein nächster Weg führte ihn zum Wasserwirtschaftsamt.

Vom Auto aus rief er im Präsidium an, um die anderen Bauplatzbesitzer befragen zu lassen. Als er endlich Markus Holzapfel an der Strippe hatte, musste er erfahren, dass Gerhard »bis auf Weiteres« nicht zu erreichen sei. Er habe zwei Tage längst fälligen Resturlaub genommen. Volkers Adrenalinpegel stieg. »Na, der hat ja wohl Nerven, mitten in einer Untersuchung! Das wird Konsequenzen haben.« Im Geiste formulierte er schon eine Dienstaufsichtsbeschwerde und stapfte wütend in das behäbige Gebäude des Wasserwirtschaftsamtes.

Als er sich endlich im richtigen Büro befand und die richtige Sachbearbeiterin gefunden hatte, hatte er zumindest die Hälfte aller Büros und deren Bewohner kennen gelernt. Er hatte die Angestellten bereits in drei Kategorien eingeteilt: die floralen Puristen, die Kakteen-auf-der-Fensterbank-Fraktion und die Dschungelbuch-Anhänger. Als Volker nun erneut an einer Tür klopfte, war er bei einer Anhängerin der Dschungelbuchfraktion gelandet. Es dauerte eine geraume Zeit, bis Volker die Dame überhaupt hinter rund zehn Weihnachtssternen ausmachen konnte, dabei war sie eine durchaus imposante Erscheinung. Volker setzte zu einer längeren Erklärungsrede an: »Also meine gute Frau, es geht um …«

Die Angestellte runzelte die Stirn und setzte sich die Brille, die an einer Goldkette vor ihrem beachtlichen Busen umhertänzelte, auf die Nase. »Kripo, hm? Ich bin nicht Ihre gute Frau, sollten Sie also eine Auskunft von mir wollen, reden Sie mit mir nicht wie mit einer Behinderten.«

Volker Reiber schluckte. »Gnädige Frau«, er linste nach einem Schildchen, das ihm eine Namenserhellung bringen möge, da war aber keines. Die Frau machte auch keine Anstalten, sich vorzustellen, lächelte aber inzwischen, wodurch ein ziemliches Pferdegebiss zum Vorschein kam.

»Gnädige Frau, ich hatte nicht die Absicht, Sie zu düpieren. Darf ich mich vorstellen: Reiber, Kriminalpolizei Kempten, wie Sie ja schon richtig geraten haben. Sehe ich so aus?« Volker versuchte, ein wenig kokett zu wirken.

Die Frau brachte wieder ihre Zähne zur Geltung. »Nein, eigentlich nicht. Entschuldigen Sie, Sie haben mich ein wenig auf dem falschen Fuß erwischt.«

Pferdefuß, dachte Volker bei sich.

»Eine Kollegin hat Sie angekündigt und auch Ihr Anliegen. Und das hat mich einfach genervt.«

Volker versuchte, seine Irritation zu verbergen. »Ich bin hier wegen alter Pläne, die sich mit der Drainierung landwirtschaftlicher Böden befassen, respektive mit dem Obermaier-Boden in ...«

Das Pferdegebiss verzog sich. »Eben, das ist es ja gerade. Jetzt kann ich den ganzen Bettel wieder herauszerren. Jahrzehnte hat sich kein Mensch darum geschert. Ich hatte sogar einige Mühe, diese Blätter zu finden. Ich bin unter eine regelrechte Staublawine geraten.« Die Sachbearbeiterin schaute Volker an, als wäre das seine Schuld.

»Entnehme ich Ihren Worten, dass schon vor mir jemand die Blätter sehen wollte?«, wollte Volker wissen.

»Ja, das entnehmen Sie.« Die Frau trommelte mit einem Bleistift auf der Schreibtischunterlage herum.

»Und wer, bitte schön, wollte die Blätter sehen?«

»Nun, zuerst eine Frau Lohmeier. Ende zwanzig würde ich schätzen, eher kräftige Statur, kurze, blondierte Haare, so ein modischer Schnitt, der aussieht, als ob jemand gerade aus dem Bett gekommen wäre. Die jungen Leute, die haben ja generell ...«

»Äh, gnädige Frau, Sie wollten mir ...«, versuchte Volker, die Sachbearbeiterin wieder auf den Pfad ihrer ursprünglichen Rede zu lenken.

»Ja, ja, also ein nettes Mädchen, aber ziemlich verzweifelt.« Sie zog das letzte Wort ziemlich dramatisch in die Länge.

»Verzweifelt?«

»Ja, sie hat mir da so eine dubiose Geschichte erzählt, von einem Baugrund, der ihr unter Vorspiegelung falscher Tatsachen verkauft worden ist.« Diesmal war es das Wort »dubios«, das sie besonders heftig betonte.

Volker war auf die Kante seines Stuhles gerutscht. »Und dann? Haben Sie ihr die Pläne gezeigt?«

»Ich sagte ja, ich hatte Mühe, sie zu finden, und genau das Blatt, das sie interessiert hätte, das gab es nicht.«

»Damit wir uns recht verstehen. Wir reden von den Aufzeichnungen über Drainagen, die wahrscheinlich um 1920 ausgeführt worden sind?«, hakte Volker nach.

»Ja, natürlich reden wir darüber, aber über diesen so genannten Obermaier-Boden gibt es keine Aufzeichnungen.«

»Und das heißt …«, rief Volker triumphierend.

»… dass der Boden, sofern da Drainagerohre drinliegen, schwarz drainiert wurde«, ergänzte das Pferd und fuhr fort: »So ungewöhnlich ist das nicht, ich hab die ganze Aufregung nicht so ganz verstanden. Vor allem, weil dann auch noch dieser Journalist gekommen ist.«

»Ein Journalist?« Volker geriet in Hochstimmung.

»Ja, dieser Marcel Maurer, der immer als ›mm‹ in der AZ schreibt, der hat sich auch brennend für die Pläne interessiert! Ich weiß ja nicht, was das alles soll.« Die Sachbearbeiterin zupfte ein welkes Blatt vom siebten Weihnachtsstern in der Reihe und schaute Volker Reiber fragend an.

Aber von dem kam wenig Hilfe. Er war schon aufgesprungen, hatte seine Hose in Fasson gezupft, bedankte sich und flog die Treppen geradezu hinunter. Mit quietschenden Reifen startete er zum Tourismusbüro nach Immenstadt.

Als er dort ankam, hatte er ein eiskaltes Gesicht aufgesetzt. Passend zu den Temperaturen, denn der angekündigte Frühling ließ sich bitten.

Patrizia Lohmeier stand am Tresen des Büros und versuchte gerade, einem Ehepaar – der Sprache nach aus dem sehr hohen Norden – klarzumachen, dass sie nun mal keine Wettergarantie geben könne.

»Ich kann Ihnen gern die Beförderungsbedingungen der Bergbahnen vorlesen: Schneefall ist kein Grund, einen Skipass zurückzugeben. Im Gebirge ist nun mal mit Schneefall zu rechnen.« Sie konnte sich die Anmerkung offenbar nicht verkneifen. Ihre Laune schien weit unter null zu liegen.

Das Ehepaar stieß noch ein paar wüste Beschimpfungen aus und ging.

»Puh!« Patrizia Lohmeier atmete tief durch und maulte vor sich hin: »Da kommen die aus irgendwelchen norddeutschen Tundren kurz vor der Packeisgrenze und wollen schönes Wetter gebucht haben. Himmel!«

Sie wappnete sich vor dem nächsten Kunden und schaute Volker Reiber durchdringend und alles andere als beeindruckt an. »Sie schon wieder. Ich nehme nicht an, dass Sie auch einen Skipass retour geben wollen?«

»Weniger«, antwortete Volker, »ich muss Sie wegen des Mordes an Herrn Rümmele noch mal sprechen.«

»Ich habe Ihnen doch schon gesagt, dass ich mit Peter Rascher heimgefahren bin und keinen Grund gehabt hätte, Herrn Rümmele zu ermorden.« Sie sah Volker weiter herausfordernd an.

»Das bezweifle ich«, sagte Volker und bemühte sich um einen strengen Tonfall, »nicht, dass Sie mit Herrn Rascher heimgefahren sind, aber ich bezweifle, dass Sie keinen Grund gehabt hätten, Herrn Rümmele zu ermorden.«

»Wieso? Was soll das heißen?« Patrizia Lohmeier hob die Hand zu einer laschen Bewegung, die Volker bedeutete, zu ihr hinter den Tresen zu kommen. Sie schob ihm einen Drehstuhl hin und ließ sich auf einen anderen sinken.

Volker setzte sich und blickte sie lange durchdringend an. Dann entfaltete er langsam und provozierend einen Zettel. »Hier steht, dass Sie auf der ehemaligen Obermaier-Wiese ein Grundstück gekauft haben. Von der Rümmele-Bau.«

»Wenn das da steht, wird es ja wohl stimmen«, blaffte Patrizia Lohmeier ihn an, »und was soll das mit dem Mord zu tun haben?«

Volker ignorierte ihre Frage. »Außerdem waren Sie im Wasserwirtschaftsamt und haben sich nach Plänen Ihres Grundstücks erkundigt.«

Patrizia wurde blass und schwieg.

»Da Sie wahrscheinlich kein archäologisches Interesse getrieben hat, sage ich Ihnen jetzt mal, was es war. Sie haben von Herrn Rümmele einen Bauplatz gekauft, der sich als Moorgrund entpuppt hat. Sie wollten herausfinden, ob Herr Rümmele Sie wissentlich übervorteilt hat. Da aber keine Pläne existieren, der Boden also schwarz drainiert wurde, ist die Beweisführung ungleich schwieriger. Sie hätten viel mehr Geld gebraucht, das haben Sie aber nicht. Sie sind wütend geworden und haben Herrn Rümmele umgebracht.«

Patrizia Lohmeier hatte Tränen in den Augen und suchte nach einem Taschentuch. Volker gab ihr eins, weiß, mit Monogramm.

Sie schnäuzte sich. »Das mit dem Boden stimmt. Er ist schwarz drainiert worden, und die Rümmele-Bau behauptet, davon nichts gewusst zu haben. Eigentlich wollte ich vom Kauf zurücktreten. Mein Anwalt versucht, das durchzudrücken. Wegen verdeckter Mängel oder so. Aber deswegen ermorde ich doch Herrn Rümmele nicht!«

»Zumindest haben Sie den Fall an die Presse gegeben«, rief Volker.

Sie begann schon wieder zu weinen.

»Stimmt es denn nicht, dass sich ein Herr Marcel Maurer auch für die Pläne interessiert?«, insistierte Volker.

Patrizia Lohmeier schnäuzte sich noch mal. »Ja, schon, Marcel ist mein Freund und hat das alles natürlich mitbekommen.«

Volker war wieder auf die Stuhlkante gerutscht. Wie sich doch eins zum anderen fügte, dachte er. »Und der Herr Maurer witterte natürlich sofort einen Skandal und ist mit journalistischem Feuereifer an die Recherche gegangen. Vielleicht hatte Ihr Freund ja einen Grund, Herrn Rümmele zu ermorden?«

Sie hielt mitten im Schnäuzen inne. »Marcel? Marcel! Der ermordet doch niemanden, bloß weil seine Freundin betroffen ist.«

»Aber er kannte Herrn Rümmele?«

»Ja, und wenn Sie es genau wissen wollen, er mochte ihn nicht. Herr Rümmele hat öfter Marcels Recherchen erschwert. Aber das tun viele. Dann müsste er ja dauernd jemanden ermorden.«

»Es soll schon vorgekommen sein, dass der Leidensdruck irgendwann zu hoch wird. Sie kennen das Sprichwort mit dem Tropfen, der das Fass zum Überlaufen bringt?«, fragte Volker provokant.

Sie war wieder in ihren Stuhl zusammengesunken.

»Frau Lohmeier, ich würde Sie bitten, mich um fünfzehn Uhr im Präsidium aufzusuchen und Herrn Maurer mitzubringen. Sollte er nicht kommen, lass ich ihn holen. Das ist mein Ernst. Punkt fünfzehn Uhr!«

Volker Reiber verließ grußlos das Büro, und wieder fuhr er im Kavaliersstart an, Schneematsch und Kieselsteinchen wie eine Salve auf das Fenster des Tourismusbüros abfeuernd. Er war überaus aufgeräumt. Nun kam doch Schwung in die Sache. Beim Wort »Journalist« hatte sich das Buch der Erinnerungen prompt auf der richtigen Seite geöffnet. Er wusste sofort, dass Frau Rümmele neben diesem Ökolehrer Rascher und dem Bauerntrottel Obermaier auch die Presse der Feindschaft bezichtigt hatte. Das wollte er doch noch mal genauer hören.

Als er vor dem Anwesen der Rümmeles hielt, war Denise Rümmele gerade dabei, in ihren Sportwagen zu steigen, was angesichts des superengen Rocks zur akrobatischen Leistung gedieh. Als sie Volker aussteigen sah, beendete sie ihre erfolglosen Bemühungen, unters Lenkrad zu gelangen.

»Das passt mir gar nicht«, schmetterte sie Volker entgegen, und den beiden Minihunden passte es wohl auch nicht, denn die umkreisten wild kläffend Volkers Beine. Sie überkugelten sich vor lauter Eifer, das Frauchen zu beschützen.

»Rattenpack! Ungeziefer«, stieß Volker aus, aber so, dass es Denise Rümmele nicht hören konnte.

Er inszenierte seinen schönsten Augenaufschlag. »Gnädige Frau, entschuldigen Sie, dass ich Sie inkommodieren muss, aber es dauert nur wenige Minütchen.«

Denise Rümmele schaute ungnädig und lehnte sich dann malerisch an das Hardtop ihres Cabrios. Sie trug ein Kopftuch im Grace-Kelly-Look und eine diamantenbesetzte Sonnenbrille, mit der sie an der Côte d'Azur auf jeden Fall Ehre eingelegt hätte. Volker nahm zumindest an, dass die neckisch funkelnden Steinchen keine Glasperlen waren. Auch das kurze Pelzjäckchen befand sich mit Sicherheit in der Preislage eines Kleinwagens.

»Gnädige Frau«, hob Volker an, »Sie hatten doch erwähnt, dass neben Herrn Rascher und Herrn Obermaier auch ein Journalist ...«

Denise Rümmele entledigte sich der Brille und strahlte Volker Reiber an. »Ach, es geht gar nicht um mich. Ja denn, nein wirklich, dann passt das ganz ausgezeichnet. Für Sie nehm ich mir doch immer Zeit, gell. Maurer sage ich nur, Maurer heißt dieser Schmierfink. Widerlich, diese Schreiberlinge. Schreibt der doch seit Wochen über das Event Castle und behauptet, dass mein Mann«, sie schniefte theatralisch, »Gott hab ihn selig, nur Zulieferfirmen mit ins Boot geholt hätte, die Schmiergelder bezahlt haben. Des geht doch nicht!«

»Das hat er wirklich so geschrieben?«

Frau Rümmele verzog das Gesicht angewidert. »Was weiß denn ich, ich lese so was doch nicht. Jedenfalls sinngemäß hat er das gemeint, und außerdem war er bei uns hier zu Hause. Stellen Sie sich vor, kommt der einfach unangemeldet her und ist regelrecht eingedrungen. Mein Mann – Gott hab ihn selig – und er sind ins Arbeitszimmer, und die beiden haben furchtbar gestritten.«

»Wissen Sie denn, worum es gegangen ist?«

»Ich lausche doch nicht!«, Denise gab sich empört, »aber dieser Maurer hat ja nur so gebrüllt, und als er ging, hat er sich noch mal umgedreht und geschrien: Der Bauplatz bricht Ihnen das Genick – und wenn ich es Ihnen persönlich breche. Ha!«, Frau Rümmele reckte sich auf ihren High Heels, »das sagt ja wohl alles, einfach alles, gell!«

Volker hatte zwar seine Zweifel, aber dieser Marcel Maurer wurde auf jeden Fall ein immer interessanterer Gesprächspartner. Er lächelte. »Liebe gnädige Frau, das war ja wieder ungemein aufschlussreich. Danke, dass Sie mir Ihre wertvolle Zeit geopfert haben.«

Denise Rümmele schmetterte ein »Adele« und versuchte erneut, sich ins Auto zu klemmen. Volker deutete eine Verbeugung an und schritt zu seinem Auto, verfolgt von den krakeelenden Hunderatten, die Denise Rümmele schließlich mit einem »Sodele, jetzt kommt ihr aber zum Fraule« zurückpfiff.

Volker Reiber fuhr zurück ins Präsidium. Er rauschte in Gerhards Büro und fand es leer vor. Aufgebracht schlug er mit der Hand auf den Schreibtisch: Verdammt, wie konnte dieser Mensch einfach verschwinden! Dann hieb er auf das Tastentelefon ein. »The person you have called is temporarily not available.« Dieser Weinzirl! Ein Polizist hatte immer available zu sein. Volker sah sich in dem Büro um: Neben der Computertastatur lag ein Notizbuch mit Uli-Stein-Comic und auf dem Computer klebte eine Uli-Stein-Maus, die wegen des Handkantenschlags auf den wackligen Schreibtisch noch immer beschwingt wippte. Provozierend fröhlich! Volker schmiss die Tür zu und begab sich in sein eigenes Büro. Punkt fünfzehn Uhr klopfte es.

Patrizia Lohmeier und Marcel Maurer traten ein. Sie trug einen langen Wollrock mit passendem Pullover. Ein bisschen fad in der Farbe vielleicht. Sie wirkte patent, und die paar Kilo zu viel standen ihr eigentlich ganz gut, befand Volker. Marcel Maurer war relativ groß, sehr schlank, fast schlaksig, und dunkel gewandet. Grauer Rolli, ein dunkles Wollsakko, schwarze Jeans. Als er Volker die Hand reichte, registrierte dieser seine extrem schmalen, nahezu faltenlosen Finger. Na, bei solchen Pianistenfingerchen behandelte der wohl seine Computertastatur sehr zartfühlend. Und die Frauen wahrscheinlich auch, dachte Volker. Wobei ihm diese Patrizia eigentlich recht gut gefiel, eine Frau, die im Leben stand, aber doch nicht ganz so penetrant selbstbewusst wie diese Kennerknecht, die immer das letzte Wort haben musste.

Sie setzten sich.

Volker fixierte Marcel Maurer. »Ich komme gleich zum Punkt: Frau Denise Rümmele behauptet, Sie wären unangemeldet bei ihr eingedrungen und hätten ihrem Mann gedroht, ihm den Hals zu brechen.«

Marcel Maurer schien nachzudenken und sagte dann mit völlig neutraler Stimme: »Von Eindringen kann gar nicht die Rede sein. Ich habe tagelang versucht, bei der Rümmele-Bau eine Audienz zu ergattern, was mir aber stets verwehrt wurde. Schließlich habe ich Herrn Rümmele privat aufgesucht. Es wurde mir auf mein Klingeln geöffnet, das verstehe ich nicht unter Eindringen.«

»Und was wollten Sie von Herrn Rümmele?«, fragte Volker.

»Nun, das werden Sie sich ja denken können. Ich wollte eine Stellungnahme von ihm selbst zu den Bauplätzen auf dem ehemaligen Obermaier-Grund. Patrizias Parzelle war zufällig die erste, die ausgebaggert wurde. Sie erlebte auch als erste die böse Überraschung. Aber das hätte ja auch noch andere betroffen. Wir sind momentan dabei, eine Selbsthilfe-Organisation zu gründen.«

Volker machte sich Notizen.

Marcel fuhr fort: »Ich hatte schon mit dem Anwalt gesprochen, eben auch mit anderen Bauherren und wollte nun ein Statement von Herrn Rümmele persönlich. Um die Geschichte rund zu kriegen.«

Volker nickte leicht. »Aber Frau Rümmele sagt auch, Sie hätten ihren Mann schon seit Wochen anderer Betrügereien bezichtigt.«

Marcel Maurer überlegte wieder, sprach dann sehr konzentriert: »Ich habe ihn nie explizit angegriffen. Ich hatte natürlich Informanten, die von Schmiergeldern wussten, aber die wollten ihren Namen öffentlich auf keinen Fall preisgeben. Dann schreibe ich auch nichts. Wir sind hier doch nicht bei der ›Sun‹. Ich habe lediglich geschrieben, dass Verdachtsmomente bestünden, dass die Bauaufsicht Erkundigungen einziehe, dass eine Firma ihren Anwalt eingeschaltet habe und so weiter.«

»Also ist der Satz von den gut unterrichteten Kreisen eher etwas fürs Kino?«, wollte Volker wissen.

Marcel lächelte. »Wie gesagt, wir sind eine Regionalzeitung und können es uns nicht leisten zu mutmaßen. Ich bemühe mich, fair zu sein. Ich habe auch schon sehr positiv über die Rümmele-Bau berichtet, aber das hat Frau Rümmele wohl vergessen.«

Volkers fragender Blick hieß ihn weiterzusprechen.

»Als sich die Rümmele-Bau hier angesiedelt hat, habe ich die neuen Arbeitsplätze hervorgehoben, und was glauben Sie, da habe ich natürlich von ganz anderer Seite Kritik geerntet. Ich sei ein Hofschreiber für die Großkapitalisten. Was denken Sie, was Lokaljournalismus oft für ein Affentanz ist. Ein Kasperletheater. Wenn jemand in die Zeitung kommen will, dann sind wir gut genug. Hofberichterstattung, das erwarten sie wirklich. Aber wehe, wir schreiben mal was Kritisches, dann prasseln Leserbriefe über uns herein. Ja, die Leute stehen sogar vor meiner privaten Tür und beschimpfen mich. Wenn wir irgendeine Sauerei in der Lokalpolitik aufdecken, dann heißt es sofort, wir wären politisch einseitig. Der Vorwurf kommt wahlweise von den Schwarzen und den Roten. Im Fall des Event Castle wurde der Zeitung sofort unterstellt, wir würden das Vorhaben torpedieren und Rümmele stürzen. Dabei ging es nur um die Wahrheit. Wir haben die Zahl der zu erwartenden Einnahmen für die Region genauso thematisiert wie den ökologischen Wahnsinn, in einer höchst fragilen Auenlandschaft zu bauen. Solche Kandidaten stürzen sich meist selbst. Rümmele wäre meiner Einschätzung nach auch baden gegangen. Es ging nur um die Fakten. Darum geht es immer. Das ist seit Watergate so.«

»Na, da stehen Sie ja in illustrer Tradition«, stichelte Volker.

Marcel Maurer ließ sich aber offenbar nicht provozieren. »Das hat gar nichts mit illuster oder nicht zu tun. Die Mechanismen sind in der großen Politik die gleichen wie im Kleinen. Ich will Ihnen damit nur klarmachen, dass ich da ungeheuer viele Leute hätte ermorden müssen.« Er lächelte bitter. »Oder genau genommen wäre es andersrum. Ich wäre längst tot, so oft, wie ich bedroht werde. So oft, wie sogar meine Freundin bedroht wird.«

Volker horchte auf. »Frau Lohmeier wird bedroht?«

»Nun, was heißt bedroht. Das geht subtiler ab. Da schreibe ich etwas Negatives über die Feuerwehr eines Ortes, und schon steht der Kommandant vor der Tür. Ich bin nicht zu Hause, Patrizia öffnet ihm, und er meint, dass so ein Holzhaus doch sehr leicht Feuer fange. Und da wäre es schade, wenn die Feuerwehr zu spät käme.«

»Und der Kommandant ist nicht zufällig ein Freund von Herrn Rümmele?«, fragte Volker.

Marcel wirkte irritiert. »Sie drehen mir das Wort im Munde

um. Wahrscheinlich ist er ein Kumpel von Rümmele. Ähm, ein Kumpel gewesen! Alle Funktionsträger sind doch in einem undurchschaubaren Netz verwoben. Aber auch das ist ganz normal. Ich versuche, Ihnen laufend Beispiele zu geben, wie meine Arbeitsbedingungen nun eben sind. Ich beklage mich auch gar nicht. Ich könnte ja was anderes machen. In die PR gehen beispielsweise, so wie Jo.«

»Aha, Frau Doktor Kennerknecht kennen Sie also auch?«

Marcel Maurers bisher neutraler Ton wurde schärfer. »Herr Reiber. Natürlich kenne ich sie, sie ist die Chefin meiner Freundin!«

Patrizia hatte bisher nur dagesessen und ein Loch in den mitgenommenen Parkettboden gestarrt. Jetzt aber hob sie den Kopf. Sie schien müde. Ihre Stimme war schleppend. »Marcel, was soll's! Erzähl ihm doch den Rest. Herr Reiber wird doch sowieso jede Faser unseres zutiefst kriminellen Lebens durchleuchten.«

Volker zog die Augenbrauen hoch. Waren hier eigentlich alle jungen Frauen so bitterböse? »Welchen Rest?« Er sah zwischen Marcel und Patrizia hin und her.

Marcel seufzte und legte Patrizia eine Hand aufs Knie. »Ich war mal mit Jo zusammen. Wir waren ein Paar, wie man so schön sagt. Es hat nicht funktioniert. Voilà, that's it.«

Volker ging ein Licht auf. »Und jetzt sind Sie mit Frau Lohmeier ein Paar, wie man so schön sagt, aber Frau Kennerknecht weiß nichts davon!«

Patrizia schnaubte mal wieder in ein Taschentuch. »Ja, am Anfang hat sich das irgendwie nicht ergeben, und später kam es uns dann unpassend vor, plötzlich mit der Enthüllung aufzuwarten. Ach, Jo, übrigens, was ich dir immer schon mal sagen wollte: Ich bin mit Marcel zusammen.«

Marcel nickte. »Ja genau, und Jo kann ziemlich ätzend-sarkastische Kommentare abgeben. Ich hatte dafür keinen Nerv.«

Das konnte Volker Reiber sogar nachvollziehen. »Das heißt, sie hat auch nichts von dem Bauplatz gewusst. Ich nehme mal an, Sie hätten beide zusammen in dem neuen Haus gewohnt?«

»Ja, hätten wir«, antwortete Marcel, »für Jo wäre das ein Albtraum. Für sie gibt es nichts Spießigeres als ein Neubauwohngebiet. Ihr grenzenloser kreativer Individualismus ist nur im Chaos einer schlecht beheizten Abbruchhütte auszuleben. Wenn die Mauern keine Risse haben und die Böden nicht aussehen, als sei eine Armee mit nagelbewehrten Stiefeln darübergezogen, dann lebt für Jo ein Haus einfach nicht. Jos Faible für beredte Mauern und die Schrunden der Jahrhunderte in allen Ehren, aber wir sind da nicht so. Auch in dem Fall wollten wir einfach jede Konfrontation vermeiden.«

»Gut, gut, das alles leuchtet mir durchaus ein, aber der Ausgangspunkt bleibt doch bestehen. Sie haben Herrn Rümmele beschimpft. Es soll sehr laut gewesen sein. Es fiel der Ausdruck ›Genick brechen‹. Sie wirken ja sehr beherrscht, aber da waren Sie wohl doch eher unbeherrscht. Oder, Herr Maurer?« Volker durchbohrte den Journalisten erneut mit Blicken.

Marcel Maurer schwieg kurz und sagte dann: »Ja, da ist mir der Gaul durchgegangen. Es ist immer schlecht, wenn man eine Story mit privaten Emotionen vermengt. Es ging um die Wahrheitsfindung in einer Recherche, aber es ging eben auch um Patrizias Geld. Herr Rümmele hat mich so anmaßend und selbstgerecht behandelt wie einen unmündigen Schulbuben. Ich wurde einfach wahnsinnig wütend, weil er sich eiskalt hinter seinen Anwälten verschanzt hat. Und da hab ich ihn angeschrien.«

In diesem Moment klopfte es an der Tür. Markus Holzapfel streckte den Kopf hinein. »Herr Reiber, Entschuldigung, aber ich glaube, es ist wichtig.«

»Glauben Sie das, oder wissen Sie das?«

Markus schluckte. »Ich glaube …« Dann fester: »Es ist wichtig, hier ist nämlich ein junger Mann, der Herrn Rümmele am Mordabend im Gunzesrieder Tal aufs Ofterschwanger Horn gefahren haben will.«

Markus Holzapfel sagte das so lakonisch, als ginge es um eine winterliche Kaffeefahrt mit fünfhundert Gramm deutscher Landbutter und Lammfelldeckenverkauf.

Volker rutschte zur Stuhlkante und sprang dann auf. Er machte eine fahrige Bewegung in Markus' Richtung und sagte zu Marcel und Patrizia: »Herr Holzapfel nimmt jetzt ein Protokoll auf. Sie können dann vorläufig gehen, aber ich werde Sie sicher zu einer weiteren Vernehmung brauchen.«

Und schon stob er hinaus.

Zu seiner großen Verwunderung stand Peter Rascher mit zwei jungen Leuten im Gang. Der junge Mann hatte ein Nasenpiercing, mehrere Ohrringe und einen roten Pferdeschwanz. Das Mädchen war ungewöhnlich feingliedrig und hübsch, mit einem schmalen, wohlgeschnittenen Gesicht. Sie sah aus wie ein Engel – nur waren ihre glatten, langen Haare zu dunkel, und ihre Augen waren viel zu lebhaft. Peter Raschers Augen!

»Meine Tochter Laura und Moritz Wegscheider. Die beiden möchten gern eine Aussage machen«, stellte Rascher die jungen Leute vor. Er hatte ihnen die Hand auf die Schulter gelegt.

Volker nickte, und da in seinem Büro Markus Holzapfel saß, dirigierte er das Trio in Gerhards Büro. Die Uli-Stein-Maus starrte ihn an, hatte aber aufgehört zu wippen.

»Bitte!« Volker schlug wieder seinen Kampfeston an.

»Herr Rümmele ist auf dem Skidoo des Kamineck transportiert worden«, begann Peter Rascher, »und Moritz hat ...«

»Das kann er uns vielleicht selbst sagen!« Volkers Ton war unangemessen scharf, was auch daran lag, dass er ungeheuer wütend auf diesen Weinzirl war. Verschwunden, nebulös wie alles in diesem merkwürdigen Fall. Eine Leiche mit verschwundenen Schuhen, eine Jacke des Hauptverdächtigen, von der es angeblich mehrere gab, im Boden verborgene Tonröhren, die da nicht hingehörten, ein verschwundener Polizist und jetzt ein aktuell aufgetauchtes Skidoo. Er schaute Moritz Wegscheider an, der völlig verschreckt aussah. So ging das wohl nicht. Volker Reiber stand auf, strich seine Hose glatt und setzte sich wieder.

Sein Ton wurde sanfter. »Also, Ihr Name ist Moritz Wegscheider, und Sie sind wer genau?«

Moritz begann zögerlich zu sprechen, und was Volker dann zu hören bekam, war ja eine abenteuerliche Geschichte.

»Ts, ts!« Volker schüttelte den Kopf. »Und das soll ich glauben? Dass Sie keine Ahnung hatten, was Herr Rümmele auf dem Berg wollte? Nun machen Sie mal einen Punkt!«

Inzwischen hatte ein Kollege die Personaldaten von Moritz Wegscheider durchgegeben. Volkers Augen glitzerten. Da hatte er ihn doch, seinen Amokläufer! Er rückte ganz nahe an Moritz heran. »Sie sind wegen Drogenhandels vorbestraft und mehrmals bei Demonstrationen radikaler Umweltschützer verhaftet worden. Auch beim Farbbeutelanschlag auf das Haus von Herrn Rümmele!«

Peter Rascher mischte sich ein: »Ich selbst habe Moritz verdächtigt. Aber er war es nicht. Dass er mit meiner Tochter befreundet ist, das – ich gebe das gern zu – hat mich nicht gerade in Euphorie versetzt, aber Moritz ist wohl ein guter Kerl.« Er lächelte Laura an.

»Ach, Dad! Du predigst doch immer von der Gleichheit der Menschen und davon, dass jeder eine Chance bekommen soll. Aber bei deiner Tochter hättest du gern den Freund Marke idealer Schwiegersohn. Am besten wahrscheinlich mit Banklehre.«

Volker sah von der einen zum anderen. »Ich störe ja ungern Ihre entzückenden familiären Dialoge, aber Sie wollen mir doch nicht erzählen, das sei alles Zufall? Ts! Wollen Sie mich für blöd verkaufen!«

Moritz Wegscheider stampfte mit dem Fuß auf. »Diese ollen Kamellen, ich hab keine Farbbeutel geworfen, und wegen dem Dope bin ich auf Bewährung. Ich habe mir nichts zuschulden kommen lassen!«

Volker war noch immer ganz nahe. »Moritz, für wie umnachtet halten Sie mich? Ich glaube Ihnen Ihre Geschichte durchaus, bis auf ein winziges Detail: Sie haben Herrn Rümmele ins Tal gelockt, haben es irgendwie geschafft, ihn zu einer Skidoo-Fahrt zu überreden und haben ihn dann erschossen. Der Part mit dem Auto mag wohl stimmen, das mussten Sie ja loswerden. Würde mich gar nicht wundern, wenn Laura Rascher mit von der Partie war. Hat sie Herrn Rümmele verführt, ins Tal zu fahren? Er hatte ja bekanntlich eine Schwäche für hübsche Mädchen!« Volker Reiber grinste anzüglich.

Peter Rascher fuhr hoch und richtete sich auf wie ein Bär, der jeden Moment mit den Tatzen den tödlichen Hieb ausführt. »Lassen Sie meine Tochter aus dem Spiel!«

Volker zuckte mit der Schulter. »Haben Sie sich nie überlegt, dass dieser saubere Moritz hier Sie beeindrucken wollte? Wir hatten ein solches Szenario sogar bei Ihnen zu Hause durchdiskutiert.«

Peter Raschers Brustkorb hob sich. »Sie werden es nicht glauben, genau an so etwas habe ich anfangs gedacht. Daran, dass meine Parolen einen jungen unbeherrschten Mann – oder auch eine Frau meinetwegen – aufgepeitscht haben. Aber ich glaube Moritz; denn wieso hätte er sich freiwillig stellen sollen? Er hat es nur getan, um Schorsch Obermaier zu entlasten.«

»Inwiefern?«, fragte Volker.

Moritz zog eine Jacke aus einer Plastiktüte. Ein Skifahrer im Sprung war darauf abgebildet. »Ich hatte die Jacke an. Schorsch hat sie mir mal geschenkt, als ich bei ihm gearbeitet habe.«

»Schön und recht, aber mir sind das alles ein bisschen zu viel der Zufälle. Wir werden jetzt mal klären, ob es Fräulein Raschers Auto war, das gesehen wurde, und ob vielleicht doch jemand das Skidoo gesehen hat. Wir suchen nach der Mordwaffe, oder sagen Sie mir gleich, wo diese liegt?«

Moritz Wegscheider schwankte zwischen Tränen und Wut. »Ich wollte nur nicht, dass der Schorschi weiter sitzen muss. Ich habe den Rümmele doch nicht umgebracht. Ich weiß ja nicht mal, was der da wollte.«

Volker Reiber sah ihn scharf an. »Aber er muss Ihnen doch gesagt haben, weswegen er Ihren Taxi-Service in Anspruch genommen hat?«

»Hat er nicht. Er hatte Ski dabei und wollte gleich wieder runterfahren«, antwortete Moritz.

»Ich bitte Sie, es fährt doch keiner am letzten A ... der Welt bei Schneesturm und im Dunkeln Ski!« Volker schrie inzwischen richtiggehend.

»Hab ich mir auch gedacht, aber er hat mir nur gesagt, er sei gleich wieder da.«

»Diese Geschichte ist mir doch wirklich zu abstrus. Sie jedenfalls sind vorläufig festgenommen!«, rief Volker.

Peter Rascher erhob sich. »Sie machen einen Fehler, einen gewaltigen.« So wie er das sagte, war Volker wirklich beunruhigt. Der Bär war kurz vor dem Zuschlagen.

Die drei verließen das Büro, eskortiert von zwei Beamten. Volker starrte auf die Maus. Sein Instinkt sagte ihm, dass dieser Moritz Wegscheider die Wahrheit sagte. Aber er konnte sich überhaupt keinen Reim darauf machen, warum Rümmele Ski angehabt haben sollte. Wo waren die hingekommen? Wo waren die Stiefel abgeblieben? Und die Kernfrage für Volker lautete: Wieso wollte Rümmele Ski fahren? Das musste doch einen Grund gehabt haben. Wenn er ehrlich war, hätte er sich gern mit Gerhard ausgetauscht. Er hatte selten so planlos vor einem Fall gestanden. Aber Kollege Weinzirl hatte es ja vorgezogen zu verschwinden. Volker gab der Maus einen kernigen Stoß, was sie aber nur zu wildem Wippen und erneutem Feixen brachte. »Scheißallgäu, Scheißfall!«

Er überlegte sogar für einen Moment, Johanna Kennerknecht anzurufen. Die kannte doch Gott und die Welt. Aber er unterließ es. So blieb er sitzen und fühlte sich ausgepowert. Wenn er es sich recht überlegte, war er ganz froh, dass die Unschuld von Schorsch Obermaier bewiesen schien. Dieser klotzige Depp war wohl wirklich kein Mörder. Sollte der mal besser auf seine Oma aufpassen, die zwar wahrscheinlich weniger Hilfe nötig hatte als die Hälfte der Menschheit, der aber ein bisschen Gesellschaft sicher gefallen würde. Wem sollte sie denn sonst ihre vorzüglichen Tees kredenzen?

Volker seufzte. Wenn das alles hier vorbei war, würde er mal bei ihr vorbeischauen und nach einer Teemischung fragen. Sie war in diesem ganzen vertrackten Fall bisher die Einzige gewesen, die ihm nicht das Gefühl gegeben hatte, ein vollkommener Fremdkörper zu sein. Er seufzte erneut und gab Order, Obermaier freizulassen.

Dann verbrachte er eine halbe Stunde damit, drei Streifenwagenbesatzungen anzuplärren, sich zu sputen. Er schickte sie erneut ins Gunzesrieder Tal, um dort zu recherchieren und um in der Nähe der Mordstelle Ski und Skistiefel zu suchen.

13. Jo und Gerhard saßen noch immer im kalten VW-Bus, der dröhnend durch die Nacht fuhr. Jo schaute auf die Uhr. Es war inzwischen Freitag geworden, kurz vor drei Uhr morgens. Jo hatte ihren Anorak angezogen und die Hände in den Ärmeln versteckt. Sie atmete schwer. Einer musste das Schweigen ja brechen. »Es ist gut, fahr zu, wenn wir gut durchkommen, schaffen wir es bis zum Vormittag. Dann ist Mannschaftsbesprechung nach dem Morgentraining, da müssten alle da sein.«

Wie gut kannte sie diesen Ablauf noch. Gerhard lag ein weiterer Kommentar auf den Lippen, aber er verkniff ihn sich, sondern sagte betont sachlich: »Rekapitulieren wir: Der Martl ist mit Rümmele ein geheimes Rennen gefahren, aber wo ist die Verbindung?«

»Ich habe nicht die leiseste Ahnung, über private Dinge hat er selten gesprochen.« Jos Stimme war wie splitterndes Glas. Martl hatte überhaupt wenig gesprochen.

Fernpass, Reschenpass, die Sonne ging auf über Südtirol. In Mals steuerte Gerhard eine Tankstelle an, sie tranken Cappuccino. Jo bestellte einen zweiten. Sie wollte Zeit schinden. Mit jedem Kilometer, den sie auf Bormio verloren, wurde ihr mulmiger. Die Berge lagen in gleißendem Sonnenlicht, die Sonne fiel schräg durch die Scheiben und wärmte. Das Ortlermassiv changierte von Orange nach Rosa – eigentlich ein Traumtag, wenn nicht Bormio zum Greifen nahe gewesen wäre. Auf einer

Passhöhe gönnte ihr Gerhard noch eine Cappuccino-Pause im Refugio und fuhr dann entschlossen weiter.

Die Frühjahrssonne brannte auf Bormio, als Jo und Gerhard ankamen. Der Schnee vor den Hotels war schon braunem Gras gewichen, erste Schneeglöckchen spitzten heraus. An der Hotelrezeption wies man ihnen den Weg zu einem Tagungsraum. Die Skifahrer lümmelten am Boden – Videoanalyse.

Der Abfahrtstrainer, der Jo noch aus Chile kannte, schaute auf. Er wirkte kurz verblüfft, winkte dann erfreut. »Oh, hoher Besuch, wollt ihr uns mental aufbauen?«

Physisch wäre netter, schien der Blick von einigen der Skifahrer zu besagen. Jo vermied jeden Augenkontakt, speziell mit Martl.

Gerhard grinste breit. »Klar, auch das, aber eigentlich wollten wir nur endlich mal wieder vernünftig lombardisch essen, Veltliner Wein und einen Braulio mit euch trinken. Nein, aber im Ernst, borgst du mir den Martl mal für einen Augenblick?«

Jo hätte ihn küssen können, dass er »mir« gesagt hatte, nicht »uns«!

Der Coach zuckte mit der Schulter. »Martl?«

Martin Neuber erhob sich und lenkte Gerhard und Jo mit einer Kopfbewegung aus dem Analyseraum. Ein Eishauch lag in der Luft.

»Gerhard, servus, habe die Ehre.« Martl gab sich locker. »Jo, griaß di?« Es klang eher wie eine Frage.

Drei Cappuccini kamen über den Tresen. Es herrschte Schweigen.

»Herr Rümmele ist tot, Schorsch Obermaier steht unter Mordverdacht«, sagte schließlich Gerhard.

Keine Reaktion.

Gerhard weiter: »Du warst mit Rümmele in der Mordnacht auf dem Ofterschwanger Horn. Wieso, Martl?«

Martls Gesicht durchliefen Linien, so, als ob eine Statue einen feinen Haarriss bekäme und immer schneller zerbröckelte. Er straffte sich, und schon hatte er die coole Fassade wieder hochgezogen.

»Ist das dein Fall?«, fragte er.

»Wieso, Martl?« Gerhards Stimme wurde schärfer. »Und spar uns die Zeit, entweder du redest jetzt mit mir, oder ich lass dich festnehmen. Es ist ernst.«

Martl ließ den Finger über dem Rand des Cappuccinobechers kreisen und sah auf. »Es ging um einen Sponsorenvertrag, oder besser um einen, den ich kündigen wollte.«

Martl klang noch immer sehr, sehr taff.

Gerhard nickte. »Kannst du vielleicht für dämliche Laien wie mich etwas mehr Licht in diese Aussage bringen?«

Zynismus war eigentlich nicht Gerhards Sache, dachte Jo, aber sie spürte: Er war angespannt wie selten in seinem Leben.

»Okay«, sagte Martl, »ich muss aber etwas weiter ausholen. Also: Der Skiverband ist für die sportliche Seite zuständig, der Skipool für die Ausrüster. Im Skipool werden Firmen wie Ski-, Schuh- und Bekleidungshersteller gegen Gebühr und Jahresbeitrag aufgenommen, und sie nehmen Athleten unter Vertrag. Der Verband kontrolliert die Verträge und setzt Mindestsummen fest. Diese Firmen sind aber keine Sponsoren. Unter Sponsoren versteht man jene Firmen, die als Aufnäher am Körper des Athleten erscheinen, als Teamsponsoren sind es für alle Sportler dieselben. Das alles bringt aber nur Prämien, wenn du wirklich on top bist. Um echt Kohle zu machen, ist ein frei wählbarer Individualsponsor nötig – im Fall deutscher oder österreichischer Athleten ›Kopfsponsor‹ genannt, weil er sich auf einem Käppi oder Stirnband wiederfinden will. Da geht es um Jahrespauschalen, und die sind nicht gerade niedrig. Auch diese Verträge werden vom Verband überprüft, sind genehmigungspflichtig – auch damit sie dem Athleten gerecht werden und damit der Sponsor nicht etwa ein Konkurrenzprodukt zu einer der Firmen im Skipool vertreibt.«

»Aha«, Gerhard hatte aufmerksam zugehört, »sehr lehrreich, und wie kommt man an so einen Kopfsponsor?«

»Nun, es passiert wirklich, dass einer anruft und fragt, ob dein Kopf noch frei ist.« Martl versuchte ein Lächeln und machte eine Kunstpause angesichts dieses Wortwitzes. Ganz der Medienprofi!

Gerhard war nicht so leicht zu beeindrucken. »Weiter!«

»Es kommt vor, dass der Sportler selbst einen Sponsor sucht. Das läuft zu fast hundert Prozent über Agenturen, denn du hast selbst weder die Zeit noch die Erfahrung für solche Verhandlungen. Es geht heute immer um ein Komplettkonzept, um die Einbindung des Athleten in das Werbekonzept, und das kann nur eine Agentur leisten.«

Gerhard schaute auf Martin Neubers Baseballkäppi. »Aber demnach hast du das Allgäuer Brauhaus als Hauptsponsor, und auch wenn Rümmele gern mal Bier getrunken hat, hatte er da doch wohl keine Anteile.«

Martl sah gequält aus. »Ja, der Biervertrag ist offiziell, wasserdicht, von der Liechtensteiner Agentur arrangiert und läuft leider aus. Deshalb hatte ich noch einen Vertrag mit Rümmele, sozusagen einen privaten.«

Martl stockte erneut. Gerhards Eisblick hieß ihn, weiterzusprechen.

»Als ich vorhatte zu bauen, kam Rümmele eines Tages vorbei und schlug mir einen Deal vor. Er würde die Kosten auf die Hälfte senken, wenn ich ihm ab und zu für private Empfänge oder so als prominentes Aushängeschild zur Verfügung stünde. Mein Gott, Sponsorenverträge beinhalten immer Leistungen von Seiten der Athleten, also beispielsweise fünf Tage in der Saison verfügbar für PR-Aktivitäten zu sein: Skifahren mit Topkunden, Messebesuche, Präsenz auf Incentives, Autogrammstunden. Ich dachte mir halt, so dramatisch kann das nicht werden. Leider habe ich den Vertrag nicht aufmerksam gelesen. Es begann damit, dass ich genötigt wurde, unter betrunkenen Fußball-Hooligans Autogramme in einem verkommenen Einkaufszentrum zu geben, und endete mit Rümmeles Privatfeten, wo seine Gäste ...«

Martl sah zwischen Jo und Gerhard hin und her. Jo schwante etwas. »Du willst sagen ...?«

»Mensch, du weißt doch, wie das ist. Viel Alkohol, viel zu viel Alkohol, eine Sauna- und Whirlpoolparty ...« Er schaute Gerhard hilfesuchend an.

Jo spürte eine Hitzewelle in sich aufsteigen, das Verlangen zu kotzen. Ein gekaufter Gigolo von Rümmeles Gnaden, der – kaum war er von ihr heruntergestiegen – auf die alternden Society-Schlampen umgestiegen war. Sie fühlte sich so benutzt!

»Na, das kann dir ja nicht schwergefallen sein, die Damen zu beglücken, du als internationaler Vielvögler!«, entlud sich Jos ganzes Entsetzen.

»Jo, schau«, Martl sah wirklich unglücklich aus, »ich bin vielleicht eine Sau, aber als er mir diesen Kollegen auf den Hals gehetzt hat, ein fettes, sabberndes Schwein ...«

»Aha, auch noch die Vaseline-Fraktion!« Jo war so voller Hass. Vor allem auf sich selbst!

Gerhard fuhr dazwischen: »Es reicht jetzt, Johanna!«, und

zu Martl: »Ich verstehe also richtig, dass er dich zu Callboy-Diensten genötigt hat? Das war too much für dich, du hast ihn auf den Berg gelockt und erschossen.«

Martl schwieg, zu lange, wie Jo fand.

Gerhards Stimme wurde hart wie Stahl: »Ich sag es noch mal: Das ist kein Spiel mehr, ich bin hier zwar momentan inoffiziell, aber wenn ich nicht sofort was von dir höre, dann lass ich dich festnehmen. Die italienischen Kollegen sind da nicht zimperlich und freuen sich, dem deutschen Kollegen behilflich sein zu dürfen. Wir sind doch alle eine glückliche Familie von EU-Europäern.« Schon wieder lag Zynismus in seiner Stimme.

Martl räusperte sich. »Ich wollte aus dem Vertrag raus, und Rümmele hat mir ins Gesicht gelacht. Er hat mir eine detaillierte Aufstellung der Baukosten vorgelegt, verglichen mit dem, was ich bezahlt habe. Ich sollte nur die Differenz bezahlen, und schon sei der Vertrag passé.«

»Wie viel?«

»Fünfhunderttausend und ein paar Zerquetschte«, sagte Martl gedehnt, »und die hab ich nicht. Die letzten zwei Saisons lief es nicht so toll. Das Business ist knallhart geworden. Die Newcomer haben von Anfang an auf den neuen Carvern trainiert. Ich musste eine völlig neue Skitechnik erlernen. Ich fahr hinterher. Ich gehöre zum alten Eisen, und der Olympiatitel liegt eben auch schon sechs Jahre zurück. Ich konnte nicht zahlen.«

Martl wirkte verbittert, abgespannt, ein gebrochener Held, so wie eine dieser Gartenstatuen, die schon mal strahlendere Zeiten gesehen hatten.

»Weiter!«, zischte Gerhard.

»Wir waren im Walsertal im Spielcasino, wieder so ein Rümmele-Event, auf dem ich anwesend sein musste. Rümmele hielt den ganzen Laden frei, verlor ziemlich viel und sagte dauernd: Spielschulden sind Ehrenschulden. Und weißt du, auch wenn er ein Schwein war, er war ein ehrlicher Spieler.«

Gerhard zog die Augenbrauen hoch.

»Ich weiß, das klingt komisch, aber er hatte nur im Spiel einen Ehrenkodex, im Leben nicht. Das brachte mich auf eine Idee: Lass es uns ausfahren. Gewinne ich, zerreißt du den Vertrag, gewinnst du, bleibt alles beim Alten. Rümmeles Augen bekamen einen irren Glanz, das war sein Ding. Na ja, und im Laufe des Abends war auch das Reglement festgelegt: Ich würde am Ofterschwanger Horn am Gipfel starten, er ab Mitte des Gipfellifts. Wahrscheinlich hatte er zu viel Inferno-Rennen in Mürren gesehen. Er wollte ein Freeriding-Rennen abseits der Piste.«

Jo fand das alles so ungeheuerlich, dass sie für einen Moment ihren Hass vergaß. Hier ging es ums Skifahren, sie war fasziniert. »Ich glaube eher, dass er sich im Pulver Chancen ausgerechnet hat. Auf einer Piste hätte er auf jeden Fall verloren, selbst wenn er noch viel weiter unten gestartet wäre.«

In Martls Blick lag so etwas wie Dankbarkeit. »Stimmt wahrscheinlich, aber da war bei ihm eine irre Lust am Risiko. Er wollte unbedingt über die Hangschulter an der Geißrücken Alpe durch die Bäume fahren und hatte als Ziel den Jägerstand oberhalb des Hohlwegs ausgewählt. Klar, er kannte sich da aus, das war ja auch seine Jagd. Ich hatte ehrlich gesagt einen Heidenrespekt. Du kennst die Tobel, die Bäume stehen eng, und das Ganze noch im Dunkeln. Das war Wahnsinn.«

Gerhard schüttelte den Kopf. »Wahnsinn genau. Wie bescheuert bist du eigentlich? Wie im schlechten RTL-Mittwochs-Film, was für ein albernes Männlichkeitsritual!«

Martl nickte gequält. »Klar, heute weiß ich das auch, aber es schien meine einzige Chance zu sein!«

Jo mischte sich ein: »Du bist also mit dem Lift um halb sechs hoch, Rümmele kam per Skidoo. Und dann?«

Martl schaute sie verlegen an. »Wir wollten uns per Handy selbst starten, ich oben, er weiter unten auf der Piste. Vielleicht versteht ihr das nicht, ich hätte ihm im Geschäftsleben keine Sekunde vertraut, aber da schon. Er rief an, zählte von zehn runter und schrie ›Go‹. Ich fuhr. Ich dachte mir, dass ich ihn spätestens hinter der Alpe eingeholt haben würde, aber er war nirgends zu sehen. Okay, die Bäume, aber da wurde mir erstmals klar, dass ich ein rechter Trottel sein musste. Wie konnte ich glauben, dass er am vereinbarten Ort startet? Der konnte ja wenige Meter vor dem Ziel stehen und kurz vor mir locker durchfahren.«

Gerhard schaute Martl lange prüfend an. »Dass du ein Riesentrottel sein musst, beweist die ganze Aktion. Aber wir wissen von Moritz – das ist der Knabe, der ihn von Gunzesried aus mit dem Skidoo transportiert hat –, dass er ihn wirklich hochgefahren hat und Rümmele wohl wirklich korrekt gestartet sein muss.«

Martl fingerte wieder an seinem Cappuccinobecher. »Aber das konnte ich nicht wissen. Ich fuhr durchs Ziel – das war der Jägerstand bei den Jungbäumen – und war schon gewappnet, gleich in seine triumphierende Visage zu blicken. Aber da war kein Rümmele. Nach zehn Minuten wurde ich unruhig. So lang konnte der nicht brauchen. Er war ein guter Skifahrer.«

Martl schaute angewidert. Jo verstand den Blick, denn auch sie musste neidlos zugeben, dass Rümmele exzellent Ski gefahren war. Noch eine Schmach für ihre Allgäuer Seele!

Martl fuhr fort: »Ich fing an zu rufen. Nichts. Da kam ich

auf die Idee, sein Handy anzuwählen, aber da war nur die Mailbox.«

»Es gibt kein D1-Netz unten im Tal«, murmelte Jo. Schon komisch, was einem in dramatischen Momenten an Banalem einfiel.

Martl starrte sie überrascht an, wieder dankbar. »Daran hatte ich gar nicht gedacht. Klar, Rümmele hat ein D1-Handy, ich ein D2. Ich begann, den Hohlweg bergauf zu gehen, rief weiter. Und da lag er plötzlich. Blut rann aus einer Kopfwunde. Ich dachte zuerst, der wäre gegen einen Baum gefahren. Ich habe seinen Puls gefühlt. Nichts! Und auf einmal wusste ich, dass das eine Schusswunde war. Ich geriet in Panik. Ich hab mich umgeschaut, vielleicht war der Mörder ja noch da.«

»Hast du denn keinen Schuss gehört oder irgendwas?«, fragte Gerhard ungläubig.

»Nein, überhaupt nichts. Es hat geschneit, golfballdicke Flocken. Seine Abfahrtsspur war fast schon wieder zugeschneit. Meine Fußstapfen auch.«

»Er hatte also die Ski noch an?«, wollte Jo wissen.

»Ja, das eine Bein war merkwürdig verdreht, die Bindung ist nicht aufgegangen.« Martl blickte zu Boden.

»Die hat er wahrscheinlich zugezogen wie ein Berserker, denn wenn sie im Tiefschnee aufgegangen wäre, hätte er das Rennen vergessen können«, meinte Jo. Das war Rennalltag. Lieber das Bein gebrochen, als bei einem unvorhergesehenen Schlag den Ski zu verlieren.

Martl schaute sie erneut dankbar an. Gerhards Augen sagten: Vorsicht, Lady!

Laut sagte er: »Daher die Kreuzbandverletzung. Der Pathologe hatte gar nicht so Unrecht. Okay, weiter, Martl.«

»Ich wollte weg. Aber da lag Rümmele und starrte mich an.

Grauenhaft. Er starrte und starrte, so als würde er jedes meiner Geheimnisse kennen. Ich weiß nicht, wieso, ich hab ihm die Ski und die Schuhe und den Anorak ausgezogen, ihn an den Baum gelehnt. Ich wollte davon ablenken, dass sein Tod irgendwas mit Skifahren zu tun hat«, sagte Martl.

»Und wo ist der ganze Krempel?«, wollte Gerhard wissen.

»Hab ich in meinem Skisack mitgenommen und später auf der Mülldeponie entsorgt.«

»Einfach so, einen teuren Rennski? Und wenn den jemand gefunden hätte?«

Martl sah überrascht aus. »Das war kein Rennski. Das war ein Freeriding-Brett, so ein Dynastar Ski im Retro-Design. Den hab ich in drei Teile zerbrochen.« Martl überlegte kurz. »Bei einem Rennski hätte mir das in der Seele weh getan.«

Jo rief dazwischen: »Dann ist Rümmele gar nicht mit dem verschliffenen Ski gefahren. Wahrscheinlich hat er das bemerkt. Und mit dem Freeriding-Ski konnte er das Rennen auch gewinnen!«

Gerhard schüttelte den Kopf: »Können wir diese Fachsimpelei über Ski mal lassen. Ihr seid doch beide nicht ganz normal im Kopf. Es geht um Mord!« Und zu Martl gewandt: »Da hast du also Skrupel, einen Ski zu zerstören, aber kannst eine Leiche mal eben so neu arrangieren.«

Martl sah zu Boden: »So einfach war das nicht. Ich hatte Angst, verdammt. Ich wollte keine Fehler mehr machen.«

»Hast du aber, denn der Anorak hing noch am Baum, den hat Falco gefunden!«, rief Gerhard erbost aus.

Martl schaute Gerhard und Jo mit einer Mischung aus Verwunderung und Ernst an, dann blickte er Jo direkt in die Augen, bis sie wegsehen musste. »Scheiße, den Anorak, den hab ich kurz an einen Baum gehängt ...«

»… wo er bis heute hängen würde, wäre Jo nicht dort ausgeritten. Aber lassen wir das. Wie bist du denn dann mit deinem Skisack aus dem Tal gekommen?«, fragte Gerhard.

Martl schaute Jo entschuldigend an. »Ich habe Katja angerufen. Sie wusste von dem Rennen.«

Seine liebe Katja, die treue Gattin des treulosen Superstars. Saß da mit ihren drei wirklich süßen Kindern im Elfenbeinturm. Sie war um den Typen nicht zu beneiden, trotzdem verspürte Jo einen Stich.

»Und?« Gerhard fixierte Martl emotionslos.

»Sie war sehr schnell da, wir sind gefahren«, sagte Martl.

»Wir sind gefahren!«, äffte Gerhard ihn nach, »und du hast im lockeren Plauderton erzählt, dass du gerade den toten Rümmele zur angenehmen Nachtruhe an einen Baum gebettet hast.«

Martl schluckte. »Nein, ich habe gesagt, ich wäre auf dem Berg gewesen, aber kein Rümmele. Er hätte mich wohl versetzt. Ich wäre sicherheitshalber mal die Strecke runtergefahren. Und dass ich nun auch nicht so recht wüsste, wie das mit dem Vertrag weitergehen sollte.«

»Und das hat sie geglaubt?« Jos Stimme klang blechern wie eine Gießkanne.

»Ja – wieso nicht?«, fragte Martl.

Ja, wieso eigentlich nicht? Katja schien alles zu glauben, was sie glauben wollte und sollte. Sie hatte ihrem olympischen Liebling ja auch geglaubt, dass er kein Verhältnis mit Jo habe. Obwohl es offensichtlich war, obwohl es jemand Katja gesteckt hatte. Sie hatte Jo sogar angerufen und sie zur Rede gestellt. Jo hatte damals Martl gedeckt. Ihr hatten die beiden kleinen Mädels leidgetan und die hochschwangere Katja auch, weil sie so etwas wie Solidarität mit ihr fühlte.

Katja sah ihn ja auch kaum, vielleicht tat er ihr ebenso sehr weh. Entfloh ihr genauso. Wenn er ging, nahm er alles mit, die ganze Ekstase. Es war, als würde er mit dem Zuklappen des Deckels seiner Tasche alles zusammenpacken. Wie ein Spuk. Es war immer so gewesen, als hätte sie nur geträumt. Sie hatte ihm ihren Körper und ihre Seele zu Füßen gelegt. Er hatte alles eingepackt mit einer gewissen souveränen Selbstverständlichkeit und zu seinem Timer und dem Handy gesteckt. Er hatte zweifellos Kraft aus diesen intensiven Begegnungen gezogen – aber auf Jos Kosten, so als hätte sein Genuss alle Energie aus ihr herausgesaugt. Wieso in aller Welt hatte er einfach so zur Tagesordnung übergehen können? Vielleicht war es Katja genauso ergangen!

Gerhard hätte Martl offensichtlich am liebsten geschüttelt. Jo konnte sich gut vorstellen, dass diese Selbstgerechtigkeit zu viel für ihn war.

»Das heißt, sie wusste auch von dem Vertrag?« Gerhard schien sich nur mühsam zu beherrschen.

»Ja, aber natürlich nur, dass ich da ab und zu zum Essen auftauchen musste. Für Katja war das schlimm genug, denn ich bin sowieso kaum daheim.«

Er klang lahm. Halbwahrheiten, kleine Brocken Geschichtsklitterung, um Katja bei Laune zu halten. Ein hoher Preis, den sie bezahlte, um Heldengattin zu sein.

Gerhard stand auf und verließ den Raum Richtung Toilette. Er brauchte eine Auszeit. Jo sah Gerhard in einer Mischung aus Ärger und Verwunderung nach. Seine Fähigkeit, sich einfach aus der Affäre zu ziehen, machte sie manchmal rasend. Sie hätte so gern Schmerz oder Wut gesehen – alles war besser als diese unnachgiebige Selbstbeherrschung.

Zögernd sah sie Martl ins Gesicht. Sie verfügte nicht über diese Kunst der Selbstbeherrschung.

Jo sprach leise, aber ihr Tonfall war hart: »Katja tut mir leid. Du mutest ihr unglaubliche Dinge zu. Du nimmst alles und gibst ihr nichts zurück. Wahrscheinlich geht es ihr wie mir. Für wenige Stunden Sex ist alle Emotion, Zärtlichkeit – auch Aggression und Grenzüberschreitung – erlaubt, aber kaum durchflutet das Licht des Tages das Zimmer, kaum steht dein wirkliches Leben wieder in Form von Weckrufen, Faxen, quiekenden Handys breitbeinig im Zimmer, jagst du davon. Auf zu neuen Abenteuern. Seit es keine Säbelzahntiger mehr zu jagen gibt, werdet ihr gefährlich am Abgrund entlangrasende Skihelden. Sport ist ein grandioses Betätigungsfeld für den Steinzeitmann im neuen Gewand. Was bist du bloß für ein widerlicher Gefühls-Neandertaler!«

Martl schluckte. »Ich bin dabei, in meinem Leben aufzuräumen. Du hast ja Recht, aber deshalb wollte ich unbedingt aus dem Vertrag raus.«

Gerhard kam zurück, gefasst. »Dir ist hoffentlich klar, dass du mitkommen und eine Aussage machen musst. Die Sache wird mir zu heiß. Der Kollege Reiber wird sich brennend für die Story interessieren. Er wird sich fragen, wer hat denn nun geschossen: du oder der Schorsch, oder wart ihr es beide? Oder ganz wer anderer? Und ganz ehrlich, allmählich kotzt mich das alles so an.«

»Gerhard! Jo! Morgen ist Weltcupfinale, das letzte Rennen. Ich muss das noch fahren. Die Strecke liegt mir, ich war Dritter im Training. Bitte! Ich unterschreib dir ein Protokoll der ganzen Geschichte und komme morgen sofort nach dem Rennen nach Hause. Ich erzähle alles der Mordkommission, aber glaubt mir: Ich war's nicht.«

Wieso ließen sie sich darauf ein? Gerhard, weil Martl wirklich ein Protokoll unterschrieb, und Jo, weil sie ihm immer verziehen hatte.

Sie waren Freitagabend um zweiundzwanzig Uhr wieder im Allgäu. Jo stieg aus Gerhards Auto und schleppte sich die Stufen ihres Häuschens empor, drückte die Tür auf und trat in den Gang. Moebius kam angerannt und hielt dann inne. Er legte den Kopf schief und sah sie nur an. Jo schaute zurück in diese Bernsteinaugen, und dann rutschte sie ganz langsam am Türrahmen herunter und blieb mit gespreizten Beinen sitzen. Moebius kam näher und bildete einen Katzenkringel zwischen ihren Beinen.

»Ach, Moepelmännchen, wenn nur alle Männer so viel Verständnis hätten.« Sie kraulte ihn mechanisch hinterm Ohr. Mümmel kam dazu, betrachtete die Szene und ließ sich so neben Jos Oberschenkel nieder, dass sie sich mit der Wange anlehnen konnte. Sie seufzte und schloss die Augen.

Jo hatte keine Ahnung, wie lange sie so dagesessen hatten. Schließlich stand sie auf, hob vorsichtig die beiden Stubentiger auf und setzte sie auf die Couch. Beide kringelten sich simultan zusammen.

Jo war erschöpft und übernächtigt und so aufgewühlt, dass an Schlaf nicht zu denken war. Also irrte sie durch die Wohnung, las alte Briefe, hörte depressive Musik, erkannte Bruchstücke ihrer verlorengegangenen Seele in den Liedern wieder. Melancholie kroch aus einem alten Liebesbrief. Sie packte eine Flasche Sekt in den Kühlschrank.

Dann starrte sie an die Decke, schoss plötzlich hoch, um die Platte zu wechseln, und versank wieder. Sie machte im Geiste Listen der Leute, die sie anrufen könnte. Sie hatte schon Andreas Nummer gewählt, als sie wieder auflegte. Sie brauchte jemanden zum Reden, und andererseits war diese Wehmut überhaupt nicht in Worte zu fassen. Sie hätte den Hörer abgenommen und doch nur geschwiegen.

Sie zog einen viel zu warmen Pulli an – Martls, den er mal vergessen hatte. Sie setzte einen Hut auf – fast so, als wollte sie sich zumindest ihrer Anwesenheit versichern, so, als wollte sie sich einhüllen und schützen und die Entblößung aufheben.

So ging das Stunden. Am Samstag um zehn Uhr vormittags schaltete sie den Fernseher an. Eine seltsame Erregung umfing sie wie jedes Mal, wenn sie ihn fahren sah. Er startete mit der Nummer zwölf. Er hatte Vorsprung nach der ersten Zwischenzeit, die langen Gleitpassagen oben lagen ihm. Der Teil mit den engen Super-G-Kurven war weniger seine Domäne. Da ein Rutscher, dort zu lange auf dem Innenski geblieben, hier ein Sprung, bei dem er etwas aufmachen musste. Er kam bei einem Richtungstor nicht hoch genug zum Schwungansatz und erwischte damit auch das nächste Tor schlechter. Lauter kleine Patzer, die sich aber summierten. Die letzte Passage, wo der Berg extrem hing und viele kurze Schläge abzufedern waren, meisterte er aber wieder sehr locker. Er holte Zeit auf und schoss durchs Ziel – momentan als Dritter.

Er wurde schließlich Fünfter, ein guter Saisonabschluss. Die Fernsehübertragung war beendet, es war halb zwölf. Er würde wenig später zurück nach Kempten fahren können – wenn er Wort hielt.

Es wurde ein Uhr, und Jo fühlte sich, als würde etwas ihr Herz zermahlen. Sie wählte seine Handynummer; das übliche »not available«. Vielleicht würde er sie anrufen. Aber nichts passierte. Jo rügte sich selbst: Man kann das Handy auch niederstarren – es läutet trotzdem nicht. Man kann auch so lange durch TV-Kanäle zappen, bis die Finger erlahmen – Linderung bringt das trotzdem nicht. Man kann die Tür des Kühlschranks tausendmal öffnen, schließen, doch nichts trinken – die Zeit vergeht trotzdem nicht.

Herr Moebius hatte beim zehnten Kühlschrankklappern aufgegeben zu hoffen, dass die Dose mit Katzenfutter dem Schrank entsteigen würde, und sah sie nur noch aus halb geschlossenen Augen an.

»Ja, schau du nur. Habe ich irgendwo oder irgendwann vielleicht behauptet, ich würde aus Fehlern lernen? Nö, hab ich nicht.«

Moebius gähnte.

Jos Festnetz-Telefon läutete. Martl! Dabei wusste Jo genau, dass Martl nur auf ihrem Handy anrief. Es war Gerhard: »Hat er sich bei dir gemeldet?«

Jo litt. »Hat er nicht, sonst hätte ich dich sofort angerufen«, zischte sie.

»Lass deine Wut nicht an mir aus. Ich sage es ja immer, ihr Weiber habt eine Autobahn zwischen Möse und Herz. Das geht immer fatal aus, ihr könnt einfach nicht objektiv sein. Es ist jetzt sechs Uhr. Wenn er bis acht Uhr nichts von sich hören lässt, gebe ich die Fahndung raus! Ich gehe jetzt ins Präsidium.«

Gerhard legte auf, ohne sich zu verabschieden.

Jo legte das Telefon auf einen Papierstapel. Ihr Kopf sank auf die Tischplatte. Sie saß lange so da. Dann hob sie den Kopf. Es blieb nur eins. Sie musste mit Katja Kontakt aufnehmen. Sie war die Einzige, die etwas wissen konnte. Jo umschlich das Telefon, hob ab, legte nach drei Ziffern wieder auf.

Schließlich schaffte sie es. »Hallo, Jo hier. Katja, entschuldige die Störung, aber es ist wirklich wichtig.« Keine Antwort. »Katja, hallo?«

»Ja, ich bin da.« Ihre Stimme war klanglos.

»Katja, bitte glaub mir, dass ich dich wirklich nicht belästigen würde, wenn es anders ginge. Aber ich muss wissen, wo der Martl ist. Nicht meinetwegen. Es geht um ihn. Er hat ziemlichen Ärger.«

»Welchen Ärger?«, fragte Katja.

»Gerhard und ich wissen von dem Rennen, und du weißt auch davon. Du hast ja wahrscheinlich auch eine Zeitung und längst gelesen, dass Rümmele tot im Gunzesrieder Tal gefunden wurde. Mensch, Katja, wir haben jetzt keine Zeit für alte Animositäten. Du kannst genau wie Gerhard und ich eins und eins zusammenzählen. Martl fährt ein Rennen mit einem Mann, der heute eine Leiche ist! Katja?« Jos Stimme überschlug sich.

»Er hat gesagt, sie seien gar nicht gefahren und dass er von nichts weiß.« Katja klang so zerbrechlich, so müde.

Jo schluckte. »Ja, das hat er dir gesagt. Aber er ist gefahren! Er muss zur Polizei. Weißt du, was das für ihn bedeutet, wenn er einfach verschwindet? Wo ist er, um Gottes willen?«

»Ich weiß es nicht, wir haben vor dem Weltcupfinale kurz telefoniert. Ich hab ihm Glück gewünscht. Seitdem ist sein Handy aus.« Katja klang hilflos.

Jo merkte, dass sie da nicht weiterkam. »Sei so lieb, wenn er sich meldet, dann überzeug ihn, zur Polizei zu gehen. Bitte!«

»Ja, sicher. Auf Wiedersehen, Jo.« Katja hatte aufgelegt.

Jo zog den Hut aus, blickte an sich herunter. Sie hatte noch immer Martls Skiclub-Pulli an. Sie strich ihn glatt und streichelte ihn, als sei er eine Verbindung zur Wahrheit. Sie schaute aus dem Fenster. Es taute und regnete leicht. Wenn die Gondeln Trauer tragen, dachte Jo und schleppte sich ins Bad. In einer Pappschachtel, die einst einmal ein Motiv mit Engeln getragen hatte, begann Jo zu wühlen. Mobilat, ein paar elastische Binden, Heuschnupfentabletten, Aspirin. Schließlich förderte sie die gesuchten Baldrianpastillen hervor. Jo nahm gleich vier, um endlich schlafen zu können.

14.
Volker Reiber stand in einer Wandnische und beobachtete Gerhard, der am Samstagmittag ins Präsidium gekommen war. Der schien bass erstaunt zu sein. Auf den Gängen wuselten die Kollegen, und Gerhard gelang es, Markus Holzapfel am Kragen zu packen.

»Was ist hier eigentlich los? Es ist Samstag!«

Markus schnitt eine Grimasse. »Witzbold! Der Reiber hält uns, seit du weg bist, auf Trab und in Atem. Er ist stinksauer auf dich, weil du dich einfach aus dem Staub gemacht hast. Gerade jetzt …«

»Gerade jetzt?«, fragte Gerhard.

Bevor Markus noch etwas sagen konnte, kam Volker aus seiner Deckung hervor. »Welch seltener Gast! Haben Sie sich verirrt, Herr Weinzirl? Ja, sagen Sie mal, was glauben Sie eigentlich, wie das hier läuft?«

»Ich musste etwas recherchieren«, sagte Gerhard ohne jede Regung.

»Recherchieren, na wunderbar! Sie werden uns sicher noch damit erfreuen, uns gnädigst darüber Auskunft zu geben. Aber lassen Sie sich ruhig Zeit – so wie das hier ja üblich ist. Ich hoffe nur, dass ich Sie nicht allzu sehr überfordere, wenn ich Sie mal davon ins Bild setze, was hier passiert ist.«

Volker Reiber war derart genervt, dass Markus sich verkrümelte. Gerhard stand hingegen noch immer da.

»Ja bitte!«, murmelte er.

»Heute früh ist ein junger Typ gekommen, der ...«, begann Volker.

»... Schorsch Obermaier entlasten wollte, weil er das Auto retour gefahren und die Jacke getragen hat, ich weiß.« Gerhard schaute ihn unverwandt an. Volker zuckte zusammen. Der Punkt ging an diesen vermaledeiten Weinzirl.

»Das wissen Sie? Und wieso halten Sie eine solche Information zurück?« Er war außer sich vor Wut.

»Ich habe nichts zurückgehalten. Ich wollte dem jungen Mann die Chance geben, sich selbst zu stellen. Das hat er ja auch getan. Wozu also die Aufregung?«

Volker schnappte nach Luft. »Na, dann ist es ja sicher in Ihrem Sinn, dass ich diesen Herrn Moritz Wegscheider festgesetzt habe.«

»Ja um Himmels willen, wieso denn?«

»Weil Sie doch wohl zugeben müssen, dass er Zeit, Grund und Potenzial hatte, Herrn Rümmele zu ermorden. Wieso, muss ich Ihnen ja wohl nicht sagen, da Sie offenbar bestens informiert sind, Herr Weinzirl. Jedenfalls befragen wir erneut Leute im Tal, suchen die Mordwaffe im Bereich des Gasthauses Kamineck – nur falls Sie interessiert, was an Ihrem Arbeitsplatz vor sich geht.«

Gerhard drehte sich einfach um und wollte in sein Büro gehen.

Volker polterte hinter ihm her: »Morgen acht Uhr Lagebesprechung. Ich wäre Ihnen ewig verbunden, wenn Sie uns mit Ihrer Anwesenheit beehren würden.«

Gerhard verschwand durch die Bürotür.

Volker kochte. Wieso hatte dieser Weinzirl das alles schon gewusst? Der war cleverer, als er gedacht hatte. Er musste sich eingestehen, dass er mit diesen Leuten einfach nicht klarkam.

Die Oberfläche korrespondierte überhaupt nicht mit dem Innenleben. Das hätten sie ihm auf der Polizeischule beibringen müssen: »Der Allgäuer: Aufzucht und Hege.« Volker verstand diese Bauernschädel einfach nicht. Er drehte sich um, sein Gang war weit weniger energisch als sonst. Dann zögerte er und beschloss, noch mal auf Gerhard zuzugehen.

Etwas hielt ihn davon ab, einfach in das Büro zu stürmen. Die Tür stand einen Spalt breit auf, und Volker sah Gerhard auf seinen Stuhl sinken. Das Büro mit der grünlichen Schreibtischplatte und den olivgrünen Metallspinden hatte etwas von einem Kasernenzimmer – war aber nur halb so aufgeräumt. Neben dem Spind stapelten sich Akten. Der eigentliche Aktenschrank, ebenfalls in apartem Nato-Oliv, stand offen und war halb leer. Drei Stühle, deren Platzierung im Raum keinerlei Logik verfolgte, waren behängt mit diversen Kleidungsstücken. Gerhard hatte zwei Bergposter leicht schräg an die Wand gepinnt. Was für ein Chaos, dachte Volker und sah zu, wie Gerhard liebevoll die Nase der Uli-Stein-Maus schnippte. Die Maus wippte.

Der Fall gedieh allmählich zu einer Scharade, bei der stets ein aktueller Verdächtiger den vorherigen entlastete. Moritz Wegscheider diesen Bergsteiger-Schorsch, und wahrscheinlich hatte der Weinzirl noch einen in der Zaubertüte. Jemanden, den er ihm vorenthielt!

In Gerhards Büro brannte nur eine kleine Lampe am Waschbecken. Er schien sich vor dem hektischen Treiben draußen auf den Gängen sozusagen zu ducken und nicht reden zu wollen, und Volker stand noch immer vor der Tür.

Verdammt, wieso ging er nicht einfach rein und machte diesem Weinzirl mal so richtig die Hölle heiß? Wenn er ehrlich zu sich war, deshalb, weil er Gerhard Weinzirl irgendwie mochte.

Gerhard war ein Profi und sicher deshalb Polizist geworden, weil er diesen Job wirklich liebte. Er war einer, der gegen das negative Image der Polizei ankämpfte, der lieber mal ein Auge zudrückte. Einer, der Parkvergehen wirklich nur dann ahndete, wenn einer beispielsweise die Zufahrt einer Krankenhaus-Ambulanz zuparkte. Er war gerecht, das schätzte Volker, und so manches Mal hätte er selbst gern diese volksnahe Art gehabt.

Gerhard trommelte auf dem Tisch herum. Er war augenscheinlich unruhig. Volker glaubte zu wissen, wieso. Das hatte mit dieser Kennerknecht zu tun. Sie schien Gerhard Weinzirl sehr wichtig zu sein, und zudem schien er ihrem Instinkt zu vertrauen. Auch er selbst konnte sich der Ausstrahlung dieser Frau nicht so recht entziehen. Das hätte er natürlich nie offen zugegeben. Kannte sie den Mörder womöglich? Und kannte dieser Weinzirl den Mörder? Kannte er ihn selbst vielleicht sogar auch? Mörder sahen schließlich nie aus wie Mörder, sie waren Familienväter oder gutaussehende Erfolgsmenschen – oder beides.

Gerhard, dort im Halbdunkel, starrte auf einige Papiere; Volker zögerte immer noch. Er war einfach nicht der Typ, der Gerhard jetzt eine Männerfreundschaft hätte anbieten können. Vielleicht lag er ja ganz falsch, wenn er annahm, Gerhard hätte Probleme, zwischen Freundschaft und Liebe zu unterscheiden. Er verbrachte aber augenscheinlich viel Zeit mit dieser Frau Doktor Kennerknecht. War sie die beste Freundin, der Sportskumpel? Angeblich gab's das sowieso nicht zwischen Männern und Frauen, und Volker war geneigt, dem zuzustimmen. Was der Weinzirl für Jo empfand, war mehr als Freundschaft, das war zumindest Volkers Überzeugung.

Auf einmal schreckte Volker hoch. Was dachte er hier eigentlich über Jo Kennerknecht und Gerhard Weinzirl nach? Er hatte einen Mörder zu finden! Mit oder ohne Gerhard Weinzirl.

Volker sah, wie Gerhard sich müde vom Schreibtisch hochstemmte und zum Waschbecken schlurfte. Gerhard schaute in den Spiegel. Er schöpfte kaltes Wasser in sein Gesicht, atmete durch, und dann hörte ihn Volker sagen: »Pack mer's a – mein Name ist Weinzirl, Gerhard Weinzirl!« Er grinste sein Spiegelbild an, Volker lächelte ebenfalls.

Nein, das war wohl heute nicht mehr der Moment für Gespräche. Er ging leise einige Schritte rückwärts, drehte sich um und verzog sich in sein Büro. Er hörte Gerhard gehen. Dann erst löschte er die Lampe und ging nach Hause.

Volker hatte überraschend gut und traumlos geschlafen. Einige versprengte Sonnenstrahlen schienen durch sein Küchenfenster, sofort gefolgt von Regenschauern. Wie jeden Morgen haute er sich den Kopf an der Dachschräge an, und wie an vielen Morgen fehlten ihm die Teebeutel. Er würde einen Tee im Büro trinken.

Die Stadt war wie ausgestorben. Als er um halb acht am Präsidium ankam, stand Weinzirls VW-Bus schon draußen. Auf dem Gang gab der Kaffeeautomat sein Bestes, doch das war nicht genug. Plötzlich spuckte er im Stakkatotempo leere Becher aus, dann folgte ein gewaltiger Schwall Kaffee. Ohne Becher. Gerhard stand davor, und Volker beobachtete, wie er der Maschine mit hochgerissenem Bein in die Seite trat. Sie spuckte, würgte, schepperte. Gerhard blickte gespannt in den Ausgabeschacht. Der nächste Becher trudelte herunter, kam zu stehen. Dann floss Kaffee – ordnungsgemäß.

»Na, so ein bisschen Karate wirkt oft Wunder«, sagte Volker.

Gerhard nahm so etwas wie Haltung an, wohl in Erwartung der nächsten Tirade.

Aber Volker lächelte lediglich. »Gab es da nicht mal eine österreichische Serie, bei der ein Kaffeeautomat ständig herumzickte?«

»Ja, ›Kottan ermittelt‹.« Gerhard schaute Volker Reiber fragend an.

»Genau, köstlich, ganz köstlich. Nun ja, also bis gleich«, meinte Volker fröhlich.

Gerhard sah ihm nach, als hätte er eine Erscheinung gehabt. Volker grinste in sich hinein. Der Weinzirl hielt ihn wahrscheinlich für eine multiple Persönlichkeit. Aber womöglich verstand Gerhard sein Friedensangebot ja!

Sie hatten sich im großen Konferenzzimmer versammelt. Alle Beamten sahen ziemlich hohläugig aus, besonders Markus Holzapfel hatte tiefschwarze Trauerränder unter den Augen. Er hatte die halbe Nacht die Ergebnisse der einzelnen Fahndungsteams überprüft, sortiert, auf einer Karte des Gunzesrieder Tals lokalisiert und dabei eine interessante Entdeckung gemacht.

Volker sprach von der Verhaftung von Moritz Wegscheider und ließ jeden seiner Ermittler kurz den gestrigen Tag zusammenfassen.

»Herr Holzapfel, Sie haben ein Resümee der Befragungen gezogen?«

»Ja, genau. Ich, äh ...« Markus stand auf und verhaspelte sich schon wieder beim Versuch, reines Hochdeutsch zu sprechen. »Also wir haben ja noch mal alle Orte aufgesucht, an denen mehrere Menschen verkehren, also so genannte Multi ... Multi ...«

»Multiplikatoren«, ergänzte Volker ohne jeden Unterton in der Stimme.

Markus atmete auf. »Ja, Multiplikatoren, und da kam die Kollegin Straßgütl«, er hob den Kopf in Richtung der jungen Polizistin, »auf die Idee, auch die Käserei in Gunzesried aufzusuchen. Zwecks der Multi …«

»Aha, interessant«, sagte Volker, obwohl er der gegenteiligen Ansicht war. Die anderen grinsten. Markus war ein akkurater Arbeiter, aber er schob immer erst die Kirche ums Dorf, bis er mal an den Kern der Dinge gelangte.

Volker nickte Markus aufmunternd zu, der fortfuhr: »Also, am letzten Sonntag waren viele Leute in der Sennerei, weil die doch ab vier Uhr wegen der vielen Skitouristen offen hat.«

Volker gab sich alle Mühe. »Herr Holzapfel, geht es etwas prägnanter?«

»Prä … äh ja, klar.« Markus atmete tief durch. »Marcel Maurer war auch da. Bis ungefähr halb fünf. Ich dachte, das würde Sie interessieren.« Markus klang so, als wollte er unbedingt bei seinem Lateinlehrer gut Wetter machen.

Die junge Kollegin sprang in die Bresche. »Marcel Maurer hat ein kurzes Interview mit dem Inhaber gemacht und ein Foto. Weil die das Foto draußen gemacht haben, ist der Sennereibesitzer stehen geblieben und hat ihm nach gesehen. Maurer fuhr ein gelbes Punto-Cabrio, und er ist taleinwärts gefahren. Der Mann ist sich da ganz sicher.«

Gerhard sah alarmiert aus, Volker war schon wieder auf der Stuhlkante. »Donnerwetter. Das nenne ich Neuigkeiten. Sehr gut, Herr Holzapfel, Frau Straßgütl. Sehr gut!«

Markus strahlte und setzte sich wieder. Setzen: Eins!

Volker entließ die Runde und bat Gerhard in sein Büro. Er berichtete vom Gespräch mit Patrizia und Marcel. »Ich hatte eigentlich wirklich den Eindruck, dass dieser Maurer ein sehr beherrschter, kontrollierter Typ ist.«

»Hmm«, machte Gerhard, »vielleicht ist das aber genau das Problem.«

»Wie darf ich Sie da verstehen?«, wollte Volker wissen.

»Nun, Menschen, die immer beherrscht sind, brauchen auch mal ein Ventil. Das Phänomen Amokläufer«, meinte Gerhard.

Volker sah ihn prüfend an. »Was begründet Ihre Ansicht?«

Gerhard schluckte. »Die Sache ist für mich ein bisschen kompliziert. Wie Ihnen die beiden ja erklärt haben, war Herr Maurer mal der Freund von Jo. Ich konnte nie wirklich mit ihm. Verstehen Sie mich nicht falsch, aber unsere Wellenlänge war nicht zu vereinbaren. Nur Störgeräusche. Als die beiden sich getrennt haben, war ich nicht gerade unglücklich. Ich bin mir gar nicht sicher, ob ich überhaupt etwas über Marcel sagen soll. Ich bin sozusagen befangen. Vielleicht halten Sie mich da besser ganz raus. Ich bin da einfach auch privat verwickelt.«

Volker spitzte die Lippen. »Herr Weinzirl, ich habe den Eindruck, dass in diesen Fall irgendwie jeder privat verwickelt ist. Das ganze Allgäu ist privat. Ein privater Sprachcode, private Verbindungen, private Wellenlängen. Um in Ihrem Bild zu bleiben: Ich höre seit Tagen nur Störgeräusche! Also tun Sie mir bitte den Gefallen und geben mir eine private Einschätzung von Herrn Maurer ab.«

Volker hatte Gerhard heute zum zweiten Mal erstaunt, der überrascht sagte: »Gut. Ich halte Marcel für einen, der diese Kontrolle nur an der Oberfläche lebt. Er ist ein zutiefst pessimistischer Mensch. Ein kluger Kopf, aber einer, der an der Welt zerbrechen kann, weil er so viel nachdenkt.«

»Wie passt das aber mit Patrizia Lohmeier zusammen?«, wunderte sich Volker.

»Das überrascht mich auch. Patti ist patent, klar im Kopf, eigentlich eine Heilung für die Leiden des jungen M.« Gerhard lächelte. »Ich mag sie sehr, und ich kann mir gut vorstellen, dass auch Marcel sie sehr mag. Vielleicht so sehr, dass er für diese Frau sogar töten würde.«

Volker wiegte den Kopf. »Der Gedanke ist nicht von der Hand zu weisen. Lassen wir Herrn Maurer herkommen und fragen ihn, weswegen er taleinwärts gefahren ist.«

15. Jo wachte am Sonntag erst um halb zehn mit Kreuz- und Kopfschmerzen auf der Couch auf. Moebius brummte ihr ins Ohr. Er hatte sich die Seele aus dem Leib gebrummt. Was wusste so ein Kater schon von Baldrian! Weil Jo gar nicht reagieren wollte, zog er ihr jetzt liebevoll eine halb ausgefahrene Kralle über die Backe. Mümmi lag noch am Fußende und war mit ihrer Morgentoilette beschäftigt. Frau Hrdlicka pflückte gerade mit Hingabe die Raufasertapete von der Wand. Sie hatte da ihre eigene Technik, erst den Holzbestandteil zu kosten, dann das Papier zu filetieren und in schmalen Streifen abzuziehen. Das tat sie immer in den frühen Morgenstunden. Verlässlich – wenigstens waren die Tiere eine Konstante in Jos unstetem Leben. Der Schlaf hatte wenig Linderung gebracht, die gleiche Unruhe brannte noch immer in ihrem Herzen.

Als das Telefon läutete, fuhr sie zusammen. Martl! Aber es war Gerhard.

»Hallo, Morgen«, murmelte Jo, »bevor du fragst, ich weiß nichts Neues.«

»Das dachte ich mir schon, aber ich weiß was, was Neues, sozusagen.« Gerhard sprach zögernd, so als würde er seine Worte bereuen.

Jo war schlagartig hellwach. »Hat sich Martl bei dir gemeldet?«

»Nein, aber es haben sich neue Spuren ergeben.«

»Gerhard, jetzt werd mal konkreter. Wovon sprichst du? Wie redest du denn?«

Es entstand eine lange Pause.

»Gerhard …?«

»Ja, ich sage es dir besser, wie es ist. Du selbst hast ja mit Kreszenzia gesprochen und die Geschichte vom Baugrund gehört«, begann er.

»Von der du noch gesagt hast, sie würde unseren schicken Reiber ablenken, und wir sollten lieber die Idee mit dem Skirennen weiterverfolgen?«, schob Jo hinterher.

»Ja, aber als wir weg waren, hat Reiber einen Bauherrn aufgetan, der durchaus Grund hatte, Rümmele zu verabscheuen, und der vor allem zur fraglichen Zeit taleinwärts gefahren ist.«

»Ja, aber das sind doch gute Neuigkeiten. Dann hat Martl doch die Wahrheit gesagt. Wer ist denn dieser Bauherr, oder darfst du das nicht sagen?« Jos Stimme überschlug sich fast.

»Tja, äh, der Bauherr, also der ist eigentlich gar nicht der Bauherr …«

»Tja, äh«, äffte Jo ihn nach, »jetzt red doch kuine solche Krämpf.« Jo verfiel vor lauter Aufregung ins Allgäuerische.

Wieder entstand eine Pause, und dann stieß Gerhard ganz schnell hervor: »Der Bauherr ist eigentlich eine Bauherrin und heißt Patrizia Lohmeier. Sie hat einen Freund, und der will mit ihr später in das fertige Haus einziehen, und dieser Freund war im Tal.«

»Patrizia wollte bauen? Und hat einen Freund? Wieso weiß ich das nicht?« Jo war verwirrt. »Und wer ist dieser Freund? Der hat ja wohl einen Namen, oder?«

»Hat er. Mit vollem Namen heißt er Marcel Maurer«, sagte Gerhard pampiger als eigentlich nötig.

»Marcel? Marcel ist mit Patrizia zusammen?«

»Ja, ist er, schon länger!« Gerhard klang immer noch sehr unwirsch.

»Ja, aber, aber was hat das mit Rümmele zu tun?«, fragte Jo.

Gerhard breitete die ganze Geschichte vor Jo aus. »Und jetzt sitz ich hier und warte darauf, Marcel zu verhören. Er wird jeden Moment da sein.«

Jo schwieg lange und sagte dann: »Marcel bringt doch niemanden um. So, wie der handwerklich begabt ist, kann der ein Gewehr nicht mal halten. Vorher erschießt er sich selbst. Aber dass Marcel mit Patrizia, das glaub ich ja nicht. Und ich erfahre es als Letzte. Diese beiden ...«

Gerhard schnitt ihr das Wort ab: »Das ist das Einzige, was dich interessiert! Jo, es geht hier nicht um verletzte Gefühle. Es geht um Mord! Es geht darum, dass wir hier das Rätselraten unter den drei großen Ms haben.«

»Wieso drei?«

»Weil Moritz auch festgehalten wird. Weil Martl noch immer der plausibelste von allen potenziellen Tätern ist. Weil Marcel durchaus in der Lage ist auszurasten«, schrie Gerhard.

»Moritz, hat der sich gestellt?«

»Ja, hat er, und er hat es wohl auch schon bitter bereut. Aber ich denke, ich kann Reiber überzeugen, Moritz gehen zu lassen.«

»Und Martl? Du hast also bisher nichts gesagt?«, fragte Jo hoffnungsvoll.

»Hab ich nicht, obwohl das grob fahrlässig ist«, raunzte Gerhard.

»Dann kannst du ja warten, bis Marcel was gesagt hat ...« Jo brach ab.

Gerhard wurde laut: »Toll, Jo, das ist ja eine Meisterleistung. Dem einen Ex den anderen opfern! Prima Schachzug. Lieber lässt du Marcel über die Klinge springen, als dass dein Olympiaheld vom Sockel fällt. Jo, du bist so ... so ...«

Gerhard warf den Hörer auf die Gabel.

Jo ließ ihr Telefon zu Boden fallen. Und dann begann sie zu weinen, nein zu heulen – alle Schleusen waren geöffnet. Sie weinte alle Tränen über Martl, Marcel, das ganze Leben. Als sie wieder hochsah, schaute sie in zwei Paar Katzenaugen. Mümmel blickte prüfend, Moebius hatte entsetzt die Ohren nach hinten geklappt.

»Du hasst Lärm, hm? Euer Frauchen ist ein saublödes, heulendes Weib. Wer sein Todesurteil selbst ausspricht, braucht sich nicht beim Henker zu beklagen. Das denkt ihr doch.«

Moebius klappte die Ohren wieder nach vorne.

»Das also wolltest du hören?« Die beiden Katzen drehten sich hoheitsvoll um und gingen.

Jo hockte sich auf einen Hartschalenkoffer, der eigentlich in den Keller gehört hätte, und dann fasste sie einen Entschluss. Sie musste mit Patrizia reden. Das brannte ihr zu sehr auf der Seele.

Es lag immer noch Sprühregen in der Luft, fein verwirbelt durch einen strengen Westwind. Es waren höchstens vier Grad. Jo hielt ihr heißes Gesicht in den Wind, die Tränen vermischten sich mit dem Regen. Sie leckte eine Salzspur von der Wange und setzte sich ins Auto. Der Justy öttelte, kreischte blechern und starb ab. Zweiter Versuch. Nichts, Feuchtigkeit war nicht sein Wetter. Jo sank im Sitz zurück. Der Wind heulte um das Hauseck. Jo hörte nicht einmal, dass ein Auto angehalten hatte.

Es klopfte an die Scheibe. Jo fuhr hoch. Da stand Patrizia vor ihr.

»Jo? Ich dachte, ich muss mal mit dir reden.«

Jo wischte die Tränen mit dem Handrücken ab. »Ich wollte auch gerade zu dir fahren, aber das Auto ...«

»Nässe mag er nicht, wie immer.« Patrizia versuchte ein Lächeln.

Jo stieg aus und warf die Tür zu. »Magst du einen Kaffee?«

»Ja, gern, dein Cappuccino ist eindeutig der beste.«

Jo lachte bitter. »Das dürfte aber auch das Einzige sein, was ich hinkriege.«

Patrizia zögerte. »Du weißt von Marcel und mir.«

»Ja, weiß ich. Und vom Bauplatz. Und davon, dass Marcel irgendwie verdächtig ist, in die Rümmele-Sache verstrickt zu sein.«

»Ja, deswegen bin ich hier. Er hat mich gerade vom Sonntagsdienst aus angerufen. Er wurde aufgefordert, sofort ins Präsidium zu kommen. Was wollen die von ihm? Du bist doch dank Gerhard über alles informiert. Was ist da los?« Patrizia klang nervös.

»Ich weiß es nicht genau. Ehrlich! Ich weiß nur, dass er am Mordtag in Gunzesried war und dann gegen halb fünf taleinwärts gefahren ist. Das ist schon merkwürdig, oder? Hat er dir davon erzählt?«

Zwischen Patrizias Augen bildete sich eine Längsfalte. »Aber das kann doch nicht sein. Das kann doch nur ein Zufall sein?«

»Sicherlich. Das wird sich alles klären. Für alles gibt es eine Erklärung. Du musst nur an das Positive denken«, sagte Jo ohne Überzeugung.

»Das sagst du, weil du immer Glück hast!«

»Ich immer Glück? Toll, Patti! Ich stehe vor den Trümmern meines Lebens. Ich schaffe es nie, eine einigermaßen normale Beziehung zu führen. Und im Job sitze ich auf einem Schleudersitz. Ich habe Angst, Patti.«

Patrizia dachte kurz nach. »Das wirkt aber nach außen nie so. Schon früher nicht. Du warst gut in der Schule, hast mal so einfach dein Studium gemacht, dann locker promoviert. Ich habe dich beneidet. Ich mit meiner Realschule und dann der FOS, die mir ganz schön zu schaffen gemacht hat. Dir ist alles zugeflogen. Du hast immer gewusst, was du willst!«

Jos Antwort kam schnell: »Meinst du! Siehst du mich wirklich so? Dann erzähle ich dir mal was. Ich habe mich gerade so durch die Schule laviert, das Gleiche an der Uni, wohl wissend: Meine Zukunft findet anderswo statt. Wohl wissend, dass man in Deutschland erst mal einen Wisch haben muss, auf dem steht, dass man eine Hochschule absolviert hat. So ging das alles seinen Lauf, ich war unzufrieden, aber es gab ja immer auch viel Sonne im Englischen Garten – bis plötzlich unter dunklen Gewitterwolken ein Jahr heranjagte, das Prüfungszeitraum hieß. Meine Panik kam wehenartig, in immer kürzeren Abständen, und irgendwann setzte der Überlebensmechanismus ein: Ich lernte! Und so verrückt das klingt, Patti, das war eine letzte Schonfrist für meine Psyche. Auch wenn es nervte und zäh war, so war es doch zielgerichtet. Es enthob mich der Frage: Wohin? Als ich nach meiner letzten mündlichen Prüfung hinausschwebte, hatte ich minutenlang einen absoluten Euphorieanfall. Ich raste barfuß über den Königsplatz, ließ meine Unterlagen wie Drachen steigen, rempelte Leute extra an, um lautstark Entschuldigung brüllen zu können, und fühlte mich unbesiegbar. Zwei, drei Minuten vielleicht. Und dann war das Hochgefühl weg. Ich horchte in mich hinein. Mit gespitztem innerem Ohr wollte ich etwas hören, aber da herrschte absolutes Schweigen. Natürlich war ich froh, aber was ausblieb, war das gloriose Gefühl, die Erkenntnis. Was hatte ich eigentlich erwartet? Dass der frischgebackenen Akademikerin schlagartig das Licht der Erleuchtung den Weg weist? Da war nicht mal ein zittriges Flämmchen: Da war nichts! In Ermangelung besserer Ideen habe ich promoviert. Okay, auch bestanden, aber glaub mir: Ich hab mich seitdem nie mehr unbesiegbar gefühlt. Nicht mal annähernd.«

Patrizia hatte ihr überrascht zugehört. »Aber vielleicht lag es daran, dass du nicht dankbar warst. Du hast anscheinend eine andere Schwelle der Zufriedenheit. Dabei bist du auf der Gewinnerseite gewesen. Auch mit deinen Männern. Nein, unterbrich mich jetzt nicht! Du hast an diesen Jungs verzweifeln dürfen, was immerhin vorausgesetzt hat, dass du sie vorher besessen hast. Ich war immer der nette Kumpel, der Mülleimer, der Psychoschlucker, immer den Wunsch vor Augen, auch einmal wegen eines völlig indiskutablen Knaben wenigstens leiden zu dürfen!«

Jo schluckte. »Aber du hast doch auch Freunde gehabt!«

»Ach komm, Jo, aber welche? Einen Typen, der mein Vater hätte sein können, und einen Taxifahrer, der ein Prolet war. Du hingegen warst auserwählt, zur so genannten Szene zu gehören. Du hattest die Männer, die angesagt waren. Der Wert eines Menschen ist damals nur daran gemessen worden, wen man kannte. Dein Wert war hoch. Du warst zeitweise die interessanteste Frau in der Stadt, und alle Männer haben gesagt, dass keine einen so hübschen Busen hätte. Marcel übrigens auch.«

Jo wurde rot und blickte auf die Trümmer ihres Selbstbildes. »Wieso aber waren meine eigenen Bewertungen ganz anders?

Wieso war ich dauernd unglücklich und erinnere mich an die überschatteten Abschiede von irgendwelchen Typen, nicht aber an die guten Zeiten?«

Patrizia spielte mit ihrem Löffel. »Tja, warum, Jo? Verzeih mir, dass ich so ehrlich bin. Weil du ein klein bisschen arrogant bist. Weil du eine kleine Egoistin bist. Weil du nicht genau hingesehen hast. Auch im Hinblick auf Marcel. Du hast ihn doch gewollt!«

Das stimmte. Als Jo ihn bei einer Redaktionsfeier näher kennen gelernt hatte, war sie fasziniert gewesen. Sie hatten über Bücher geredet, waren bald darauf ins Theater, in »Hekabe«, gegangen, und Jo war dieser Intellektuelle wie Balsam auf ihrer Seele erschienen.

»Du warst verliebt in die Idee einer perfekten Liebe und hast nach einem Kandidaten gesucht. Du hast ihn bekommen, du bekommst ja immer alle Männer. Du hattest so eine Art Torschlusspanik, deine biologische Uhr tickte, und da kam Marcel gerade recht«, sagte Patti gnadenlos.

»Echt, Patti, das ist jetzt aber schon sehr aus der Laien-Psychologiekiste!«, wehrte Jo ab.

Patrizia nickte wenig überzeugt. »Möglich, aber du wurdest nicht müde, in beißender Intoleranz über alle zu lästern, die ein Haus bauten und Kinder kriegten. Ich höre dich noch reden: Diese Frauen werden dreißig, merken, dass der Beruf ganz schön stressig ist, und kriegen ein Kind nach dem Motto: Lieber auf das Bambino aufpassen, als über das eigene Leben nachdenken. Das mag ja auch zum Teil richtig sein, aber ich habe nie verstanden, weswegen du dich da so reingesteigert hast.«

»Aber ich mag Kinder. Ich bin ...«

Patrizia unterbrach sie: »Du bist eine perfekte Tante, und

wahrscheinlich wärst du eine tolle Mutter. Weil du Power hast und Ideen. Weil du jung im Herzen bist. Weil du im Dreck robbst. Weil Jos kleiner Tiergarten sowieso jedes Kind entzückt. Vielleicht kriegst du ja selbst mal eins, und sei es mit fünfundvierzig. Das wäre dann dein persönliches Timing, aber lass doch den andern das ihre. Was glaubst du wohl, warum Marcel und ich nichts von dem geplanten Haus erzählt haben? Weil du uns sofort dumm angemacht hättest.«

Jo schaute betreten. Sie fühlte sich ertappt. »Ach, Patti, ich habe auch ihn geliebt, nicht bloß eine Idee. Ich bin auf einmal gefallen, einfach in mich selbst gesackt und watteweich gelandet. Er hat Gedanken ans Licht befördert, die lange ein Schattendasein geführt haben. Ich war glücklich.«

Patrizias Lächeln war noch immer bitter. »Ja, solange ihr zu zweit wart. Wenn ihr in der Öffentlichkeit aufgetaucht seid, bist du nie zu ihm gestanden. Du hast Ausreden gesucht. Es mag schon stimmen, dass ihr gute Gespräche führen konntet, aber draußen, da hat er dir eben nicht den Pfad geglättet und keinen flauschigen Teppich hingelegt. Er konnte dein Auto nicht reparieren, er hat keine Wasserkästen geschleppt, er fuhr nicht Mountainbike durch elend schlammige Wege.«

Jo schluckte erneut. Patrizias Analysen waren so treffend, dass es ihr fast die Sprache verschlug.

Aber sie musste sich wehren. »Ich weiß auch, dass ich ihn nicht immer nett behandelt habe. Auch mein Abgang war nicht gerade rühmlich. Aber es war phasenweise ungeheuer schwer, an Marcel überhaupt heranzukommen. Als seine Mutter gestorben ist, stand ich vor der Mauer seiner Ablehnung. Er lag tagelang auf dem Bett, von düsterer Klaus-Nomi-Musik umgeben, dem Dämon Depression so viel näher als der Welt.

Ich habe mich bemüht, aber er hat nichts mehr wahrgenommen, nicht meine Annäherungen, nicht ...«

»Ja, Jo, du hast dich bemüht und ihn damit überfordert. Du hast ihm wieder mal dein Timing aufgezwungen. Du hast entschieden, wann die angemessene Zeit zur Trauer verstrichen war. Dein Zeitfenster, deine Energie. Und als er nicht reagiert hat auf dein Entertainment-Programm, hast du agiert, als könntest du dich anstecken. Du hattest Angst, dich mit seiner depressiven Stimmung zu infizieren.« Patrizia war offenbar entschlossen, nicht nachzugeben.

»Hat er das gesagt? Woher kommen deine tiefen Einblicke?« Jo wurde langsam wieder etwas zynisch.

»Lass uns vernünftig weiterreden. Bitte! Was glaubst du wohl? Ich war wieder mal die Trösterin. Er hat erzählt, ich habe zugehört. Du bist ja lieber nach Chile gefahren.«

»Aber Marcel hat mir zugeraten«, wiegelte Jo ab.

»Ja, natürlich hat er. Das ist seine Art. Aber er hätte es sich gewünscht, dass du bleibst.«

»Ja, das weiß ich heute auch. Aber ich dachte, ich müsste ihn provozieren, um ihn endlich aus der Reserve zu locken.«

»Was dir letztlich gelungen ist mit deiner olympischen Affäre!«, rief Patrizia.

Jo schreckte auf und verschüttete ihren Kaffee. »Hat dir Marcel das auch erzählt?«

»Auch, aber ich wusste schon nach deinen ersten Erzählungen Bescheid. Du warst eine Zumutung, eine Landplage zu dieser Zeit. Sprunghaft, übellaunig. Und dann bringst du es fertig, Marcel einfach ins Gesicht zu sagen, dass ein Olympionike besser vögelt als er.«

»Patti, so direkt habe ich das nicht gesagt.«

»Nein, aber sinngemäß. Schonungslos warst du schon. Damit hast du ihn letztlich vertrieben. Aber genau das wolltest du ja auch. Er sollte Schluss machen, damit du dir die Finger nicht schmutzig machen musstest.«

Jo wischte hektisch die Kaffeeflecken auf und sagte lange nichts, dann meinte sie zögerlich: »Du weißt so viel über mich. Ich weiß gar nichts über dich.«

Patrizia nickte. »Tja, ich hatte Zeit zuzusehen. Ich war immer das Mauerblümchen, du auf dem Olymp. Menschen wie du schauen selten zur Seite.«

»Bin ich wirklich so ein Monstrum?«, fragte Jo zaghaft.

»Kein Monstrum, nur manchmal sehr anstrengend. Für Marcel jedenfalls viel zu anstrengend und zu schnell. Du überrennst die Menschen.« Patrizia versuchte ein Lächeln.

»Dich auch?«

Patrizia lächelte weiter. »Nein, eigentlich nicht, ich kann auch mal weghören. Manches ist für mich sowieso nicht nachvollziehbar. Ich bin ein ganz anderer Typ als Marcel. Der wollte dich verstehen.« Sie fuhr sich mit beiden Händen durch die Strubbelfrisur und fuhr fort: »Marcel ist auch kompliziert, aber ich lass ihn erst mal in Ruhe. Insistieren bringt da gar nichts.«

»Dann geht es euch gut, euch beiden?« Jo fiel die Frage schwer.

»Ja, sehr, bis gestern. Aber wenn Marcel jetzt verhaftet wird ...« Patrizia zitterte auf einmal.

»Patti, jetzt warte doch erst mal ab ...«

Beide wussten nicht weiter. Patrizia stand auf. Jo auch.

»Ich geh jetzt.« Patrizia trat von einem Fuß auf den anderen.

Jo zögerte, und dann umarmte sie Patrizia. »Danke für deine Offenheit. Wirklich. Ich werde mit Gerhard reden. Ich sag dir sofort Bescheid, wenn ich was höre. Und Patti – Marcel hat wirklich Glück.« Sie fröstelte. »Und Patti – ich finde Neubauten gar nicht so schlimm. Ehrlich. Da geht wenigstens die Heizung richtig.«

Beide lachten, Patrizia erwiderte die Umarmung.

Jo trat ans Fenster und sah ihr nach, wie sie ihren Corsa startete. Der Regen hatte aufgehört, und der Wind hatte einige blaue Fenster in die Wolkendecke gerissen. Der Schnee hatte mit bräunlichen Grasflecken eine Patchworkdecke gebildet, und Moebius versuchte, auf der Wiese einen schneefreien Weg zu finden. Er übersprang die Schneeflecken oder umlief sie. Gerade hüpfte er wieder und patsch – rein in eine Pfütze. Angewidert schüttelte er die Pfoten. Moebius hasste nasse Füße. Jo lächelte und seufzte tief. Sie setzte sich wieder an den Küchentisch, und im selben Moment schoss Moebius herein. Mit einem beleidigten »Brr« sprang er auf den Tisch und zog eine Spur possierlicher Abdrücke über ein paar Skripte. Er machte noch mal indigniert »Brr« und begann, sich die nassen Pfoten zu putzen.

Jo schüttelte den Kopf. »Ohne euch Viecher wäre ich aufgeschmissen. Ihr verwüstet zwar mein Haus, aber nicht mein Herz. Wieso sind Menschen so kompliziert? Hmm, Moebius? Du bist halt ein Tier mit klaren Bedürfnissen.«

Wie zum Beweis sprang Moebi vom Tisch und ging zu seinem Futternapf. Jo sah ihm zu und war plötzlich müde, grenzenlos müde. Wem sollte sie den Mord zutrauen? Martl oder Marcel? »Moebi, warum ist das schon wieder eine Oder-Frage? Warum besteht mein Leben aus stetigen Pendelbewegungen? Das muss doch alles mal ein Ende nehmen! Los, Moebi, sag was.«

Der Kater machte »Brr«, kletterte in einen Wäschekorb mit

frischer Wäsche, den Jo schon seit einer Woche hatte ausräumen wollen. Er formte einen Katzenkringel und schlief sofort ein. »Du hast eine Art, mit dem Leben umzugehen! Einfach einschlafen.«

16.

Volker war im Präsidium und wartete auf Marcel Maurer. Markus Holzapfel hatte ihn in der Redaktion angerufen, Maurer hatte Sonntagsdienst.

»Der hat sich richtig fröhlich gemeldet«, erzählte Markus. »Aber davon war wenig übrig, als ich ihm gesagt habe, dass er augenblicklich hier auftauchen soll. Der hat überhaupt nicht widersprochen. Ich glaube, er weiß, was wir von ihm wollen.«

Volker nickte, o ja, dieser Maurer würde sicher wissen, worum es ging.

Kurze Zeit später wurde Marcel Maurer von einem Beamten in Gerhards Büro geleitet, wo Gerhard und Volker ihn erwarteten. Die Begrüßung war frostig.

»Herr Maurer, ich möchte gar nicht lange um den heißen Brei herumreden. Wieso waren Sie letzten Sonntag im Gunzesrieder Tal?«

»Das ist einfach. Ich war in der Sennerei in Gunzesried, um dort eine Story zu recherchieren. Die Sennerei hat nun auch eine Internet-Seite, und das ist uns hier im Lokalen durchaus eine Geschichte wert.«

»Aha, ›Käse goes Internet‹, oder so?«, mischte sich Gerhard ein.

Marcel schenkte ihm einen Blick, der eher resigniert war denn genervt. »Ja, genau oder so.«

»Wieso musste das am Sonntag sein? Das ist doch keine

tagesaktuelle Story, oder?« Gerhard bemühte sich immer noch um einen professionellen Ton.

»Nein, da hast du völlig Recht. Aber ich hatte gerade etwas Luft am Nachmittag. Ich war als Producer eingeteilt und hätte auch noch die Seiten vom Sport bauen müssen. Die waren mit ihren Ergebnissen aber erst gegen sechs Uhr zu erwarten. Und außerdem wollte ich der neuen Volontärin mit ihren Fragen entkommen. Sie ist ein ziemliches Ärgernis. Wenn man ihr klare Aufträge gibt, dann schafft sie es eventuell, diese auszuführen. Aber wehe, sie soll eine gedankliche Eigenleistung erbringen oder gar mal die Idee für eine gute Geschichte entwickeln, dann wird es zappenduster. Ich verstehe gar nicht, wieso die Journalistin werden will. Hat keine eigenen Ideen, surft den ganzen Tag im Internet, hat eine Kiefermuskulatur wie eine wiederkäuende Kuh, so wie die den ganzen Tag Kaugummi verbraucht, und glänzt jeden Tag mit neuen, superengen Tops.«

»Na, das mit den Tops klingt doch spannend«, sagte Gerhard, und Volker bedeutete ihm mit einem Blick, dass diese Bemerkung nun wirklich unangemessen war.

Gerhard schwieg, und Volker durchbohrte Marcel mit einem Adlerblick. »Das ist interessant. Ihr Kollege vom Sport hat ausgesagt, Sie wären an diesem Tag um achtzehn Uhr dreißig wieder in der Redaktion gewesen. Die Sennerei haben Sie gegen sechzehn Uhr dreißig verlassen. Wo, bitte schön, waren Sie in der Zwischenzeit?«

»Ich weiß, das klingt in Ihren Ohren jetzt merkwürdig. Aber ich bin zum oberen Liftparkplatz gefahren, habe einige Dinge auf mein Diktaphon gesprochen, und dann bin ich eine Runde spazieren gegangen.«

»Eine Runde spazieren! Es war inzwischen fast fünf Uhr, also nahezu dunkel!«, rief Volker.

»Es war durchaus noch nicht ganz dunkel. Es herrschte eine sehr schöne Stimmung, weil an klaren Tagen über Schnee das Licht noch länger verweilt«, sagte Marcel.

»Soso, das Licht verweilt da also ganz wildromantisch.« Gerhard wurde jetzt doch pampig: »An dem Tag aber hat es geschneit. Dicke, weiße Flocken, und windig war es auch. Verarsch mich doch nicht.«

»Ja, aber das Licht war dennoch sehr imposant.« Marcel zupfte nervös an seinen feingliedrigen Fingern herum.

»Wie lange hat Ihre romantische Aufwallung denn gedauert? Und wo genau sind Sie denn gewandelt?«, fiel Volker ein.

»Ich bin am Ziehweg entlanggegangen, Richtung Berghaus Blässe.«

»Hat Sie jemand gesehen, oder haben Sie jemanden gesehen?« Volker sandte Gerhard erneut einen warnenden Blick hinüber und nahm das Zepter wieder in die Hand.

»Ich weiß nicht, ob mich jemand gesehen hat. Der Parkplatz war leer, aber vielleicht hat jemand mein Auto gesehen. Es stand unter den Flaggen direkt an der Straße.«

»Gut, das werden wir überprüfen. Ich darf konstatieren: Sie sind etwa eine Stunde spazieren gegangen und dann zurück nach Kempten gefahren«, sagte Volker.

»Genau, was ist daran so ungewöhnlich?« Marcel klang wie ein ertapptes Kleinkind.

Gerhard konnte sich nicht mehr beherrschen. »Nein, das ist gar nicht ungewöhnlich, dass jemand in der Dunkelheit an einer Skipiste entlangläuft, und das Ganze weniger als einen Kilometer von der Stelle entfernt, wo HJ Rümmele ermordet worden ist. Und dann ist es auch gar nicht ungewöhnlich, dass du Streit mit Rümmele hattest wegen Pattis Bauplatz. Die ganze Geschichte ist überhaupt das Gewöhnlichste, was wir seit langem gehört haben.«

Gerhard starrte wütend zu Volker Reiber hinüber, der das Gespräch wieder übernahm.

»Herr Maurer, Sie haben kein Alibi. Sie hatten Grund und Zeit, Herrn Rümmele zu ermorden. Ich nehme momentan davon Abstand, Sie festnehmen zu lassen. Wir überprüfen zuerst Ihre Angaben, aber Sie halten sich zur Verfügung und lassen den Tag noch mal vor Ihrem inneren Auge ablaufen. Alles ist wichtig! Sie überlegen bitte sehr genau, ob Sie nicht doch jemand gesehen hat. Ich erwarte Sie morgen Nachmittag erneut hier bei mir. Sollten Sie einen Anwalt mitbringen wollen, steht Ihnen das frei. Sie können gehen.«

Marcel Maurer erhob sich und taumelte grußlos hinaus.

Gerhard schnappte nach Luft. »Wie können Sie den gehen lassen?«

Volker winkte ab und griff zum Telefon. »Wie besprochen, den Maurer bitte überwachen. Er verlässt jetzt das Haus.« Er zwinkerte Gerhard zu. »Wenn er es war, kriegen wir ihn! Der fällt bei einer schärferen Befragung auf jeden Fall um. Er ist eine Mimose.«

Gerhard verzog das Gesicht. »Was die Mimose betrifft, stimme ich zu, aber den lassen Sie laufen und Moritz …«

»… ist längst wieder auf freiem Fuß. Peter Rascher und seine Frau, die als Lehrer ja über einen ausgezeichneten Leumund verfügen, haben sich bereit erklärt, ihn für die Zeit der Ermittlungen aufzunehmen und dafür geradezustehen, wenn er sich aus dem Staub macht.«

Gerhard starrte Volker Reiber an und raunzte: »Na, das mit dem Leumund klang aber vor einigen Tagen noch ganz anders.«

»Es ist Ihnen ja wohl auch präsent, dass sich das Blatt in solchen Fällen schnell wendet. Und wenn Sie mich fragen: Ich glaube, dass weder dieser Moritz noch dieser Maurer den Mord begangen haben. Das sagt mir meine untrügliche Nase. Und was sagt Ihre, Herr Weinzirl?«

Obgleich das eher nett gemeint war, ahnte Volker, dass es in Gerhards Ohren doch wieder nur arrogant klingen musste und dass Gerhard die leise Annäherung vorhin am Kaffeeautomat wohl wieder vergessen hatte.

»Meine Nase? Sie sagt mir nur, dass alles offen ist«, grummelte Gerhard und dachte an Martl. Und wieder hielt ihn etwas davon ab, Volker einzuweihen.

»Machen wir hier heute Schluss, ein halber Sonntag ist besser als keiner! Ich werde diese Frau Straßgütl und den Kollegen Holzapfel noch mal ganz dezidiert nach dem gelben Punto fragen lassen«, sagte Volker geschäftsmäßig.

»Na, die werden begeistert sein, die kennen im Tal nun wahrscheinlich auch schon jeden Bewohner beim Vornamen und dessen gesamte Biographie«, meinte Gerhard.

»Lehrjahre sind keine Herrenjahre.«

Volker klang säuerlich, stand auf, nickte Gerhard zu, zog sein cognacfarbenes Ledersakko über und verließ wie gewohnt zackig den Raum.

Gerhard wartete einige Minuten, bis er Volker außer Hörweite glaubte, und dann schleuderte er voller Wut zwei Aktenordner gegen den Spind.

17.
Jo betrachtete Moebius und begann zu heulen, weil der Kater so schöne Augen hatte. Sie machte den Fernseher an und begann zu zappen. Auf RTL lief ein verkitschter amerikanischer Liebesfilm, der schlecht ausging. Ausgangspunkt der Geschichte war eine Flaschenpost, es kam zu Missverständnissen und verquer laufenden Lebenslinien. Als alles gut schien, kam der Held ums Leben. Kevin Costner: So schön, so männlich, so tot. Jo heulte. Auf einem anderen Kanal ging es in einer Diskussion um brennende Asylantenheime. Und Jo weinte über ihre Unfähigkeit, zu diesem traurigen Universum irgendetwas Sinnvolles beigetragen zu haben.

Sie schaltete ab und starrte nach draußen. Es hatte wieder angefangen, nass und pappig aus einem tiefgrauen Himmel zu schneien, und Jo heulte und schnäuzte sich.

Schließlich griff sie zum Telefon, wählte Andreas Nummer und schniefte hinein: »Ich bin so blöd ...«

»Jo, Süße! Was ist los?«

»Ich weiß nicht, ich kann nicht mehr aufhören zu heulen. Weil die Welt so grauenvoll ist und weil es schneit und weil ...«

»Schneien ist gut. Schnee deckt alles gnädig zu. Wenn sich Schnee auf deine Seele legt, kehrt Ruhe ein. Du bist ein Wintermensch. Schnee heilt.«

»Ja, sonst war das so, aber es funktioniert nicht mehr.« Jo hatte ein nervöses Tremolo in der Stimme.

»He, Jo, das ist so eine Art Nervenzusammenbruch, eine Überlastung der Sinne und der Gefühle. Wie bei einem Gummiband, das man abwechselnd in zwei Richtungen überdehnt. Irgendwann muss es reißen. Heul, das hilft.«

»Hilft auch nicht, ich heul ja schon den ganzen Tag.«

»Ach Süße, mach weiter, irgendwann versiegt das Wasser.«

»Sagst du. Wenn es aber doch gar keine Lösung gibt ...« Der Rest ging in Schluchzen unter.

»Wofür gibt es denn keine Lösung?«, fragte Andrea ganz sanft.

»Dafür, dass sie es beide gewesen sein könnten. Dafür, dass ich mir immer die falschen Männer aussuche. Dafür, dass ...«

»Wer kann was gewesen sein?« Andrea war noch immer sehr sanft.

»Das ist jetzt alles viel zu kompliziert, und eigentlich darf ich gar nichts erzählen, weil die Polizei ...«

»Bist du in Schwierigkeiten mit den Bullen, dreimal gequirlte Hühnerkacke?«

»Nein, ich nicht, aber die beiden. Aber ich kann dir das jetzt nicht alles erzählen.« Jo fasste sich langsam wieder.

Es entstand eine kleine Pause, und dann sagte Andrea eindringlich: »Ich kapier nicht so genau, was bei dir gerade abgeht. Ich frag auch gar nicht. Versuche herauszufinden, wie du da hingekommen bist, wo du jetzt kämpfst und strampelst! Und von dem Punkt aus kannst du mit den Aufräumarbeiten beginnen. Ja?«

Jo schniefte leicht. »Ja, Psychotante. Irgendwo wird sich schon noch ein Funke Vernunft finden lassen. Danke, dass du mich mit ausgelutschten, populären Thesen verschonst.«

»Och, ich könnte dir ein Buch über ›Tendenzen des Masochismus im Weiblichen‹ empfehlen. Ich muss gerade einen

Vortrag darüber erarbeiten. Du wirst dich laufend wiedererkennen, dich in der Gewissheit suhlen können, dass es anderen auch so geht, und helfen wird es dir trotzdem nicht. Aber dem Verlag hilft's.«

Unter Schniefen musste Jo lachen, Andreas Pragmatik war noch immer die beste Medizin. »Glücklich durch Makramee, Euphorie durch Trennkost, Selbstfindung durch Reiki – so was meinst du?«

Andrea gluckste jetzt auch. »Reiki ist gut. Ein ordentliches Glas Raki wäre wahrscheinlich besser. Hast du Raki?«

»Du Raki saufende Kreuzbergerin. Ich hab doch keinen Raki.«

»Na denn, du italophile Südbayerin, dann nimm Grappa, hilft auch. Und dann schwing dich auf einen deiner wilden Mustangs. Die haben noch immer stabilisierend auf deine Psyche gewirkt. Ich weiß zwar nicht, wieso Kreaturen, die höllisch stinken und nur Mist produzieren, beruhigend sind, aber bitte!«

»Stadtmenschin! Du der Natur Entwurzelte! Was weißt du schon über die Kreatur«, grinste Jo.

»Nichts – zugegeben, aber diese stinkenden Vierbeiner haben bei dir ungefähr das Ansehen, das einer bei mir erwerben würde, der die kalorienfreie Schokolode erfände.«

Nun musste Jo wirklich lachen. Andrea auch. »Geht's wieder?«

»Ja, ich pack das schon. Ich werde mich mal zum Punkt X begeben und dann, wie du sagst, mit den Aufräumarbeiten beginnen. Danke.«

»Oh, bitte. Du kannst jederzeit anrufen. Ich hab eine neue Flasche Raki daheim, wenn du meine Nerven weiter strapazieren willst.«

»Kreuzberger-Underground-Schlampe!«
»Gesunde-Luft-Landei!«

Jo legte auf und lachte. Andreas Mentalität hätte sie gern gehabt, aber sie hatte immerhin deren gute Ratschläge. Und Recht hatte Andrea natürlich auch, es hatte wenig Sinn, das Haus beim Dach zu beginnen. Vernünftige Strukturen entstanden nun mal bloß, wenn man Stein für Stein vorging. Das mit den vernünftigen Strukturen, das war ihr momentan etwas flöten gegangen, dachte Jo. Und wo war nun der neuralgische Punkt X? Sie wusste es eigentlich: Sie musste Gewissheit haben, ob Martl ein Mörder war. Sie folgte Andreas Rat und schenkte sich einen Grappa ein – und das mittags um ein Uhr! Ruhe bewahren, nachdenken, sagte sich Jo. Wo konnte Martl sein? Oder wer konnte wissen, wo er steckte?

Wenn es stimmte, dass Katja nichts wusste – und Jo war geneigt, das zu glauben, denn Katja hatte selten eine Ahnung vom Treiben ihres exklusiven Ehemanns –, zu wem sonst hatte Martl so was wie Vertrauen? Wen gab es, dem er seine ganz private Seite offenbarte, nicht nur die des stets kontrollierten Medienprofis, des strahlenden und gefeierten Helden?

Jo dachte nach und ließ die kurzen heftigen Zusammentreffen vor ihrem inneren Auge ablaufen. Hatte er denn wirklich nie etwas gesagt? Doch ein Mal!

Sie hatten mal wieder einen »one-hour-stand« in einem schaurig hässlichen Zimmer in Gröden hinter sich. Das Zimmer war in Braun-Orange gehalten – aller Anti-Charme der siebziger Jahre war in diesem Raum vereint. Die Neonröhre hinter dem Bett hätte auch in eine Bahnhofswartehalle gepasst, und doch erschien ihr diese knappe Stunde wie in ein weiches, sanftes Licht getaucht. Jo lag auf Martls gewaltiger Brust, regte sich nicht, atmete kaum. Sie wollte den Moment festhalten, vielleicht würde er ja einschlafen, das hätte ihr einige Extra-Stunden gerettet.

Aber er schlief nicht. Er atmete plötzlich sehr tief durch. »Ich werde morgen wieder nichts zerreißen, da kann der Karl noch so sehr versuchen, mich aufzubauen. Die Strecke liegt mir einfach nicht.« Er wand sich unter ihrem Arm heraus und zog sich an. Er lächelte und gab ihr einen Kuss auf die Wange. Eine Zärtlichkeit, zu der er sich selten hinreißen ließ. »Bist du böse, wenn ich gehe?«

Sie hatte den Kopf geschüttelt – wann war sie denn jemals böse gewesen? Nur tieftraurig.

Jo erinnerte sich noch gut an die Szene. Er hatte damals von Karl gesprochen. Er konnte nur den Bauern Karl meinen, der eine letzte Bastion einer alten Zeit war, die noch dem Lauf der Jahreszeiten und der Gestirne folgte. Im ersten Moment schien der Bauer Karl zwar eine abwegige Spur zu Martl zu sein, aber auch Martl musste wohl irgendwo hinter seiner undurchschaubaren Heldenfassade das Echte gespürt haben. Der Karl war verschwiegen und lebte weit außerhalb von Martls maskenhafter Welt, auch das machte ihn vertrauenswürdig.

Den Bauern Karl, den musste sie aufsuchen!

Zum zweiten Mal heute an diesem nasskalten Sonntag startete sie den Justy. Diesmal sprang er an.

»Danke, du tückische Rostlaube«, sagte Jo und nahm es als gutes Omen. Sie fuhr an. Gedankenfetzen verwirbelten sich, bildeten Knoten, lösten sich auf. In ihrem Kopf war ein Vakuum. So völlig unvorbereitet konnte sie unmöglich beim Bauern Karl auftauchen. Was hätte sie denn sagen sollen? Plötzlich hatte sie eine Idee. Sie griff zum Handy und rief Frau Müller an. Die war hocherfreut und gab ihrem Bedauern Ausdruck, dass Schorsch Obermaier ihretwegen im Gefängnis gesessen hatte. Jo tröstete sie wortreich und fragte dann: »Sie gehen doch manchmal zum Bauern Karl?«

Frau Müller, die angesichts Jos komischer Fragen nie überrascht zu sein schien, war sofort mitten im Erzählen. »Ja, ein Besuch beim Karl kam mir am Anfang abwegig vor, aber gegen meine Rückenschmerzen hat einfach nichts mehr geholfen. Ich war bei ungefähr fünf Orthopäden, ich war sogar in Augsburg im Klinikum, da haben die mich durchs CT geschoben. Ich wurde akupunktiert, mit Laser beschossen und von zahllosen Chiropraktikern verbogen. Nichts half, nein, es wurde immer schlechter. Mein Physiotherapeut wollte mich schon zum Psychiater schicken. Stellen Sie sich so was mal vor! Niemand konnte sich meine plötzlichen Kreuzschmerzen erklären. Und dann hat mir eine Freundin gesagt, ich solle es doch mal beim Karl versuchen. Er hätte heilende Hände.«

Jo überlegte kurz. »Ich weiß, das habe ich auch mal von meiner Mutter gehört. Sie hat da auch so eine Adresse, auf die sie schwört. Dieser Mann hat sie dreimal behandelt, und wie durch Zauberhand war alles weg.«

Frau Müller klang geschäftig: »Ja, wo Orthopäden spritzenwirbelnd versagen, dort, wo man Voltaren nur noch so reinstopft und keine Besserung merkt, da helfen solche Menschen. Am Anfang war ich richtig wütend. Ich dachte: Ja, aber warum um Himmels willen beschäftigen sich Orthopäden nicht auch mit solchen Methoden. Aber dann habe ich es langsam begriffen. Es geht oft um einen Millimeter, den ein Wirbel verschoben ist. Das spürt nur, wer eine Gabe hat und sich die Zeit auch nehmen will.«

»Klar, bei den Ärzten tickt die Uhr. Wenn ein Patient länger als die veranschlagte Zeit im Behandlungszimmer zubringt, dann ist nichts verdient. Es ist ja ein Wahnsinn, was das Abrechnungssystem der Ärztekammer und der Krankenkassen da anrichtet«, antwortete Jo.

Frau Müller lachte. »Beim Bauern Karl ist das Behandlungszimmer der Gang zum Stall. Da tastet er Rücken ab, und das durch alle Kleidungsstücke. Er biegt die Leute über einen alten Stuhl. Alles sehr sanft. Dann sagt er: ›Zerscht duts no weh, aber morga isch besser, übermorga isch vorbei.‹ Und das stimmte bei mir, nach zwei Tagen war der Schmerz weg. Er hat wirklich Zauberhände.«

»Diese Menschen haben die Gabe, jahrhundertealtes Wissen wiederzubeleben. So etwas ist nur im Allgäu möglich. Das Allgäu soll eine geomorphologisch hochsensible Region mit sehr vielen Verwerfungen und Wasseradern sein. Das Land hat mit Sicherheit eine sehr starke Wirkung auf die Menschen, und früher haben die Menschen das als Teil ihres Lebens auch anerkannt. Sie waren feinfühliger und haben Fähigkeiten entwickelt, mit und in diesem Land zu leben. Denken Sie an die vielen Rutengeher hier bei uns, die Steinkundigen, das ist ja eigentlich alles gar keine Hexerei, sondern hat was mit Einfühlsamkeit zu tun. Und Demut, auch wenn das ein sehr antiquiertes Wort ist.«

Frau Müller ließ Jos Worte verhallen. »Es freut mich, wenn Sie als junger Mensch so denken. Dass auch Ihrer Generation solche durch und durch bescheidenen Menschen noch etwas sagen können. Karls Großvater besaß diese Gabe schon, er konnte allein durch Handauflegen heilen. Der Vater hat vielen Menschen geholfen, und der Karl tut das auch. Aber nicht mehr lange! Seine Kinder haben das Geschick nicht geerbt. Derartiges Wissen stirbt aus. Leider! Oder finden Sie, ich bin eine alte Frau, die fortschrittsfeindlich an der guten alten Zeit hängt?«

Jo widersprach: »Im Gegenteil, außerdem sind Sie nicht alt!«

»Ich fühle mich tatsächlich jünger – seit ich dank dem Karl wieder wie eine Junge aus dem Bett hüpfe und nicht wie ein Käfer auf dem Rücken liege, der nicht mehr auf die Füße kommt«, sagte Frau Müller fröhlich. »Außerdem, beim Karl sieht man tatsächlich nicht nur alte Frauen wie mich.«

»Das wollte ich Sie gerade fragen. Wer geht denn so zum Karl?«, fragte Jo.

»Och, den Bauern Karl suchen Menschen auf, die beispielsweise nicht plakativ und werbewirksam an die Öffentlichkeit gezerrt werden wollen. Schauen Sie, der Karl verlangt keine Bezahlung. Er hat richtig prominente Kunden, die viel Geld haben. Aber auch deren Geld hat er immer abgelehnt. Vielleicht nahm er mal zehn Euro. Als Geste. Meist für den Opferstock oder für die neue Orgel, denn für ›a Gabe Gottes kasch kui Geld it nä‹, hat er immer gesagt.«

Jo zögerte vor ihrer nächsten Frage: »Haben Sie mal jemanden Prominentes getroffen? Nicht, dass ich neugierig wäre, aber ...«

Frau Müller lachte. »Aber, Kindchen, Neugierde ist wichtig in Ihrem Alter. Ich habe tatsächlich einige Prominente getroffen, Sie wissen schon, Lokalpolitik, Chefärzte, die nun wirklich nicht beim Karl gesehen werden wollen.«

Jo war enttäuscht, als sie weiterfragte: »Und sonst, niemand so richtig Prominentes? Aus dem Fernsehen?«

Frau Müller lachte wieder. »Doch, anfangs wusste ich gar nicht, wo ich den hintun sollte. Ich habe ihn dann einige Tage später im Fernsehen gesehen. Es war so ein Skifahrer, sehr attraktiv und sehr nett. Er saß wie ich im Kuhstall und erzählte mir: Als er erstmals beim Karl gewesen sei, habe der gesagt: ›Die Leute reden immer von den vielen Krankheiten. Des isch a Schmarra. Es gibt bloß eine Krankheit, weil es gibt auch bloß eine Gesundheit. Alles hängt zämet.‹ Das habe er sich gemerkt. Dann hat ihn der Karl abgeholt.«

Jo schluckte. »Konnte der Karl ihm denn dabei helfen, seine eine Krankheit wegzukriegen?«

»Das weiß ich nicht. Ich habe ihn nicht mehr gesehen. Es schien ihm plötzlich unangenehm gewesen zu sein, mit mir geredet zu haben. Na ja, ich bin ja auch neugierig und habe den Karl nach ihm gefragt. Der hat nur gebrummt: ›Sein Kreuz kann ich heilen, seine Seele it.‹«

Während des Gesprächs hatte Jo nun fast Karls Hof erreicht. Sie war völlig mechanisch gefahren. Sie redete noch ein wenig mit Frau Müller, ohne bei der Sache zu sein. Schließlich verabschiedete sie sich. Sie fühlte sich, als hätte sich ihr Geist völlig vom Körper getrennt.

Sie stieg aus dem Auto, ging zum Haus und drückte die schwere alte Holztür mit dem Schnitzwerk auf. An der Wand des langen, gefliesten Gangs stand ein Stuhl. Ein alter Holzstuhl, wie es sie zu Tausenden gab. Daneben lümmelten zwei Paar mistverdreckte Gummistiefel. Darüber hing ein kleines Kruzifix. Die Tür zur Küche klappte auf, der Bauer Karl trat heraus, barfuß, in einem Baywa-Thermohemd, die Hosenträger verrutscht. Er wartete. In seinem runzligen, wettergegerbten Gesicht standen klare, offene Augen.

»Griaß di, Karl.« Jos Stimme erstarb, sie hätte sich am liebsten auf den Stuhl gehockt und geheult und ihm alles erzählt, alle Pein ausgekotzt in den Gummistiefel.

Der Bauer trat einen Schritt auf sie zu. »Wo hurets denn, Frau Doktor?«

Tja, woran krankte es? Nicht an der Bandscheibe, die hätte der Karl heilen können.

»Ach, Karl«, Jo seufzte, »wenn das so einfach zu erklären wäre.«

Er schenkte ihr einen langen Blick. »Komm, Fehl, hock na«, und ging voran in die Stube. Das war ein großer Vertrauensbeweis, denn sein Ordinationsraum war der Gang, nicht seine Stube. Er dirigierte Jo zur Ofenbank des Kachelofens und schenkte ihr einen Obstler ein. Sie schwiegen lange.

»Hat der Martl den auch getrunken?« Jo fasste sich ein Herz.

»Bisch du deshalb gekommen, was der Martl allat trinkt?« Der Karl sah aus dem Fenster.

»Nein, aber ich muss wissen, ob er bei dir war. Ob er mit dir geredet hat«, sagte Jo lahm.

»Scho«, sagte der Bauer nur.

»Schau, Karl, ich will dem Martl helfen, er steckt in echten Schwierigkeiten, und dabei musst du mir helfen.« Jo merkte, dass das alles so dumm klang.

»Muss i?« Karls Stimme hatte sich nicht verändert.

»Nein, du musst nicht, aber es könnte helfen.«

»Es isch it gut, wenn ma an einem zu nah dran isch, Johanna. Da kann man schlecht denken.«

Er wusste also auch von ihrer Affäre, Jo wurde blass. Wie Recht er hatte! War ihre Objektivität nicht sowieso getrübt? Sie glaubte, dass Martl nicht geschossen hatte, obwohl alles gegen ihn sprach. Sie schwieg erneut.

»Es sind so viele Fragen offen«, begann Jo erneut.

Das klang auch wieder so dumm, verunsichert, pubertär.

»Ja, das Leben isch wie ein Emmentaler, nichts als Löcher.« Der Karl lächelte sie leicht an.

Jo musste unwillkürlich auch schmunzeln. Die echten Wahrheiten waren so einfach!

»Trink noch einen.« Karl schenkte ihnen beiden nach. Er nippte an seinem Glas. »Du bisch eine Gute, Johanna, du hast ein gutes Herz, aber du pasch it auf. Du musch auf dein Herz besser Obacht geben.«

Jo schossen Tränen in die Augen.

»Es isch wahr, der Martl isch hier gsi, immer wieder, zuerscht wegen seim Kreuz, aber dann hat er halt auch erzählt.«

»Und was hat er dir erzählt?«

»Mei, der Martl, der hat Angst gehabt. Wie es wird, wenn er nicht mehr Ski fahren kann. Er wollt gära daheim sein bei seinen kleinen Fehla, aber er hat auch Angst gehabt, dass ihm das nach seinem Wanderleben gar it so einfach fällt. Er hat gesagt, dass er die Katja ganz fescht lieben tut …«

Jo schreckte auf.

»Schau it so, Johanna. Das hasch du doch gewusst.«

»Ja sicher, aber es tut trotzdem weh«, sagte Jo.

»Er hat auch von dir geredet, dass du ihn verwirrst.« Der Karl wiegte bedächtig den Kopf.

»Und?«

»Ich haben ihm gesagt, dass ein jeder Mensch, der verwirrt, die Gabe hat, deine Seele zu berühren.«

Ein schöner Satz, fand Jo, erneut traten ihr Tränen in die Augen.

»Der Martl isch it ureacht, aber der hat arg jung viel zu schnell erwachsen werden müssen. Zu viel Geld und zu viel falsche Freunde und mei, i sag des jetzt so: zu viel Frauen, die ihn wollten. So ebaes verdirbt.«

Jo nickte. Natürlich, sie hatte es ihm auch viel zu leicht gemacht, und wie viele Trainingslager und Gletscher-Ski-Tests gab es weltweit! Über die Jahre eines solchen Skifahrer-Nomadenlebens gab es zu viele Gelegenheiten. Erfolg macht sexy. Jo wusste, dass sie nicht die Einzige gewesen war – eigentlich wusste sie das!

»Falsche Freunde? So wie der Rümmele?« Jo straffte die Schultern.

»Der auch, aber des woisch au sell.«

»Sicher weiß ich das auch, aber weißt du von dem Rennen?« Jo nahm einen Schluck von dem Obstler, der mit Sicherheit von Karls Verwandtschaft vom Bodensee stammte. So fruchtig, als würde man in einen Apfel beißen!

Sie begann, leise die Geschichte zu erzählen, und schloss: »Und deshalb muss sich der Martl unbedingt stellen.«

Der Karl zog ein Schnupftabakfläschchen heraus, gab eine Prise zwischen Daumen und Zeigefinger und schnupfte. Sie schwiegen.

»Hast du mir alles erzählt?«, fragte der Karl bedächtig.

»Alles, was ich weiß, alles, was der Martl dem Gerhard und mir erzählt hat. Wieso – weißt du noch was anderes?«

Der Karl wiegte den Kopf. »Das stimmt schon allat so. Er hat mir von dem Vertrag erzählt und dass er da raus müsse. Aber es war it bloß wegen den Festen beim Rümmele.«

»Sondern?« Jo umklammerte ihr Glas.

»Er hat ja längst einen anderen Vertrag in Aussicht gehabt. Einen, der auch noch nach seinem Rücktritt gegolten hätte. Aber bloß meh, wenn er den Rümmele los hätte.« Karl stutzte, schien zu merken, was er da gesagt hatte. Wenn er ihn loswurde.

»Was für ein Vertrag?« Jo war gespannt.

»Mei, halt mit den Strumpfleit.«

»Strumpfleit?«, fragte Jo und konnte sich keinen Reim auf das Ganze machen.

»Allet die SAF, die Strumpfhersteller halt.«

»SAF – Socks are Fun aus Sonthofen? Mit denen wollte Martl einen Vertrag machen?«

»Ja, SAF allat.« Karl nickte mehrmals.

SAF, das war ein alteingesessenes Unternehmen, das vor einigen Jahren von dicken Wollstrumpfhosen und grauen Einheitssocken auf ein modernes Sportsocken-Sortiment umgestellt hatte. Für jede Sportart gab es Socken: fürs Skifahren an den Schienbeinen gepolstert, fürs Trekking an Ferse und Zehen und so weiter. Sie hatten auch begonnen, High-Performance-Skiunterwäsche zu produzieren.

Wenn SAF mit Martl im Gespräch war, dann ging es um viel Geld. Und um ein absolut sauberes Sportlerimage. Einer, der alternde Society-Schlampen beglückte, passte da jedenfalls nicht ins Bild. Jo war alarmiert.

»Weißt du was Genaueres?« Jos depressive Stimmung war einer Anspannung gewichen.

»Nein, bloß, dass es dem Martl allat arg wichtig gsi isch.«

Jos Gedanken überschlugen sich. Sicher war ihm das wichtig gewesen. Aber das alles sprach erst recht nicht für Martl. Wenn er wirklich so verzweifelt gewesen war, Rümmele zu ermorden, um an den Vertrag zu kommen?

Sie schaute Karl an. »Karl, wenn er bei dir auftaucht oder anruft, bitte mach ihm klar, dass er sich bei der Polizei melden muss.«

»Sicher, Mädle. Der Martl isch unbeherrscht, der könnte auch in eine Schlägerei geraten, aber dass so einer schießt? Na, des it!« Er schüttelte den Kopf.

»Ich will das auch nicht glauben. Aber wenn es eine andere

Erklärung gibt, dann macht er es mit seiner Flucht auch nicht besser.«

Der Karl nickte. »Abhauen ist immer das Dümmste. Du kommsch dir allat selber it aus. Du hosch di immer dabei, überall auf dera großen Welt.«

Jo verabschiedete sich, der Karl hielt ihre Hand lange fest. »Glaub an den lieben Herrgott, der hot no allat gricht.«

Das hätte Jo nur zu gern geglaubt, dass der liebe Herrgott es richten würde. Aber der liebe Herrgott ließ jedes Zeichen vermissen. Nichts, was ihr den Weg gewiesen hätte. Kein Komet, kein himmlisches Leuchtfeuer. Sie sah auf die Uhr. Es war fünf. Um diese Zeit ungefähr war vor einer Woche Rümmele ermordet worden. Und sie kannte wahrscheinlich den Mörder. Sie musste Gerhard anrufen und fragen, was Marcel ausgesagt hatte. Und auch wenn sie sich dafür schämte, irgendwie war ihr der Gedanke, dass Marcel es gewesen war, der liebere. Gerhard hatte schon Recht gehabt, sie würde wirklich lieber Marcel opfern.

Was für ein Wahnsinn! Und welche Dummheit, auch noch Gerhard zu vergrätzen. Sie benahm sich wie die Wutz im Walde, wie ein rotznasiges Trotzkind.

Gerhard war ein Schatz, aber wenn bei ihm der Ofen aus war, dann endgültig. Es dauerte ewig, ihn wirklich zu verärgern, aber Jo kannte ihn gut genug, um zu wissen, dass Gerhards Toleranz erschöpft war. Sie hielt sich zurück, überstürzt zum Handy zu greifen und wieder mal eine unüberlegte Wortsalve abzufeuern. Sie wollte es diesmal richtig machen.

Jo war voller widerstrebender Gefühle nach Hause gefahren. Sie sank auf den einzigen freien Küchenstuhl und begann, Strichmännchen auf ein Stück Papier zu krakeln. Nicht lange, denn Frau Mümmelmeier sprang hoch, sah Jo kurz in die Augen und fing an, den Stift über den Tisch zu treiben. Die Katzendame suchte sich ihre Spielzeuge immer selbst. Stifte versenken war eines ihrer Lieblingsspiele. Diesen versenkte sie unter einem Zeitungsstapel, und weil sie ihn da trotz fliegender Fetzen nicht mehr rausbekam, ging der Punkt an den Papierstapel. Beleidigt kehrte sie zurück, plumpste auf Jos Krakelpapier und popelte sich akribisch Kletten zwischen den Krallen heraus. Die legte sie säuberlich vor Jo ab – Katzen sind reinliche Tiere. Moebius verfolgte das Schauspiel nur aus dem Augenwinkel. Er hatte sich wieder mal auf dem Heizkörper an der Wand entlangmodelliert, hingegossen zu beachtlicher Länge. Jo fragte sich jedes Mal, wie ein dickes, puscheliges Tier auf so einem schmalen Heizkörper Platz finden konnte. Moebius konnte.

Sie sah den beiden zu und versuchte, Ordnung in ihre Gedankenfetzen zu bringen. Wenn Martl wirklich einen Vertrag mit SAF machen wollte, der ihm so wichtig gewesen war, musste es um viel Geld gehen. Lederstrumpf-Reiber würde ihr wahrscheinlich jetzt sagen, dass Geld das beste Motiv sei. Gerhard würde da ausnahmsweise mit ihm einig sein: Der Mörder ist immer der Skifahrer! Hatte sie wirklich nicht nur einen gewissenlosen Narzissten geliebt, sondern auch einen Mörder?

Irgendwie schienen in ihrem Hirn nur wenige Synapsen zu arbeiten. Immer die gleichen Verbindungsstücke, nichts Neues im neuralen Netz.

Das Telefon riss sie aus ihren Betrachtungen. Gerhard war ihr zuvorgekommen. »Da du mich sowieso löchern wirst: Marcel war tatsächlich wegen eines Interviews im Tal, und in seiner Tagesbiographie fehlen gut einundhalb Stunden. Da will er spazieren gegangen sein, weil er angeblich das Dämmerlicht so schön findet. An der Skipiste entlang.«

»Das hat er aber wirklich öfter mal gemacht. Er hat sich sehr für Sternbilder und Astronomie interessiert«, sagte Jo gedehnt.

»Ja, das passt zu ihm. Ein Sterngucker in der Dämmerung. Aber an dem Tag hat es geschneit. Frau Holle war in Höchstform. Von wegen Sterne. Der soll bloß aufpassen, dass er nicht seine ganz persönliche Götterdämmerung erlebt.« Gerhard hatte sich offenbar nicht unter Kontrolle.

Jo rang kurz mit sich, ob sie Gerhard vom Bauern Karl erzählen sollte. Aber sie tat es nicht. Es lag eine bleierne Müdigkeit über ihrem Herzen. Es war doch sowieso alles egal.

Gerhard quälte sie weiter. »Was Martl betrifft, so habe ich Reiber noch nichts gesagt. Aber glaub mir, nicht weil ich ihn schonen will. Dessen Götterdämmerung ist mir ebenfalls egal. Aber ich habe mich extrem unprofessionell verhalten. Ich will und muss Reiber ein Ergebnis präsentieren. Sonst bin ich nämlich bei der Götterdämmerung auch dabei.« Er legte eine kurze Pause ein. »Na ja, jedenfalls dann gute Nacht, ich dachte nur, es sei fair, wenn du es weißt.«

»Hm, servus!«, murmelte Jo.

Fair, ja das war er, der Gerhard, immer gerecht, immer bei allen beliebt, und genau das machte sie manchmal wahnsinnig! Moebius vollführte auf der Heizung einen Katzenbuckel. Jo nahm den Kater auf den Arm, eine lebende Fellwärmflasche.

»Kater, du kochst doch, oder? Deine Eingeweide sind sicher schon gut durch.«

Der Kater wand sich wie ein Entfesselungskünstler hin und her. Ihm war jetzt nicht nach Liebe – und weg war er. Mümmi mit Kampfesgebrüll hinterher. Wild fauchend und sich überkugelnd ging die wilde Hatz in den Keller. Jo grinste. Auch gut, dann konnte sie das Küchen-Büro für wiedereröffnet erklären. Es half ja nichts, die Broschüre war immer noch nicht fertig, und im Tourismusbüro würden sie wohl schon ein Phantombild anfertigen, so selten, wie sie Jo sahen.

Jo arbeitete bis ein Uhr und ging dann ins Bett. Katzenfrei zunächst, die beiden Mitbewohner kamen unbemerkt im Lauf der Nacht dazu. Innig ineinander verschlungen.

18. Als Jo am Montag um halb acht aufstand, rührten sich die Katzen nicht. Moebi verzichtete sogar mal aufs Brummen. Heute war er eben zu müde. Tiere waren so klar in ihren Gefühlen. Erst fauchen, dann schnurren. Streiten und lieben, das durfte binnen Minuten aufeinanderfolgen. Ungefilterte Emotionen, ohne sich verstellen zu müssen – wenn das bei Menschen doch auch mal funktionieren könnte!

Jo hatte ihre Unterlagen in einem Rucksack gesammelt und machte sich auf, ihren Vorschlag für die Broschüre beim Bürgermeister abzugeben.

Er war nicht da. Jo war heilfroh, denn dessen »Das haben wir noch nie so gemacht«-Flexibilität wäre sie heute nicht gewachsen gewesen. Wenn es nach ihm gegangen wäre, dann hätte die Vermarktung des Almabtriebs völlig ausgereicht. Da würde man sich auch neue Fotos sparen, so die Ansicht des Lokalfürsten. »A Kuh isch immer a Kuh.« Punktum, und dass dann die Leute auf den Fotos mit Siebziger-Jahre-Kassengestellen und Toupierfrisuren nicht mehr ganz aktuell waren, dieses Argument verhallte ungehört.

Jo gab die Unterlagen bei der Sekretärin ab und smalltalkte eine Runde. Ja, ein komisches Wetter sei das, fast eher schon wie im April. Ja, Ostern würde spät sein dieses Jahr. Ach wirklich, freut mich, wenn Ihnen mein Blazer gefällt. Ja, tatsächlich, die Farbe war ja wahnsinnig modern dieses Jahr. Undsoweiterundsofort.

Jo verabschiedete sich artig, und plötzlich kam ihr eine Idee. Sie stieg in ihren Justy und fuhr Richtung Autobahn.

Diese Tage im Stakkatotempo: eine Überdosis an Gefühlsverwirrung, dafür Schlaf in einer winzigen Dosis. Herzrasen. Was hätte sie auch tun können? redete sich Jo ein. Nichts zu tun, war immer die beunruhigendste von Jos Möglichkeiten. Weil sie neugierig war, eigensinnig und hochgradig ungeduldig, musste sie jetzt einfach etwas tun!

Am Empfang von SAF saß Martha, die hier aushalf, wenn sie nicht gerade Skikurse gab. Sie scherte sich einen feuchten Kehricht um Karriere und Co. Martha jobbte immer so viel, dass das Geld für Miete, Auto und Schuhe vorhanden war, und ersparte sich damit jede Menge Psychostress.

»Hey, ich müsste mal zu Jochen Löhle. Ist der da?«, fragte Jo betont fröhlich.

»Denke schon. Soll ich dich anmelden?«, wollte Martha wissen.

»Nö, es dauert nicht lang. Ich weiß, wo sein Büro ist.« Jo war schon im Aufzug, der bedrohlich knarzte.

»Frau Doktor Kennerknecht, was führt Sie zu mir zu so früher Stunde? Kaffee?« Löhle schien ehrlich erfreut.

Jo nickte. »Kaffee gern, und was meinen Besuch betrifft ...« Sie zögerte.

»Bedeutet Ihre Zurückhaltung, dass Sie mal wieder für eine Veranstaltung einige nette Präsente brauchen?« Löhle lächelte freundlich.

Er war ein wirklich Netter, keiner von diesen PR-Fuzzis, die verkaufen wollten um jeden Preis. Sie hatten schon ein paarmal sehr gut zusammengearbeitet, als Jo für Gäste-Preisausschreiben Gewinne benötigt hatte. Er sagte Ja, wenn er Ja meinte, und Nein, wenn er wirklich keinen Weg sah.

»Ich kann Sie beruhigen, ich bin nicht auf Betteltour. Sie müssen also nicht in der Kiste mit den ›Give Aways‹ wühlen, oder wie das bei Ihnen heißt.«

»›Promotional Item‹, neuerdings.« Löhle grinste. »Aber was kann ich denn sonst für Sie tun?«

Jo druckste herum. Er neigte den Kopf fragend zur Seite.

Dann stieß Jo plötzlich aus: »Es geht dennoch um Sponsoring. Was steht in dem Vertrag mit Martin Neuber?«

Wie ein Gewehrschuss kam die Frage. Oje, Jo sah es an Löhles Gesicht – da war der Schuss nach hinten losgegangen. Kluges Taktieren lag ihr einfach nicht.

Der nette PR-Mann wurde deutlich reservierter. »Darf ich fragen, weswegen Sie das interessiert?«

»Existiert ein Vertrag, oder genauer einer, den Martl, also Martin Neuber, unterzeichnet hätte, wenn er von Herrn Rümmeles Vertragsbindung losgekommen wäre?«, insistierte Jo weiter.

»Darf ich noch mal fragen, warum das von Interesse für Sie ist, Frau Doktor? Sie reden in Rätseln. Was haben wir denn mit Herrn Rümmele zu tun?«, fragte Herr Löhle nun deutlich schärfer.

»Herr Rümmele ist tot!« Auwei, dachte Jo, schon wieder voll daneben.

Löhle runzelte fragend die Stirn.

»Nun, ist Ihnen nie aufgefallen, dass sein Tod doch sehr praktisch ist? Jetzt kann Martl den neuen Vertrag unterzeichnen.« Jo konnte penetrant sein, vor allem darin, sich selbst immer tiefer reinzureiten.

Löhle stand auf, durchmaß das Zimmer mit schnellen

Schritten und blieb an der Fensterbank stehen. »Haben Sie die Profession gewechselt, Frau Doktor; sind Sie zur Polizei übergelaufen? Ich wüsste keinen Grund, weshalb ich Ihnen über Firmeninterna Auskunft geben sollte. Wir sind tatsächlich mit Herrn Neuber im Gespräch. Das ist gar kein Geheimnis. Aber bitte schön, wieso wollen Sie Herrn Neuber denn mit Herrn Rümmeles Tod in Verbindung bringen? Frau Doktor Kennerknecht, ich glaube, Sie gehen da jetzt etwas zu weit.«

Jo ging aufs Ganze. »Aber wenn es Verhandlungen gab, dann müssen Sie doch auch von der Vertragsbindung an die Rümmele-Bau gewusst haben!«

»Ich wiederhole mich ungern. Welchen Grund hätte ich, mit Ihnen über Firmeninterna zu diskutieren?«

»Keinen – okay.« Jo schnitt eine hilflose Grimasse. »Aber nur noch eins: Wissen Sie denn nichts von dem Rennen?«

»Welches Rennen? Martin Neuber fährt laufend Rennen, das ist sein Job.« Im Gegensatz zu seinen vorherigen auswendig gelernten Floskeln über Firmeninterna klang Löhle jetzt ehrlich verwundert. Entweder hatte er wirklich keine Ahnung, oder aber er war ein sehr guter Schauspieler.

Dieses Gespräch hatte sie eindeutig vergeigt, musste Jo zugeben. Sie hatte ein flaues Gefühl im Magen. Gerhard hätte sich da weitaus besser geschlagen. Sie konnte es mit nahezu sprachlosen Allgäuern aufnehmen, aber für eine echte Befragung war sie einfach zu ungeduldig. Sie stand hektisch auf.

»Entschuldigen Sie die Störung, vielleicht war ich da falsch informiert. Also, noch mal Entschuldigung, und danke für den Kaffee.« Na, das klang nun wirklich besonders dämlich.

Jochen Löhle gab ihr die Hand und sah noch verwirrter aus.

Als sie wieder im Auto saß, hätte Jo sich am liebsten selbst in den Hintern getreten. Was der Löhle wohl jetzt dachte? Wie konnte man nur so planlos voranstürmen! Sie musste an Andrea denken. Das war ja nun ganz entgegen dem Berliner Briefing verlaufen. Aufräumarbeiten, das hatte Andrea ihr geraten, und nicht noch mehr Chaos stiften. Sie musste jetzt wirklich mal einen klaren Kopf bekommen, beschloss Jo. Und sie entschied sich, nun wenigstens Andreas zweitem Rat zu folgen und einen ihrer Mustangs in Gunzesried aus dem Stall zu zerren. Das war zwar immer mit einer gewissen Fahrstrecke verbunden, eigentlich hätte Jo ihre Pferde lieber näher an ihrem Haus gehabt, aber mit ihnen ist es wie mit Kindern: Man nimmt sie nur ungern aus der Schule, wo sie ihre Freunde haben.

Als sie zum Stall kam, war Fenja gerade damit beschäftigt, Falco in den Hintern zu zwicken und ihren Kumpel über das Paddock zu scheuchen.

»He, Rübennasen!«

Die beiden rissen den Kopf hoch und kamen erfreut angetrabt. Fenja gab ein tiefes, grummelndes Wiehern von sich. Begrüßung wie jeden Tag, wobei Jo sich da keinen Illusionen hingab. Die Freude der Stute galt primär den Leckerlis in Jos Taschen. Fenja legte die Ohren an, knallte Falco eine vor den Bug und machte einmal mehr deutlich, dass ein junger Wallach sich gefälligst anzustellen habe, wenn die Leitstute an den Zaun tritt. Die vier anderen Pferde hatten vorsichtshalber weiter hinten Position bezogen; wenn's ums Essen ging, kannte die Chefin keine Verwandten.

Fenja sah aus wie ein Erdferkel und roch auch wie ein solches. Diese isländische Dame pflegte sich ganz undamenhaft zu suhlen. Nicht zu wälzen, wie das normale Pferde tun, sondern sich dermaßen mit einer tierischen Fangopackung einzusauen, dass die Dreckplatten nur so an ihr schlackerten. Selbst aus den Ohren quoll Dreck.

»Schlammsau.« Jo versuchte sie an einer fangofreien Stelle zu tätscheln. Sie beäugte Falco, der zwar auch dreckig, aber zumindest von getrocknetem Schmutz überzogen war. Jo verscheuchte Fenja, packte Falco am Stirnschopf und zog ihn hinter sich her. Er durchsuchte dabei ihre Taschen, zwickte sie in die Schulter und grinste. Ehrlich, pflegte Jo zu sagen, der kann grinsen.

Wenn etwas gegen Liebeskummer, Ärger mit Bürgermeistern und Mitarbeitern oder andere Lebenskatastrophen half, dann ein ausgedehnter Ritt. Sie warf dem oberflächlich sauberen Falco den Westernsattel auf den Rücken, schlang den Krawattenknoten in den Sattelgurt und zurrte ihn fest. Sie beschloss, heute mal nur mit Halfter und zwei Führstricken statt mit dem normalen Zaumzeug zu reiten. Schließlich hatte Falco eine solide Westernausbildung und reagierte auf Stimmbefehle, wenn er gnädigerweise gewillt war, sich an seine Erziehung zu erinnern. Sie zockelten gemütlich vom Hof Richtung Skiliftparkplatz.

Ein plötzlicher Wärmeeinbruch und der Regen hatten den Schnee stark aufgezehrt, die Skiabfahrt nach Gunzesried war bereits gesperrt. Das Wetter trauerte, die Bäume wechselten kläglich unter dem Peitschen des Windes die Richtung. Die südseitigen Skihänge waren braun. Es herrschte Saison-Endstimmung, Endzeit.

Endete nun endgültig, was vor zwei Jahren im August in Chile begonnen hatte? Dort ein gleißender früher Winteranfang. Der Wikingerkönig in der strahlenden Rüstung. Nun das Ende der Schneezeit. Der Wikingerkönig auch nur ein Mensch. Vielleicht sogar ein kaltblütiger Mörder?

Jos Route führte sie unweigerlich in Richtung der Fundstelle von Rümmele. Es war, als könne eine erneute Ortsbegehung Klarheit bringen. Es war akkurat eine Woche her, dass Falco und Jo Rümmele entdeckt hatten. Jos Gedanken schlugen Kapriolen, schließlich rief sie sich zur Räson. Sie hatte schon wieder nicht auf Falco geachtet, der statt Tannenzweigen erstes zögerliches Frühlingsgras naschte. Sie ließ ihn mehrfach angaloppieren und sofort wieder stehen. Er tat es verblüffend ordentlich. Jo klopfte ihm den Hals, nun durfte er die Nase ins Braungrün senken, dort auf der kleinen Lichtung. Jo saß entspannt. Auf einmal legte sich die innere Panik, die sie erfasst hatte.

Sie beschloss, nachher Gerhard anzurufen, als ein Knall die Luft zerschnitt. Der Knall einer Lawinensprengung, eine gewaltige Detonation, aber sehr nah. Falco sprang seitlich auswärts, jagte davon, hinein in den Wald. Jo hatte in ihrer Entspannungshaltung die Beine aus den Bügeln genommen und war ohne jeden Halt zur Seite gerutscht. Ein stechender Schmerz bohrte in ihrem Knie. Verzweifelt versuchte sie, eine Sitzposition zurückzuerobern. Sie zerrte an ihren Pseudozügeln – ausgerechnet jetzt hatte das Pferd kein Gebiss ...

Falco donnerte weiter, und ein gewaltiger Ast traf Jos Kopf. Sie spürte einen Strudel von Schmerzen, dann nichts mehr.

Als sie zu sich kam, fühlte sie sich wie nach einem unruhigen Schlaf am Nachmittag. Wie spät? War es Tag oder Nacht? Wo war sie? Sie wollte aufstehen. Das erwies sich als Fehler, ihr Knie gab nach. Vielleicht verging der Schmerz mit der Zeit. Sie sah ihr Knie an, als würde es gar nicht zu ihr gehören. Blut hatte die Hose durchtränkt. Sie blinzelte. Irgendwas hatte ihr Auge verklebt. Sie fasste sich vorsichtig ans Augenlid. Ihr Finger war warm und pappig – und rot. Jo stöhnte, eine Hitzewelle durchlief ihren Körper, dann begann sie zu frösteln.

Sie sah sich um, allmählich kehrte das Denken zurück. Der Knall war real gewesen. Sie lag auf dem modrigen Waldboden und spürte auf einmal die Feuchtigkeit, die in sie hineinkroch. Ihre geschundenen Muskeln verkrampften sich. Falco, um Gottes willen, wo war Falco? Sie rief, ihre Stimme klang so merkwürdig. Ein wenig erholte sie sich. Sie zog sich an einem Baum hoch, grub die Nägel in die Rinde. Das Knie schmerzte, der Kopf auch, über dem Auge pochte es. Sie schaffte es aus dem Dickicht, sachte, ganz sachte. Da war die Lichtung!

Und da stand auch Falco, friedlich grasend. Sie schleppte sich zu ihm hin und stöhnte. Falco schnoberte freundlich in ihren Taschen. Er schien wenig beunruhigt zu sein. Er knabberte an ihrem Jackenärmel: Wo warst du, kommst du endlich?

Jo dankte im Geiste dafür, dass dieses Tier so verfressen war, ein Warmblüter wäre nach Hause gestürmt und vielleicht in ein Auto gelaufen. Ein Pony tat so etwas Dramatisches nie, solange es irgendwo etwas zu essen gab. Pferde, die Menschen retteten, gab's nur im Film. Dass das treue Pferd die Helfer zum Frauchen führt, entspringt lediglich dem weiblichen Dick-und-Dalli-Syndrom, dachte Jo.

So aber blieb ihr nur, sich an Falcos Sattel abzustützen und langsam in Richtung Forstweg zu hinken. Wenn nur der Kopf nicht so weh getan hätte. Falco lief wie auf rohen Eiern, er merkte, dass etwas nicht stimmte. Plötzlich blieb er ruckartig stehen. Rufe erschallten, da bogen einige Leute um die Kurve. Sie riefen: »Jo!«

Warum eigentlich?, dachte sie noch, bevor ihr die Füße wegklappten.

19.

Volkers Montag hatte ruhig begonnen. Er war mal wieder vor allen anderen im Büro und hatte Gelegenheit, durch die offene Tür die ankommenden Kollegen zu beobachten. Gerhard Weinzirl sah aus, als hätte er sich beim Rasieren selbst verstümmelt, und wirkte, als wäre er in den Fleischwolf geraten. Volker musste grinsen. Er hatte in Gerhards Büro am Waschtisch einen martialischen Rasierhobel stehen sehen. Gerhard schien solch praktische Dinge mit Historie zu lieben. Dazu verwendete Gerhard das Original Pitralon, das sich augenscheinlich hinein bis in tiefste Hautschichten brannte. Vielleicht sollte der Kollege das Zeug besser als Türschloss-Enteiser verwenden?

Einige Minuten später traf Volker Gerhard auf dem Gang. Er hatte nun einen Walkman auf den Ohren. Volker schüttelte den Kopf. Das war doch kein Freizeitpark hier. Er trat auf Gerhard zu und musste einmal mehr feststellen, dass er sich neben ihm immer overdressed fühlte. Dabei hatte er sich extra in Jeans und ein Jeanshemd begeben – beides von Armani –, und zusätzlich hatte er sich klobige Dockers-Treter zugelegt. Neben Gerhards verwaschener Jeans und dessen Antik-Bergschuhen wirkte er trotzdem wieder wie aus dem Modejournal.

»Was hören Sie denn da?«, wollte Volker wissen.

Wortlos reichte Gerhard ihm die Kopfhörer. Boomtown Rats, »I don't like Mondays«!

»Passend, damit können Sie bestimmt das ganze Gebäude beschallen. Ich mag auch keine Montage.«

Gerhard verzog sein rasurgepeinigtes Gesicht und schien wieder einmal verwirrt zu sein, wie er diesen Satz von Volker auffassen sollte. Annäherung oder Provokation?

Volker fuhr fort: »Nun denn, Besprechung ist wie immer um acht Uhr dreißig. Da ist was im Busch. Frau Straßgütl hat uns Neues zu berichten.«

Gerhard nickte, nahm seinen Walkman und trabte den Gang hinunter. Volker sah ihm nach.

Wenig später saßen sie alle auf ihren harten Stühlen im Besprechungszimmer. Markus Holzapfel stand vor einer Landkarte des Allgäus und hob an:

»Herr Reiber, Gerhard. Wir haben uns gestern also noch mal auf den Weg gemacht und sind ins Tal gefahren. Und da haben wir unseren Augenblick, äh, unser Augenmerk auf die Häuser nahe am Parkplatz gerichtet. Und da ist also gleich das erste Haus, das, wo auch Ferienwohnungen vermietet. Also, äh, die Besitzerin, die, wo auch vermietet, hat geöffnet. Sie war bis gestern in Urlaub und war deshalb bei unseren ersten Befragungen also nie anwesend, hat also ...«

Volker stöhnte und nickte Evi Straßgütl zu, die sofort das Ruder übernahm. »Die Dame war bisher abwesend, konnte sich aber erinnern, dass am Mordtag ein gelber Punto auf dem Parkplatz stand. Sie sah einen Mann drin sitzen, die Innenraumbeleuchtung war an. Moment«, sie zog ein Papier hervor, »ich zitiere: ›Ich war etwas beunruhigt, weil da einer vor meinem Haus hockte, und habe immer mal wieder rausgesehen. Nach etwa zehn Minuten hat noch ein Auto angehalten. Das war so ein großer Dings, so eine Art Jeep. Die beiden Männer sind ausgestiegen und haben gestritten.‹«

Evi Straßgütl machte eine Pause. »Ich habe mehrfach nachgefragt, woher sie das mit dem Streiten wisse, das Fenster war ja zu. Aber sie meinte, die beiden hätten herumgefuchtelt. Jedenfalls war sie für ihren Teil dann eher beruhigt, weil es nicht um sie ging. Sie habe die Autos kurz darauf wegfahren hören.«

Volker war aufgesprungen. »Hat sie denn gesehen, in welche Richtung die Autos gefahren sind?«

Evi Straßgütl schaute ihn ernst an. »Auch das habe ich natürlich gefragt. Hat sie nicht. Sie sagt aber, die Autos seien nicht zeitgleich weggefahren. Eins sei früher los als das andere.« Sie blickte triumphierend in die Runde.

Volker sah sie anerkennend an. Das Mädel würde es mal zu was bringen. Er gab ihr die Hand und sagte: »Gratulation, sehr gute Arbeit. Nehmen Sie sich doch heute frei, das haben Sie sich verdient. Sie auch, Herr Holzapfel.« Er zwinkerte sogar. »Das nehme ich auf meine Kappe. Das müssen Sie nicht als offiziellen Urlaub einreichen.«

Volker warf einen Seitenblick auf Gerhard, der ihn anstarrte. Volker nickte ihm zu, ließ sich von Evi die Unterlagen geben und steuerte mit Gerhard dessen Büro an.

»Der Schöngeist Marcel Maurer und der Baulöwe Rümmele streiten im Schneesturm. Etwa eine Stunde später ist Rümmele tot. Jetzt frage ich Sie, Herr Weinzirl: Wieso erzählt uns dieser unselige Marcel Maurer auch noch, dass sein Auto auf dem Parkplatz gestanden hat?« Volker Reiber war wirklich fassungslos.

Gerhard zog eine Flunsch. »Wenn ich das wüsste. Aber jetzt ist er dran.«

»Und wie der dran ist, hautnah an einem Mord ist der

dran«, formulierte Reiber für seine Verhältnisse ungeheuer flapsig.

In dem Moment schellte das Telefon. Gerhard nahm ab, meldete sich und lauschte mit zunehmender Beklemmung.

»Hallo, hier Jochen Löhle, SAF, ich weiß nicht genau, ob ich das Richtige tue, aber ich hatte gerade so eine Begegnung der dritten Art.« Jochen Löhle begann von Jos Auftritt zu erzählen: »Als Frau Doktor Kennerknecht draußen war, war ich verdutzt, aber auch alarmiert. Was war denn das gewesen?, fragte ich mich. Natürlich habe auch ich mit großem Interesse den Fall Rümmele in der Zeitung verfolgt, ein Name, der sofort aufhorchen lässt. Ich dachte, ich informiere Sie mal besser.«

Gerhard bedankte sich und starrte das Telefon an. Reiber würde sicher an seinem Gesicht ablesen können, dass diese Nachricht nicht von einer plötzlich erlangten Erbschaft oder einem Sechser im Lotto handelte. Jo! Johanna! Um Himmels willen, was hatte sie sich da denn wieder geleistet! Was war das für eine Geschichte von einem Sockenvertrag? Jo wusste etwas, was er nicht wusste. Und genau das würde er ändern. Sofort! Wenn er dieses Weib in die Finger bekäme!

Er sprang auf. »Herr Reiber, entschuldigen Sie. Den Marcel Maurer müssen Sie jetzt allein auseinandernehmen. Erklärungen später. Ehrlich und – nix für ungut.« Gerhards Bergstiefel dröhnten schon auf dem Gang.

Er raste in seinem Bus in Kamikaze-Manier zu Jo. Er war vor das Haus geschlittert. Jos Auto war nicht da. Er sah die Nachbarin am Zaun stehen und schrie über die Wiese: »Wissen Sie zufällig, wo Jo ist?«

»Ich nehme an, beim Reiten. Sie ist kurz nach Hause gekommen, hat sich umgezogen und ist gleich wieder weggefahren.«

»Danke!« Gerhard war schon wieder in seinem Auto und hatte gewendet.

Volker sank in seinen Stuhl. Nix für ungut. O nein! Sollte es ihm jemals gelingen, mit diesem Weinzirl ernsthaft zusammenzuarbeiten? Den Weg, der dahin führte, den sah er nur äußerst nebulös vor sich. Wahrscheinlich musste er zehn Kerzen stiften oder mit Oma Kreszenzia einen Rosenkranz beten. Oder beides! Jedenfalls würde er sehr geduldig sein müssen.

Volker überdachte noch immer die Sache mit den Kerzen und dem Rosenkranz, als Marcel Maurer hereingeschlichen kam.

»So, Herr Maurer, und welches nette Geschichtchen wollen Sie mir heute kredenzen? Wie war das mit Ihrer Wahrheitsliebe im hehren Lokaljournalismus?«

Marcels linkes Auge begann leicht zu zucken.

»Wollen Sie mir schon wieder die Mär vom Abendspaziergang servieren, oder kommen wir langsam zur Wahrheit?«

Marcels Auge zuckte stärker. »Das mit dem Spaziergang stimmt schon. Vorher allerdings habe ich ein Detail ausgelassen.«

»Ein Detail, ein winziges Detail. Genau, Herr Maurer. Wie komme ich bloß auf den Gedanken, dass es von Wichtigkeit ist, dass Sie Herrn Rümmele getroffen haben? Etwa eine Stunde vor seinem Tod. In einem elenden flockendurchwirbelten Schneeloch kurz vor der Dunkelheit.« Volker hatte sich auf die Hände gestützt, sich bedrohlich über den Tisch gelehnt und schickte Blitze aus funkelnden Augen und verbalen Donner über den unglücklichen Marcel.

Er tobte: »Es reicht mir jetzt, Herr Maurer! Ihre Portiönchen-Politik können Sie als Fortsetzungsserie in Ihrer Zeitung verwenden. Ich will jetzt eine stringente Geschichte hören. Augenblicklich. Fakten, Fakten, Fakten! Das kennen Sie doch!«

Marcels Auge zuckte weiter, er zupfte an seinen Fingernägeln herum. »Ich weiß, es klingt jetzt komisch …«

»So etwas Ähnliches habe ich von Ihnen im Zusammenhang mit Ihrer Sterngucker-Romantik schon mal gehört«, sagte Volker.

»Ja, ich weiß.« Marcel klang sehr kläglich. »Es stimmt alles. Ich war in der Sennerei, ich wollte wirklich eine Runde spazieren gehen, und zuvor habe ich einige Dinge aufs Diktaphon gesprochen. Ich war fast fertig, da hielt ein Auto neben mir. Es war Herr Rümmele. Er war in voller Skimontur. Er kennt mein Auto und hat es wohl dort stehen sehen. Jedenfalls klopfte er ans Fenster, grinste mir ins Gesicht und meinte, ich müsse mich sehr warm anziehen, wenn ich es mit ihm aufnehmen wollte. Ich bin ausgestiegen. Das Gespräch ging hin und her. Er hat mich provoziert. Er wurde lauter. Ich wurde lauter. Nach einigen Minuten sah er auf die Uhr und sagte, mit so einem Lokalschlumpf wie mir würde er gar nicht reden, zumal er jetzt ein Rennen zu fahren habe. Er stieg in sein Fahrzeug und fuhr taleinwärts. Ich war ziemlich verblüfft, denn ich dachte natürlich, er käme bereits vom Skifahren. Aber doch nicht daran, dass er noch Ski fahren wollte.«

Volker hatte begonnen, im Zimmer auf und ab zu gehen. Er warf sich herum und brüllte: »Zwei Fragen: Wo waren Sie nach dem Gespräch? Und was für ein Rennen? Ich habe ja schon was von Flutlicht-Skifahren gehört, aber nichts von Nachtrennen in so einem eiskalten Tal, wo sich nicht mal mehr Fuchs und Hase gute Nacht sagen, sondern lieber in ihren kuschelig warmen Höhlen bleiben.«

Marcel saß mit nach vorne geklappten Schultern da. »Ich war sehr aufgewühlt und bin wirklich noch ein Stück an der Piste entlanggegangen. Dann bin ich weggefahren. Ich habe auch noch länger über das Rennen nachgedacht. Ich habe keine Ahnung, was Rümmele damit gemeint hat.«

»Ich auch nicht, aber es könnte jemanden geben, der Ahnung hat.«

Wie elektrisiert rissen die Männer die Köpfe herum. Da stand Patrizia Lohmeier. Sie sah aus wie eine Rachegöttin. Sie baute sich vor Reiber auf. »Sie treiben mich zur Weißglut. Wir helfen Ihnen, so gut wir können …«

»Indem Ihr Lebensgefährte mich belügt? Ich bitte Sie, Frau Lohmeier!«

»Er hatte Angst, verständlich, oder? So, wie Sie hier wüten! Ich hätte Ihnen auch nicht erzählt, dass ich ein Mordopfer kurz vor der Tat noch gesehen habe. Aber jetzt sage ich Ihnen mal was: Jo, also Frau Kennerknecht, hat mich am Mittwoch letzter Woche gebeten, alle Skirennen zu checken, die am Sonntag des Mordes stattgefunden haben. Und sie war sehr enttäuscht, dass ich ihr anscheinend nichts Erhellendes bieten konnte. Donnerstagnacht fährt sie mit Gerhard Weinzirl weg, keine Ahnung, wohin. Nun zählen Sie mal eins und eins zusammen. Die beiden wissen etwas. Und das hat mit einem Skirennen zu tun. Aber wohl kaum damit, dass Marcel leider zur falschen Zeit am falschen Ort war.« Patrizias Wangen waren gerötet.

Marcel starrte seine Freundin sprachlos an, so, als sähe er sie heute zum ersten Mal.

In Volkers Hirn schlugen die Gedanken Haken: Moritz und sein Skidoo, ein Rümmele in Skibekleidung, ein Rennen. Es musste noch jemand am Berg gewesen sein!

Seine Stimme bebte vor Anspannung: »Sie meinen also, Herr Weinzirl und Frau Kennerknecht wissen, mit wem Herr Rümmele ein Rennen gefahren ist? Wieso eigentlich nicht mit Ihnen, mein lieber Herr Maurer?« Er wandte sich wieder Marcel zu.

Marcel hatte sich gefangen und lachte bitter. »Weil ich wahrlich nur sehr leidlich Ski fahre. Sehr leidlich kriege ich Bögen hin. Und die sehen ganz schön altmodisch aus – von Carving auf der Kante keine Spur, was Jo übrigens ebenfalls sehr bemängelt hat. Und im Tiefschnee wäre ich erst recht keinen Meter weit gekommen, das ist was für Spezialisten. Herr Rümmele dagegen fuhr sehr gut.«

»Fragen Sie doch mal Jo«, mischte sich Patrizia wieder ein, »die wird ja wohl eine Ahnung haben.«

Volker überlegte kurz, ob Moritz ein Kandidat für das Rennen gewesen wäre, verwarf die Idee aber als zu abwegig.

»Oh, das würde ich liebend gern. Ich würde auch mit Herrn Weinzirl plaudern, aber der hat es vorgezogen, wie von der Tarantel gestochen dieses heimelige Gebäude zu verlassen.« Volker war sauer. Er hätte den ganzen Fall so gern abgeschlossen. Marcel hätte ihm so gut als Täter in den Kram gepasst.

»Gerhard kam mir in Immenstadt auf der Straße entgegen. Ein bisschen schnell, würde ich sagen, und wenn ich Ihnen noch einen Tipp geben darf: Er war unterwegs zu Jo. Er ist zumindest ins Bergstätter Gebiet abgebogen. Und außer Jo wüsste ich niemanden, der da oben wohnt«, sagte Patrizia.

20. Jo wachte auf. Schon wieder dieses blöde »Wo bin ich bloß«-Gefühl! Sie blinzelte.

Diesmal war die Unterlage kein Waldboden, es handelte sich eindeutig um ein Bett, nicht um ihr eigenes, aber ein Bett.

»Hallo, zurück auf diesem Planeten?« Zur Stimme gehörte ein Weißkittel, der ihr den Puls fühlte und aufmunternd zunickte: »Wissen Sie, wie Sie heißen?«

Blöde Frage, natürlich. Nun wollte er auch ihre Straße und Telefonnummer wissen.

»Wollen Sie ein Date mit mir ausmachen?« Jo versuchte einen Witz.

Der Weißkittel lächelte. »Gern, aber erst, wenn Sie diesen Schmiss im Gesicht etwas überschminken. Sie müssen einen ganz schönen Dickschädel haben, es scheint keine Gehirnerschütterung zu sein, nur eine Schädelprellung. Eine Nacht müssen Sie wahrscheinlich zur Beobachtung dableiben. Und jetzt lassen wir mal Ihren Retter rein.« Er winkte zur Tür.

Jo ging das alles zu schnell. Krankenhaus? Ein Arzt?

Da trat Gerhard mit einem schiefen Grinsen in den steril weißen Raum. »Servus, Dickschädel, jetzt hast du endlich auch eine medizinische Bestätigung für deine Sturheit.« Trotz des lockeren Tons sah er besorgt aus. »Geht's einigermaßen?«

»Sieht so aus, aber was hat der Doc mit dem Schmiss gemeint?« Jo versuchte sich aufzusetzen und sank mit einem Ächzen zurück.

»Na ja«, Gerhard lächelte aufmunternd, »du hattest einen Zusammenstoß mit einem Ast, und das wirkt momentan so, als würdest du einer schlagenden Verbindung angehören! Ist aber nicht tief. Der Schmiss gibt dir etwas richtig Verwegenes.«

Verwegen – das war nun allerdings das letzte Attribut, das sich Jo selbst zugesprochen hätte. Saublöd schon eher. Bruchstücke der Szene huschten durch ihren Kopf, wirbelnde Puzzleteilchen, die immer wieder aus der Reihe tanzten, wenn sie versuchte, sie irgendwo anzulegen. Aber da erhaschte sie ein Eckstück. »Warst du das auf dem Weg?«

»Ja, ich meine, es ist ja wohl der Lebenstraum eines jeden Mannes, dass ihm eine Frau vor die Füße sinkt. In deinem Fall sah das Ganze allerdings etwas plumpsackartig aus.« Sein betont witzelnder Jargon verhieß nichts Gutes. Das war seine Art, sich erst mal warm zu reden.

»Sehr charmant, aber wieso warst du da? Kleiner Waldspaziergang?« Jo nahm seinen Ton auf.

Gerhard atmete tief ein. »Ich hab dich gesucht und dann erfahren, dass du beim Reiten bist. Du hattest kein Handynetz, kein D1-Netz im Tal, du erinnerst dich …? Ich war am Stall, da stand dein Auto. Falco war weg, und eines von den pubertierenden Reit-Girlies meinte, du hättest ja ordentlich Kondition, bei so schlechtem Wetter so lange draußen zu bleiben.« Er zuckte die Schultern. »Da bin ich mal mit zwei von den Mädels los.«

Jo sah ihn verblüfft an. »Bloß weil das Wetter schlecht war? Warum diese Sorge um mein kostbares Leben?«

Gerhard setzte sich vorsichtig auf die Bettkante. »Jo, weißt du noch, dass du bei Jochen Löhle warst?« Seine Stimme war sehr leise.

O Gott, natürlich! Jo wurde noch blasser, als sie ohnehin schon war. Dieser peinliche Auftritt!

»Ja«, sagte sie, »das war keine Meisterleistung der Taktik. Ich hatte vor, dich anzurufen, gleich nach dem Reiten. Ehrlich!«

»Da ist dir Löhle zuvorgekommen. Er war ziemlich irritiert, weil du unbedingt etwas über einen Vertrag wissen wolltest und weil er den Eindruck hatte, er wird irgendwie in die Mordsache verwickelt. Deshalb hab ich dich gesucht. Jo, was hat das alles zu bedeuten?«

Sie atmete tief durch und gab ihm eine Zusammenfassung des Gesprächs mit dem Bauern Karl.

Gerhard nickte resigniert. »Und dann hatte Miss Kopfdurch-die-Wand nichts Besseres vor, als loszuschlagen?«

»Ich weiß ja, wie blöd das war, aber ich rase einfach immer mitten in die Komplikation. Ich geb's zu, ich hab mal wieder meine herausragendste Eigenschaft ausgelebt: Ungeduld!«

Gerhard nickte wissend, er kannte diese Frau und ihre Unruhe nur zu gut, aber diesmal war sie zu weit gegangen.

»Deine Ungeduld ist ungesund«, sagte Gerhard mit einem für Jos Geschmack viel zu besorgten Gesichtsausdruck.

»Na ja, so was kann immer passieren. Falco konnte nichts dafür. Bei so einem Knall scheut jedes Pferd, sogar ein Norweger mit skandinavisch-kühlen Nerven. Was schießen die auch jetzt noch Überhänge ab!«

Gerhards Blick war bittend. »Darf ich mal?« Er zog ihre Bettdecke ein Stückchen weg. Jo folgte seiner Handbewegung mit den Augen. Ihr Knie war verbunden, hellrotes Blut hatte den Verband leicht durchtränkt.

Gerhard nahm eine kleine Krankenhausschale und hielt sie ihr vors Gesicht. Komische kleine Kügelchen. Tabletten? Jo sah hektisch zwischen dem Knie, Gerhard und den Kügelchen hin und her.

»Das sind Schrotkugeln, 3,5-Millimeter-Kügelchen, abgefeuert aus einer Beretta. Doktor Schmidt hat die vorhin aus deinem Knie gefischt«, sagte Gerhard sehr langsam.

»Schrotkugeln? Schrotkugeln!« Jo klang, als würde sie ein Mantra beten. Sie hatte plötzlich das Gefühl, von weit oben herab dieser Szene zuzusehen.

Gerhard saß an einem Bett und sagte: »Jemand hat auf dich geschossen. Jo, bitte …«

Jo landete wieder in ihrem eigenen Körper. Sie starrte wie hypnotisiert auf das Knie. Tränen liefen ihr über die Wangen, tonlos, aber stetig.

Gerhard wischte ihr behutsam eine Tränenspur weg. »Jo, das ist wirklich kein Spiel mehr.«

Jo nahm seine Hand, die immer noch auf ihrer Wange ruhte. »Hat wirklich jemand auf mich geschossen?«

»Es könnte auch ein Warnschuss gewesen sein. Vielleicht wollte man dich nicht verletzen. Vielleicht waren es Querschläger, aber eines ist sicher: Ein Versehen war das nicht. Das galt dir.«

»Wegen Rümmele?«

Gerhard nickte leicht. »Irgendjemandem sind wir, bist du, zu dicht auf der Spur. Und wenn wir ehrlich sind: Seit die Sache mit dem Vertrag ans Licht gekommen ist, sieht es für Martl noch schlechter aus. Sein Motiv wird immer dichter.«

»Und er soll auf mich geschossen haben?« Jo zitterte.

Gerhard hob die Schultern. »Ich weiß nicht mehr, was ich glauben soll. Das Rennen, sein Verschwinden – ich hätte ihm zugetraut, dass er Rümmele umbringt. Aber dass er auf dich schießt …? Ich glaube das nicht, aber unser Amateur-Detektiv-Club hat soeben geschlossen, der letzte Vorhang ist gefallen. Volker Reiber hat jetzt endlich ein Recht, alles zu erfahren. Ich werde ihn anrufen. Wir werden ihm alles erzählen. Wir beide, du auch!«

Gerhard nahm sein Handy, wählte die Nummer und bat Volker Reiber, ins Krankenhaus nach Sonthofen zu kommen.

»Ich scheine die Hirnwindungen Ihrer Landsmannschaft nicht ganz nachvollziehen zu können. Was ist hier los? An der Pforte sagte man mir, man hätte auf Frau Kennerknecht geschossen. Wer schießt hier? Wo waren Sie beide am Donnerstag? Und was ist das für eine Geschichte mit dem Skirennen? Und wer war der Sparringspartner von Herrn Rümmele?« Volker Reiber stand noch im Türrahmen, als er all diese Fragen fünfundzwanzig Minuten später herausknatterte.

Jo ließ sich ins Kissen zurücksinken. Volker-Schicki-Lederstrumpf – das würde der härteste Part des Tages sein.

»Das sind ein bisschen viele Fragen«, kam es von Gerhard.

»Ja, und ich bestehe auf Antworten!«, sagte Volker.

Der Arzt, der gerade noch einmal nach Jo sah, schaute vom einen zum anderen. »Meine Herren, die Patientin …«

»Danke, Herr Doktor, ich werde mit den beiden schon fertig. Es ist einfach so, dass wir dringend einige klärende Worte sprechen müssen. Aber das werde ich mit Sicherheit nicht hier tun. Ergo pappen Sie mir jetzt wieder so nen hübschen Verband über das Knie und entlassen mich. Sonst entlasse ich mich selbst.«

»Davon würde ich Ihnen abraten, sehen Sie …« Der Arzt zupfte an Jos Verband.

»Nichts da. Sie sehen, dass ich in besten Händen bin. Zwei Bullen als Bodyguards, wer kann denn schon mit so was aufwarten. Ich komm auch gern morgen zum Verbandswechsel vorbei, ehrlich! Und das mit dem Date lass ich mir auch durch den Kopf gehen.«

Gerhard mischte sich ein: »Die quatscht Sie tot und kaut Ihnen ein Ohr ab. Falls Sie heute noch andere Patienten haben, würde ich Ihnen zuraten, diesen Allgäuer Sturschädel gehen zu lassen. Ich pass auf sie auf und verbürge mich dafür, dass sie das Bein hochlegt, den Kopf ruhig hält und ihre Tabletten nimmt.«

Der Arzt schluckte und meinte dann: »Na denn, ich beuge mich dem Gesetzeshüter. Aber nicht Ihrer Sturheit, Frau Kennerknecht.« Er drohte ihr mit dem Finger. »Und wehe, Sie stehen hier nicht morgen Mittag auf der Matte.«

»Wie eine Eins«, antwortete Jo brav.

»Na ja, bei Ihrem Knie wohl eher wie ein gekrümmtes Fragezeichen«, scherzte der Arzt.

Er hatte nicht Unrecht. Ziemlich kläglich humpelte Jo auf die beiden Männer gestützt nach draußen.

Sie lächelte Gerhard an. »Danke für alles. Ich fahre jetzt mit Herrn Reiber mit und versuche mal, den Knoten, den ich da geknüpft habe, aufzulösen.« Sie drückte lange Gerhards Hand. Er blinzelte in die Sonne und öffnete ihr wortlos die Tür zu Volkers Auto.

21.

Volker Reiber fuhr sehr sanft an.

»Geht's mit dem Kopf einigermaßen?«, fragte er.

»Doch, doch, brummt nur etwas. Aber ich nehme mal an, das Schüttelverhalten Ihrer Limousine ist eindeutig günstiger als das von Gerhards Bus«, gab Jo zurück.

Es war still, als Reiber über das Autobahnteilstück nach Immenstadt rauschte. Jo starrte auf die irisierenden blauen hypermodernen Digitaldisplays. Außentemperatur fünf Grad, Spritverbrauch 7,3 Liter. Volker fuhr Richtung Zaumberg hinauf.

»Auch das Kurvenverhalten ist eindeutig angenehmer als das vom Bus«, hob Jo wieder an.

Reiber nickte, und sie schnurrten bergauf. »Ein schöner Blick, das muss man sagen.«

»Ja, und genau da unten wollte Rümmele sein Event Castle bauen. Verstehen Sie, weswegen viele das unbedingt verhindern möchten?« Jo sah ihn vorsichtig von der Seite an.

»Ja und nein. Natürlich würde es die Landschaft verschandeln, aber brauchen Sie nicht auch Gäste?«, fragte Reiber.

»Sicher, aber ich bin wie eine große Gruppe anderer Event-Gegner nun mal der Meinung, dass es nicht zu uns passt. Und uns auch auf lange Sicht nicht nutzt. Es wird ein bisschen sein wie bei den All-Inclusive-Resorts in der Dominikanischen Republik. Die Gäste leben auf unwirklichen Inseln der Glückseligen. Es ist ihnen eigentlich völlig egal, wie die Insel heißt, auf der sie in der Sonne braten und Cocktails saufen. Die Umgebung der Anlage profitiert von solchen Konzepten überhaupt nicht. Und hier wird es genauso sein. Keiner wird in die Gasthöfe vor Ort gehen, kein Schwein wird sich für Immenstadt interessieren. Das Castle wird die Touristen verschlucken, und dort gibt's dann Hamburger auf Plastiktabletts statt Kässpatzen in der gusseisernen Pfanne. Und abends spuckt das Event Castle die Besucher wieder aus, und sie suchen den schnellsten Weg zur Autobahn. Wie Lemminge auf modernen Asphaltlebensadern!«

»Zweifellos ein überzeugendes Plädoyer, aber können Sie sich das in Ihrem Job leisten, den Massentourismus abzulehnen?«

»Na ja, ich bin ja nicht Direktorin von Ischgl oder Palma di Mallorca. Ich vertrete einen kleinen Verband im Allgäu, und der heißt auch noch Immenstädter Oberland. Und das Oberland, das beginnt hier, wo wir soeben langfahren. Das ist das Bergstätter Gebiet, eine Region, die übrigens gar keinen Massentourismus verkraften könnte. Wir haben weder die Übernachtungskapazitäten noch die Straßen.«

»Stimmt«, meinte Volker Reiber, der gerade in ein Schlagloch gerauscht war.

In Jos Stimme lag Zärtlichkeit: »Frostaufbrüche, wie jeden Winter. Hier oben liegt oft sechs Monate lang Schnee. Das Leben ist anders, schon ganz anders als in Immenstadt.«

»Sie lieben die Gegend, hm?«

»Ja, ich liebe die Gegend, weil das eine einzigartige Kulturlandschaft ist, hier heroben rund um Diepolz. Der Ort liegt auf über tausend Metern, es war lange Zeit Deutschlands höchstgelegene Pfarrgemeinde. Heute gibt's keinen eigenen Pfarrer mehr. Im neunzehnten Jahrhundert wuchs hier Deutschlands höchstes Getreide, das war bald nicht wettbewerbsfähig im Preis. Die Bauern haben auf Milchwirtschaft umstellen müssen. Schon 1817 begann ein gewisser Franz Joseph Schelbert in Immenstadt Käse nach Schweizer Vorbild herzustellen. Mit der Eisenbahn kamen dann auch bessere Vertriebsmöglichkeiten, und die Käsefabrikanten Herz haben Butter und Käse bis in die USA exportiert. Das muss man sich mal vorstellen! Es gab damals einen Freiherrn von Gise, der die Landwirtschaft gefördert hat, es gab sogar schon Ende des neunzehnten Jahrhunderts milchwirtschaftliche Versuchsstationen. Milchwirtschaft war die Triebfeder einer ganzen Region, und das ist die Grundlage für das Bild, das Sie kennen. Das vom schmucken Allgäu, dieser buckligen Welt im Taschenformat mit den grünen Wiesenhängen. Das alles gäbe es bald nicht mehr, wenn die Bergbauern diese Landschaft nicht hegen würden. Ohne Beweidung und Pflege wäre das Land der Erosion preisgegeben. Die achtzehn Genossenschaftsbauern der Sennerei in Diepolz sind vor allem auch Landschaftspfleger! Jeder hat rund fünfzehn Kühe, unwirtschaftlich eigentlich, aber die Sennerei garantiert die Abnahme. Diese genossenschaftlich organisierte Käserei ist eine der ganz wenigen, die noch verblieben sind. Sie müssen den Käse mal probieren – so muss Käse schmecken. Man schmeckt die Milch, deren Geschmack nur aus artenreichem Berggras oder Heu stammt. Silage darf nicht gefüttert werden. Die Aufstallungsperioden sind lang, das Heu wird im Frühjahr oft knapp, bevor die Tiere endlich draußen wieder grasen können. Wissen Sie: Der Abschied vom Berg fällt den Bauern oftmals nicht schwer. Heute schon pendeln die meisten zum Arbeiten in die Städte.«

Volker Reiber hatte mit Interesse zugehört. »Aber ist es dann nicht auch sehr einsam hier für Sie? Sie wohnen doch weitab von aktuellen Strömungen, deren Kenntnisnahme Sie sich ja wohl kaum entziehen können?«

Jo betrachtete ihn wie damals bei Mama My sehr genau. Er versuchte nicht, sie zu provozieren, er fragte einfach.

»Ich wohne auch hier, weil ich ein Zeichen setzen wollte. Den Leuten das Gefühl geben, dass ich ihre Probleme ernst nehme. Wenn ich in Kempten oder auch nur in Immenstadt leben würde, dann wäre ich nicht überzeugend. Wir können hier keine touristischen Wunderdinge erwarten. Aber so was wie das neue Bergbauern-Museum ist eine Chance: Es wurde in den Ort integriert, es ist unaufgeregt und ehrlich, und es geht ohne falsches Pathos mit dem Allgäuer Leben um. Es erzählt einfach die Geschichte des Bergstätter Gebiets. Es ist nur eine kleine Geschichte. Im Foyer steht der Abguss eines typischen Allgäuer Rinds: klein, zäh, trittsicher – keine EU genormte Milchmaschine, aber ein seiner Umgebung perfekt angepasstes Tier. Und garantiert nicht lila! Wenn uns das Museum nur einige Gäste mehr bringt, dann haben wir schon gewonnen. Die Tatsache, einen Nebenerwerbslandwirt zu erhalten, der im besten Fall auch noch einige Zimmer für Urlaub auf dem Bauernhof anbieten kann, ist schon ein Geschenk. Wenn einige mehr in die Dorfwirtschaft gehen, wunderbar! Wissen Sie eigentlich, dass nur noch die wenigsten Dörfer ihre Gasthäuser haben? Im günstigsten Fall sind sie Griechen oder Italiener geworden. Meistens aber sind sie ganz aufgegeben worden. Das Museum ist eine Chance für die Landschaft und gegen die Entwurzelung der Leute. Sie sollen hier wohnen bleiben und wirtschaften können. Heute ist das alles viel einfacher. Internet und E-Mail gibt's auf Höfen, ich hab auch DSL, wo sie nicht mal ein Radio erwarten würden. Na ja, und durch das Auto ist Kempten einen Katzensprung entfernt.«

Reiber grinste, als er wieder durch eine tiefe Furche in der Straße schepperte. »Hm, ein Katzensprung. Hoffentlich hat das Tier dann gute Pfoten! Aber mit Katzen kennen Sie sich ja aus.«

Der Satz blieb in der Luft hängen, irgendwo über dem Display, das jetzt einen deutlich höheren Verbrauch anzeigte.

Jo schluckte. »Ja, mit Tieren kenn ich mich aus. Wenn ich nicht gerade vom Pferd falle ...«

»... weil jemand auf Sie geschossen hat«, ergänzte er.

»Ja, das wollte ich Ihnen erzählen, aber irgendwie ...«

Volker Reiber machte eine kleine Handbewegung. »Nein, nein, ich fand es sehr interessant, mit Ihnen zu plaudern. Dieser ganze Fall scheint mir doch sehr viel mit dem Verständnis für die Landschaft zu tun zu haben. Wirklich, falls Sie mir das nicht glauben.«

»Doch, natürlich glaube ich Ihnen. Entschuldigen Sie, wenn der Eindruck entstanden ist ...«

Und plötzlich lachte Volker Reiber, tief, anders, als Jo ihn jemals lachen gehört hatte. »Wir umschleichen uns, entschuldigen uns dauernd. Der Brei scheint ganz schön heiß zu sein, hm? Es ist wohl einiges schiefgelaufen. Können wir ab heute vielleicht kooperieren oder besser: zusammenarbeiten? Ich verspreche auch, keine Fremdwörter mehr zu benutzen, wenn Sie mir versprechen, keines Ihrer Pfoten- oder Nagemonster auf mich zu hetzen.«

Jo musste ebenfalls lachen. »Das haben Sie bemerkt, mit den Fremdwörtern?«

Er nickte. »Ja, sicher, ich bin nicht blöd. Zudem ist dein Gesicht ein offenes Buch. Es spiegelt deine Emotionen sehr genau wider. Was du von mir hältst, ist unschwer zu sehen.« Er stutzte. »Entschuldigung, nun hab ich du gesagt.«

»Passt schon, das ist mir viel lieber. Ich fühl mich dann nicht so alt.« Jo lachte. »Tja und was du gesagt hast stimmt. Ich weiß. Ich bin leider eine verdammt schlechte Schauspielerin. Aber das Tempus«, Jo grinste breit, »das Tempus ist das Präteritum. Es muss heißen: hielt, Herr Reiber oder Volker, hielt, vielleicht bist du ja gar kein so hoffnungsloser Fall für das Allgäu.«

»Na denn – dann finden wir ja vielleicht einen Modus vivendi, Verzeihung, eine Vorgehensweise, die uns beiden gefällt.«

»Eigentlich hättest du jetzt konveniert gesagt!«, sagte Jo lachend.

»Siehst du, ich bessere mich«, sagte er.

Jo wurde wieder ernst. »Ich bessere mich auch. Diese Alleingänge bringen ja nichts.«

Als sie vor Jos Haus hielten, stand Gerhard schon da. Die Katzen waren dabei, das Innenleben von Gerhards Bus zu inspizieren. Moebi sprang gerade in einem bildschönen Bogen von der Kopfstütze auf den Kühlschrank im hinteren Teil des Busses. Mümmel klemmte irgendwie auf dem Lenkrad und ließ das Tierchen, das am Rückspiegel hing, tanzen und hüpfen. Eine Uli-Stein-Maus!

»Lass sie, dann sind sie erst mal beschäftigt«, sagte Jo, und Volker Reiber schenkte ihr so einen Blick ...

Gerhard meuterte: »Und wenn die da reinkacken!«

»Also, ich bitte dich! Dein Bus ist eine Müllhalde, als Katzenklo ist der meinen edlen Tieren viel zu übelriechend.«

Gerhard drohte ihr mit dem Finger. Sie gingen ins Haus, Jo verriegelte die Katzenklappe. Noch so ein Blick von Volker ...

Gerhard drückte Jo auf die Couch. »Du legst dich hin.« Er

stopfte ihr zwei Kissen unters Knie und ging zur Kaffeemaschine.

»Die kann ich auch bedienen. Espresso oder Cappuccino?«, fragte er in Reibers Richtung und ergänzte: »Ach so, halt, Sie trinken ja nur Tee.«

»Ach, so einen kleinen Espresso würde ich schon trinken, Herr Weinzirl, gern.«

Gut, dass die beiden Tiger noch mit der Neu- und Umgestaltung des Busses beschäftigt sind, dachte Jo, denn normalerweise rochen sie Milchschaum Kilometer gegen den scharfen Allgäuer Wind.

Volker und Gerhard rückten zwei durch Kratz- und Nagespuren leicht mitgenommene Rattansessel in Knatschorange und Knallgelb neben Jos Couch. Schweigen.

Schließlich begann Volker Reiber zu sprechen: »Ich fange jetzt mal an, denn das, was ich weiß, scheint ja nur ein Bruchstück der Wahrheit zu sein.«

Er berichtete von Marcel und davon, dass Patrizia ihn darauf aufmerksam gemacht hatte, dass sie diverse Skirennen genau am Mordtag recherchieren sollte.

»Da fiel bei mir auf einmal der Groschen. Dieser Moritz hatte Rümmele per Skidoo zu einem Rennen gefahren. Und natürlich gab es einen oder mehrere Kontrahenten. Da Ihre Abwesenheit«, er nickte Gerhard zu, »mit einer Abwesenheit von Frau Kennerknecht zusammenfiel, nehme ich mal an, Sie haben gemeinsam recherchiert? Waren Sie dort, wo der Rennkontrahent war? Wissen Sie, wer es ist?«

Gerhard nickte und begann, mit Jos Hilfe die gesamte Geschichte zu erzählen. Er straffte die Schultern. »Ich habe vollstes Verständnis, wenn man mich suspendieren sollte.« Er murmelte etwas von Behinderung einer polizeilichen Untersuchung, Unterschlagung von Beweisen und seiner eindeutig unprofessionellen Einstellung.

Reiber betrachtete die Espressotasse. Er stellte sie schließlich auf den Boden. »Geschenkt! Wir haben also ein schriftliches Protokoll von diesem Herrn Neuber?«

»Ja, sogar handschriftlich und in Gegenwart von Zeugen unterzeichnet«, gab Gerhard zurück.

»Gut. Das heißt, wir müssen erstens diesen Herrn sofort finden, und das dürfte so schwer nicht sein. Zweitens würde mich interessieren, wer, warum und wann auf Johanna geschossen hat.«

Gerhard begann erneut zu erzählen: »Nach dem momentanen Kenntnisstand kann es Marcel Maurer nicht gewesen sein, denn der war bei Ihnen. Wenn wir mal einen Zusammenhang zwischen den Schüssen auf Rümmele und denen auf Jo annehmen, dann hat Martl Neuber sehr schlechte Karten.«

»Traust du ihm zu, dass er auf dich schießt?« Reiber sah Jo forschend an.

Jo schluckte. »Nein, natürlich nicht. Oder sagen wir besser: Ich möchte das nicht glauben. Ich sage euch auch, warum: Ich hatte mal eine Affäre mit ihm, und der Gedanke, dass ein Exliebhaber auf mich schießt, ist noch etwas prekärer als der Gedanke, dass irgendwer auf mich schießt.« So, jetzt war es raus. Jo starrte wie hypnotisiert auf ihr Knie. »Versteht ihr jetzt, wieso mir das alles so schwerfällt? Beide Hauptverdächtige sind ausgerechnet Exfreunde von mir. Und deshalb trifft Gerhard auch gar keine Schuld. Er wollte mich schützen und ...«

Gerhard unterbrach sie: »Ja, aber das rechtfertigt natürlich nicht, dass ich ...«

»Geschenkt!«, sagte Volker Reiber noch einmal laut, aber nicht unfreundlich. »Fassen wir einmal zusammen. Martin

Neuber ist unser Hauptverdächtiger. Marcel Maurer ist nicht aus dem Schneider, aber ich bin geneigt, an seine Unschuld zu glauben. Damit wir uns aber jetzt nicht zu sehr festbeißen: Gibt es denn noch andere Möglichkeiten?«

Jo schüttelte betrübt den Kopf.

Gerhard überlegte. »Wir müssen ganz genau rekapitulieren, wer über den SAF-Vertrag Bescheid wusste. Jo?«

»Na ja, der Bauer Karl, Jochen Löhle, wohl noch einige Leute bei der SAF, Martl, seine Familie, Rümmele, Gerhard und ich«, sagte Jo.

»Hm. Herr Rümmele ist tot, Martl verschwunden, auf Sie wurde geschossen. Sinnvoll ist wohl, dass wir uns diese SAF mal näher ansehen. Das werden wir klären, zuerst aber die Fahndung nach Herrn Neuber verstärken. Und Du, Frau Doktor Johanna Kennerknecht, hältst dich raus. In deinem Interesse! Wäre doch schade um deinen cleveren Kopf. Und ums Knie auch. Das brauchst du ja wahrscheinlich noch zum Reiten oder was man sonst noch so macht in dieser schier unerträglich gesunden Luft. Ich gebe ja gern zu, dass mir diese Allgäuer mit ihrem winterlichen Bewegungsdrang sehr suspekt sind. Schone dein Knie fürs Skifahren, auch wenn es mir ein Rätsel bleiben wird, was daran so toll ist, auf rutschigen kippligen Latten gegen die Schwerkraft anzukämpfen.«

Volker Reiber drückte Jo die Hand. »Den Neuber werden wir finden, du erholst dich erst mal. Und Sie, Herr Weinzirl, passen auf die junge Dame auf. Ist das klar?«

Gerhard nickte überrascht.

»Was passiert denn solange mit Marcel?«, wollte er noch wissen. »Verwerfen wir die Idee, dass er doch etwas damit zu tun hat?«

»Nein, das nicht, aber wir lassen ihn erst mal laufen. Vorerst – bis wir dieses Skiphantom wiedergefunden haben.« Reiber klang entschlossen. Er drehte sich noch mal um. »Und Ruhe geben! Klar!«

Jo winkte ihm zu, Gerhard erhob sich und begleitete ihn nach draußen. »Herr Reiber, ich steh in Ihrer Schuld. Ich werde Ihnen das nie vergessen.«

Reiber wiegte den Kopf. »Das glaube ich Ihnen. Ich glaube Ihnen, dass das keine Floskel ist. Mir ist seit geraumer Zeit aufgegangen, dass ich bei meinen Ermittlungen das halbe Allgäu gegen mich hatte. Aber Sie müssen zugeben: Für Außenstehende ist das auch ein merkwürdig verschlossener Menschenschlag.«

Gerhard schluckte und sagte nichts, gab ihm lediglich die Hand mit einem festen Händedruck.

Aus dem noch immer offen stehenden Bus kam Mümmel hocherhobenen Schwanzes herausgeschnurrt. Volker verkrampfte sich. Sie umstrich einmal seine Beine, blickte ihn an und zog davon. Gefolgt von Moebi, der wie ein Gummiball hinter ihr hersprang. Dann schauten sie sich beide gleichzeitig um und hefteten ihre mysteriösen Augen auf Volker. Er schaute mit zusammengekniffenen Augen unverwandt zurück. »Ciao, Tiger, und grüßt mir eure Wiener Kollegin.«

Gerhard betrat kopfschüttelnd wieder Jos Häuschen. »Wenn mir das nicht zu dämlich vorkäme, dann würde ich sagen, der Reiber hat soeben eine Mutprobe bestanden. Als Mümmi um seine Beine strich, dachte ich, der kotzt gleich. Er wurde grüngelb. Er ist stehen geblieben. Und dann hat er die Viecher allen Ernstes verabschiedet und gesagt, sie sollen die Wienerin grüßen?«

Jo sah zur Seite, ihre Mundwinkel zuckten. »Ja, er meinte Frau Hrdlicka! Ist doch nett von ihm!«

»Seit wann ist der eigentlich per du mit dir?«

»Seit gerade eben, vielleicht ist er ja doch gar nicht so doof.« Jo lächelte Gerhard an und dann wechselte sie ganz schnell das Thema.

Gerhard schüttelte verwirrt den Kopf. Er überwachte noch, dass Jo sich ins Bett legte. Er trichterte ihr eine Schmerz- und eine Schlaftablette ein und untersagte ihr ein Glas Rotwein. »Wenn man Tabletten nimmt, gibt's keinen Alkohol! Und versuch nicht, mich zu überlisten, ich werde nämlich hierbleiben und deine Couch hüten. Dich auch, unvernünftiges Rippstück.«

»Ja doch, Oberschwester Hildegard.« Viel mehr brachte Jo nicht mehr über die Lippen, bevor sie in tiefen Schlaf sank.

22. Als Jo aufwachte, fühlte sie sich erleichtert. Na gut, das ganz normale Leben hatte sie wieder. Bald würde Reiber Martl finden. Martl würde den Mord gestehen. Ihr war das jetzt alles egal. Sie horchte in Richtung Küche und hörte jemanden fluchen. Gerhard!

Er kam mit einer übergeschwappten Tasse Cappuccino herein. »Diese Katzen werden ja zu Raubtieren, wenn es um Kaffee geht.« Er zeigte ihr einen tiefen Kratzer. »Dein Kater hat mir doch echt eine gehauen, als ich ihn von der Tasse entfernen wollte.«

»Der arme Moebi, du kannst doch seinen Tagesrhythmus nicht so durcheinanderbringen.« Jo griff nach der Tasse.

»Der arme Moebi«, echote Gerhard, »und wer fragt nach dem armen Gerhard? Der arme Gerhard hat Kreuzschmerzen. Deine Couch ist was für Liliputaner. Und ab sechs Uhr hat mir so ein Vieh seine nasse Nase ins Ohr gebohrt!«

Jo gab Gerhard einen Knuff in die Seite. »Du armer, schwarzer Kater.«

»Jawoll, und es kommt noch besser. Als ich in meinen Kleiderberg am Boden gegriffen habe, hab ich in was Felliges gelangt: deine Wienerin.«

Jo begann zu kichern. »Ja, so was liebt sie. Höhle bauen und so. Allerdings nur, wenn es ein bisschen riecht ...«

Gerhard bewarf Jo mit einer Socke, die dieser Beschreibung eindeutig entsprach. Mit Geplänkel verging der Vormittag,

Gerhard vermied es tunlichst, das Mordthema anzuschneiden. Er erinnerte sie an eine Einladung zu einem Geburtstagsfest.

»Komm, das wird dich ablenken, und wenn wir nur zum Lästern hingehen. Wieder jemand im Kreis der Greise, einer dieser berüchtigten fünfunddreißigsten Geburtstage. Es ist vielleicht ganz witzig, die alten Pappnasen wiederzusehen«, versuchte sich Gerhard im Plauderton.

Jo schenkte Gerhard einen dankbaren Blick. Er meinte es ja gut, auch wenn sie überhaupt keine Lust hatte auf Susi.

Jos Briefkasten, der sonst nur von Pressemeldungen, von bunten Zettelchen immer neuer Pizzaheimservices und von bedrohlichen Botschaften der Telekom überquoll, hatte ihr unlängst ein silbrig schimmerndes Kuvert vor die Füße gespuckt. Eine Einladung von Susi, in altbackener gepunzter Schrift. Nicht mal ihre Oma hätte so eine Einladung versendet!

Susi war ein nettes Mädel; nett, nichtssagend und anwesend. Anwesend auf Jos Partys, anwesend auf den Weltverbesserer-Diskussionsrunden zur Studienzeit. Susi war anwesend gewesen und hatte selbst nie etwas gesagt.

Susi hatte sich montags nach München zum BWL-Studium geschleppt und die Stadt fluchtartig an Donnerstagen verlassen, um »d'hoim in d'r Hoimet« zu kellnern. Susi war in eine Art stummen Widerstand gegen die Studien-Stadt getreten, hatte in München nie Leute kennen gelernt. Sie hatte neben Jos Bekannten geschwiegen, die in Australien als Schafscherer jobbten oder mit einem Yak durch Tibet gewandert waren. Susi hatte ihr Studium nie beendet und kellnerte bis heute in einer Taxi- und Fernfahrerkneipe.

Ab und zu traf Jo sie am Bahnhof. Susi plauderte dort mit irgendeinem Taxler, und Jo hatte dann einen ihrer seltenen Anflüge von Vernunft und ließ nach den üblichen Business-Essen und Business-Weinen das Auto stehen. Sie redeten dann meist übers Wetter – warum Susi sie jetzt zu einem Geburtstagsfest eingeladen hatte, verstand Jo auch nicht. Aber womöglich lenkte das Spektakel wirklich ab. Susi hatte das Ganze als After-Work-Party deklariert, damit es wochentags nicht so spät für die arbeitende Bevölkerung wurde. Diese nachgerade großstädtische Inszenierung stand in merkwürdigem Kontrast zu der drögen Einladung, aber wahrscheinlich hatte Susi in einem ihrer Frauenmagazine gelesen, dass After Work jetzt »in« ist.

Gerhard bedrängte sie erneut: »Komm, ich fahr dich am Krankenhaus vorbei wegen deines Verbandswechsels, und dann passt das doch zeitlich gerade. Wir sollen um siebzehn Uhr da sein. Los, Jo, ich habe jetzt schon Hunger! Bei dir im Kühlschrank steht ein Joghurt und eine Flasche Prosecco – das ist doch kein Essen für einen Mann! Ich werde unerträglich, wenn ich Hunger habe!«

Das war ein Argument, Jo stimmte zu, und sie tuckerten los.

Jo und Gerhard malten sich gerade aus, wer wohl auf der Party sein würde, als der Verkehr zu stocken begann. Ein Demonstrationszug gegen das Event Castle blockierte Kempten, das halbe Allgäu war auf den Beinen. Da hatten die Bürgerinitiativen ganze Arbeit geleistet und sich den Tod von HJ Rümmele zunutze gemacht: Jetzt war das Castle erst recht in aller Munde.

Gerade noch rechtzeitig zur Eröffnung des Büfetts im Gasthof in Wiggensbach trafen sie ein und wurden auch schon vorgestellt: Gerhard als der »Bulle«, Jo als unsere »Touritante«. Der Bulle und die Touritante stocherten in einem Nudelsalat, der sich durch Geschmacksneutralität auszeichnete, und hingen ihren Gedanken nach. Jos Hirn war einfach nicht stillzulegen. Hätte Martl auf sie geschossen? Und wenn doch Marcel?

»Gerhard, glaubst du nicht auch, es könnte doch der Marcel ...?«

Gerhard stand auf und blitzte sie böse an. »Ende des Detektivspielens. Ende der Durchsage.«

Er schlenderte zu Ralf, einem ehemaligen Fußballkumpel, hinüber und ließ Jo einfach sitzen.

Jo hatte Gelegenheit, sich umzusehen – die Party war ein Debakel und wirklich nicht dazu angetan, Jos Laune zu bessern. Was es hier zu sehen gab, passte in die depressive Grundstimmung der letzten Tage: Alles verloren, nichts mehr zu retten.

Jos alte Revoluzzerfreunde waren endgültig zu lauter unheimlich glücklichen und weisen Familien mutiert. Sie referierten penetrant über die biologische Uhr, ein neckisches: »Na ja, du wirst auch nicht jünger« auf den Lippen. Ihre einst so emanzipierten Freundinnen hatten alles vergessen, was ihnen vor fünfzehn Jahren noch Emphase entlockt hatte. Sie hatten keine faulen Kompromisse eingehen wollen und keine Neuauflage der Geschichten ihrer Mütter schreiben wollen – Geschichten, bei denen das Erdulden in jedem Kapitel eine so große Rolle gespielt hatte.

Beate hatte das am allerwenigsten gewollt. Sie hatte Stöckelschuhe gehasst. Sie – ganz die betroffene Sozialpädagogikstudentin – war immer die vehementeste Verfechterin der These gewesen, dass man sich in seinem Stil nie von einem Mann beeinflussen lassen sollte. Sie hatte nur Schlabberpullis getragen und burschikos kurz geschnittenes Haar. Heute hatte sie sich mit ihrer sehr barocken Figur in ein kurzes Designerkostümchen gezwängt, das so eng war, dass man sie darin eingenäht haben musste. Aber ihr Raiffeisenbankdirektor wollte das wohl so.

Babsi dagegen war eine hochexplosive Mischung aus Lachsalven und herrlich unmöglichem Benehmen gewesen. Sie litt männerbedingt häufig unter Herzschmerz und Gin-bedingt unter Kopfschmerz. Heute bändigte sie in einem unsäglichen Vorort, der den Charme eines Kühlschranks ausstrahlte, zwei Kinder. Ihr zweifellos sympathischer Mann hatte nur einen Fehler: Er war nie zu Hause.

Auf dem Fest, das eher einem Trauerzug der verstorbenen Träume, Ideale und Utopien glich, war Babsis Typ natürlich auch nicht. Babsi hingegen war lautstark anwesend, sie verteilte Kochrezepte und drängte Jo gerade ein Rezept für Tiramisu ohne Eier auf. Sie, die Kochen immer als die allerletzte Tyrannei des Mannes abgetan hatte!

Ralf, der Chaot par excellence, der früher eigentlich nur zum Umpacken seines Expeditionsrucksackes und zum ausgiebigen Duschen, Waschen, Geldschnorren und Essen zwischen zwei Südafrika- und drei Neuseelandtouren zurückgekommen war, predigte Gerhard momentan über den Vorteil einer Sachbearbeiterstelle für die Buchstaben A bis K. »Da hast du feste Dienstzeiten, also deine Nachtschichten bei der Polizei, das ist doch moderne Ausbeutung bei dem superschlechten Geld!«

Jo warf Gerhard einen hilfesuchenden Blick zu: Bitte rette mich, lass uns hier verschwinden! Aber er nickte ihr nur unwirsch zu, während Babsi immer noch über ihr Tiramisu referierte:

»Weißt du, das hab ich von der Sybille. Die kenn ich vom Aerobic. Sie ist die Chefsekretärin der SAF. Ihr Chef, der Homanner, braucht Süßes, sagt sie, wegen dem Stress.«

Plötzlich war Jo hellwach. SAF? Sie lächelte Babsi verschwörerisch zu. »Ja, ja, Schokolade hilft da immer, was hat der denn für einen Stress?«

Babsi kicherte albern. »Na, das darf ich eigentlich nicht sagen. Hihi …« Sie nippte an ihrem Sekt.

»Och komm«, Jo gab sich ebenfalls albern, »mir kannst du's doch sagen.«

»Also gut, ist ja eigentlich auch egal. Stell dir vor: Die haben eine ganze neue Maschinenstraße aufgebaut, weil sie eine völlig neue Sportswear-Kollektion auflegen wollen. Da steckt Arbeit von drei Designern drin. Das allein hat schon ein Vermögen gekostet. Das Ganze soll heißen: ›Martin's Choice‹. Du weißt schon, dieser Skityp. Weißt du, der Große, der so toll aussieht. So ein bisschen brutal auch. Was man so hört, ist der ein Renner im Bett. Und da hat der so eine langweilige Frau. Na ja, also den würde ich nicht von der Bettkante stoßen.« Babsi gackerte anzüglich.

Jo rang um Fassung. »Babsi, du wolltest mir was erzählen.«

»Ja, also, es ist alles auf seinen geilen Body zugeschnitten, und jetzt kommt's. Der hat den Vertrag noch gar nicht unterzeichnet, weil er noch einen anderen laufen hat. Wenn das schiefgeht, hat SAF ein paar Millionen verloren und kann dichtmachen. Da würd ich auch Tiramisu für die Nerven essen.«

Jo konnte sich nur noch mühsam beherrschen: »Also wirklich, manche Leute sind aber auch zu blöd, nein ehrlich.« Sie sah sich um. »Ach, da winkt mir gerade Susi. Du, ich bin gleich wieder da.« Sie sauste an Gerhards Tisch vorbei, so schnell es ihr Knie zuließ, und warf ihm erneut einen flehenden Blick zu. Er kapierte endlich und erschien fünf Minuten später vor dem Gasthaus.

»Gerhard! Ich hab's! Wir haben die ganze Zeit in die falsche Richtung gedacht! Nicht Martl wäre zu viel Geld verloren gegangen. SAF würde vor dem Ruin stehen! Die haben eine gesamte Produktlinie auf ihn zugeschnitten, sogar neue Maschinen angeschafft. Die mussten sich verdammt sicher sein, dass Martl zu ihnen kommt. Das ist einen Mord wert!« Sie gab in atemloser Geschwindigkeit Babsis Bericht wieder.

»Jo, fang nicht schon wieder an, das nächste Mal sind es vielleicht richtige Kugeln«, schimpfte Gerhard.

»Aber das ist doch jetzt was ganz anderes«, nörgelte Jo und dachte laut weiter: »Wenn es also nicht der Martl war ...?«

»... dann war es einer von SAF, meinst du?«, folgerte Gerhard.

»Ja, klar, und auf die Idee ...«, sinnierte Jo.

»... ist der Martl auch gekommen«, ergänzte Gerhard. »Scheiße, hol deinen Mantel, wir müssen da hin und mit diesen SAF-Typen reden!«

Diesmal war es Gerhard, der viel zu schnell fuhr. In Kempten war wegen des Demonstrationszugs gegen das Event Castle immer noch kein Durchkommen. Von Wiggensbach bis nach Sonthofen, das konnte viel zu lange dauern! Gerhard donnerte auf der Nebenstrecke über Ermengerst nach Wirlings, unter der Lindauer Autobahn durch, die als aberwitziger Torso irgendwo bei Isny endete. Das war auch so ein ökologischer Wahnsinn gewesen, gemessen am Event Castle aber harmlos! Über Rohr bretterte er nach Memhölz und nahm die Kurven am Niedersonthofner See so, dass es die Außenreifen ein klein wenig aushob. Er fuhr durch Eckarts und erst bei Seifen wieder auf die Bundesstraße.

Gerhard warf Jo das Handy hin. »Ruf den Reiber an, er ist unter ›S‹ bei Schicki eingespeichert, sag ihm, dass er umgehend zur SAF fahren soll.«

Unter Schicki, klasse! Gerhard hatte so etwas unterschwellig Renitentes, eigentlich viel effektiver als Jos Mitten-rein-ins-Chaos-Mentalität.

Volker Reiber nörgelte ein bisschen herum und stöhnte, dass Jos Vorsätze, sich rauszuhalten, ja lange angedauert hätten. Er teilte aber die Ansicht, dass dieser Umstand ein neues Licht auf den Fall werfen könnte.

Er dämpfte aber sofort Jos Euphorie. »Liebe Frau Kennerknecht, es ist neunzehn Uhr und damit eher unwahrscheinlich, dass bei SAF noch jemand anzutreffen ist. Und Ihr Skifahrer, der ist seit drei Tagen verschwunden. Wieso sollte der ausgerechnet heute bei SAF auftauchen?«

»Waren wir nicht beim du?«

»Ach so, ja. Also Johanna noch mal: Wieso sollte der ausgerechnet heute bei SAF auftauchen?«

Jo widersprach halbherzig: »Weil ihm die Zusammenhänge wahrscheinlich ...«

»Johanna ...«, wollte Reiber Jo gerade unterbrechen, als sie ihn einfach wegdrückte. Gerhard sah sie fragend an. »Na ja, du weißt doch, wie schlecht das Netz hier überall ist«, grinste Jo.

»Mieses Stück!« Er zwinkerte ihr zu. »Aber soweit ich es mitbekommen habe, ist Reibers Einwand doch berechtigt!«

Jo nickte unwillig. »Ja, okay, aber als dich Löhle gestern angerufen hat, hat er mit Sicherheit noch nichts von Martl gehört oder gesehen. Das hättest du gemerkt. Also ist Martl immer noch verschwunden oder aber bei der SAF. Der wird da wohl kaum zu normalen Bürozeiten auftauchen!«

Gerhard überlegte: »Mag sein, aber wahrscheinlich ist bei der SAF überhaupt keiner da.«

Er bog ins Industriegebiet ab. Der Hauptparkplatz der SAF war versperrt.

»Fahr da über den Fußweg, der führt zum Hintereingang.«
Jos Stimme war schon wieder voller hochnervöser Ungeduld.

Gerhard zögerte.

»Schnell, außen rum dauert das viel zu lang.« Jo klebte mit der Nase fast an der Windschutzscheibe.

Also holperte Gerhard über eine steinerne Einfassung für Blumenbeete, schepperte durch einen Sandkasten, umrundete das Haus, und da stand unter dem Eingangsdach ein Auto. Ein DSV Audi, Martls Fahrzeug.

»Siehst du!« Jo ließ vor lauter Aufregung das Handy fallen.

Sie rannten zur Glastür, die tatsächlich offen war. Leere Gänge. Klar, um diese Uhrzeit!

»Wo ist die Chefetage?« Gerhard hatte wieder seine Arbeitsstimme. Immer wenn es brenzlig wurde, war er ganz souverän.

»Vierter Stock, da sitzt zumindest der Löhle.« Der Aufzug war ausgeschaltet, sie keuchten die Treppen hinauf, Jos Knie gab permanente Meldungen ab, dass es von solch rüder Behandlung wenig hielt. Im dritten Stock war schon Geschrei zu hören. Laute Männerstimmen. Im vierten Stock – noch lauter. Martls Stimme, eine andere mischte sich dazwischen.

Sie stießen die Tür auf. Martl hielt einen älteren Herrn am Kragen gepackt, Jochen Löhle kauerte am Boden und rieb sich verdutzt den Nacken. Gerhard riss seine Dienstpistole raus: »Lass ihn augenblicklich los, Martl!«

Es war, als würden Minuten vergehen, bis Martl die Hände sinken ließ. Der ältere Herr sackte auf einen Sessel. In dem Moment hechtete auch Volker Reiber mit zwei weiteren Beamten ins Zimmer.

»Was für ein Aufmarsch«, knurrte Martl.

Reiber ließ Handschnellen zuschnappen und hieß Gerhard,

die Pistole wegzustecken. »Danke, Herr Weinzirl, gute Arbeit.«

Einer der Beamten hielt Martl in Schach, Gerhard hatte inzwischen Jochen Löhle eine Hand gereicht und ihn vom Boden gepflückt. Sie alle standen nun da wie auf einer langweiligen Stehparty, bei der kein rechtes Gespräch in Gang kommt.

»Was war hier los?« Volker Reibers Stimme durchschnitt die Stille.

Der Ältere, der sich als Dr. Homanner, Prokurist von SAF, zu erkennen gab – aha, das war der Tiramisu-Chef –, erhob sich.

Er sagte mit einer echten Macherstimme: »Herr Löhle und ich hatten uns gerade einige Blaupausen für eine neue Imagebroschüre angesehen, als Martin Neuber hier hereinstürmte, Herrn Löhle am Kragen packte und vom Stuhl riss. Er schrie: ›Ihr habt Hans Joachim Rümmele umgebracht! Habt ihr mir so wenig vertraut, dass ich den Vertrag unterzeichne? Natürlich hätte ich unterzeichnet!‹ Er wiederholte das mehrmals, immer lauter. Er tobte, raste, dass wir uns nicht mit einem Mord hätten einmischen sollen. Er hätte das schon auf seine Art geregelt.«

Löhle nickte. »Ich habe versucht, ihn zu beruhigen, sagte immer wieder, dass wir doch niemanden ermorden würden. Aber er war wie ein rasendes Tier in einem zu engen Käfig. Er brüllte, uns ginge es doch auch bloß ums Geld, er sei doch wieder nur eine Ware. Und dann hat er mich zu Boden geschleudert und Herrn Homanner gepackt.«

Volker Reiber sah vom einen zum anderen und machte sein bedeutungsschweres »Ts«. Er bat die Herren – und explizit die Dame –, ihm aufs Polizeirevier zu folgen. Die beiden Beamten zerrten Martl weg. Jo sah kurz in seine Augen. Sie standen weit offen, es lag nichts darin als Angst.

23. In drei Vernehmungszimmern nahmen Beamte Protokolle auf.

Volker Reiber saß mit Jo in der Cafeteria. »Wie war dein Eindruck von Herrn Löhle, als du an jenem denkwürdigen Tag bei ihm ins Büro hereinpl ... äh, vorsprachest?«

Jo kräuselte die Stirn. »Er sah wirklich so aus, als hätte er von dem Rennen keine Ahnung gehabt. Er schien echt überrascht zu sein. Aber wenn ich mir das heute so überlege, könnte er ein sehr guter Lügner sein, und Gerhard hat er auch nur angerufen, um von sich selbst abzulenken.« Jo war schon wieder Feuer und Flamme für ihre Theorie.

Und Wunder über Wunder, Reiber lächelte schon wieder. »Du kannst es nicht lassen, das Detektivspielen?«

Er bat sie, noch zu warten, stellte ihr eigenhändig einen Kaffee hin, keinen Mate-Tee, und weg war er.

Volker trat ins Vernehmungszimmer, in dem Jochen Löhle saß. Insgeheim teilte er Jos Ansicht, dass der smarte Löhle Dreck am Stecken hatte. Vor allem war er der Einzige gewesen, der außer dem wunderheilenden Bauer Karl von Jos Erkenntnissen gewusst hatte. Er ließ sich detailliert Löhles Sonntag schildern, den Tag des Mordes. Löhle war zu der Mordzeit angeblich in Ulm in einem Jazz-Keller gewesen. Er hatte noch eine Tankquittung von der Autobahnraststätte »Allgäuer Tor«, aber die konnte ihm auch jemand besorgt haben. Von Gunzesried wäre er in fünfundzwanzig Minuten an der Tankstelle gewesen, die alibigünstig auf dem Weg nach Ulm lag.

»Wie heißt der Laden in Ulm?« Volker hatte eine angewiderte Stimme eingeschaltet.

»Er hat keinen Namen, Insider nennen ihn deshalb auch ›Namenlos‹. Das ist Teil des Kults, den mein Freund um den Laden aufgebaut hat. Die Leute mögen so was. Vorher waren wir beim Essen, irgendein Italiener in der Nähe des Münsterplatzes.« Jochen Löhle sprach zögerlich.

Volker schnalzte: »Sie sehen aber schon ein, dass das alles etwas dubios daherkommt, oder? Hat Ihr Freund denn wenigstens einen Namen?«

»Ja, Blickle, Gunther, ich gebe Ihnen auch gern die Handynummer.« Löhle diktierte.

Volker tippte. Er lauschte. »Tja, ›the person …‹ und so weiter. Sie kennen das!«

Jochen Löhle sprang auf. »Ich will einen Anwalt. Das ist doch eine Sauerei hier.«

Volker schob ihm lächelnd den Apparat hinüber. Minuten vergingen. Die Kanzlei war nach Feierabend eben auch geschlossen. Jochen Löhle sank gottergeben wieder auf den brettharten Stuhl.

Volker beugte sich über ihn. »Also, lieber Herr Löhle, noch mal von vorn. Sie wussten von dem Vertrag, Sie wussten, dass Herr Neuber noch eine Vertragsbindung hatte. Sie wussten aber nicht, dass er auf eine sehr eigentümliche Weise diese Bindung loswerden wollte? Stimmt das so?«

»Ja, zum Teufel. Die Vertragsverhandlungen gingen nie über meinen Tisch, sondern direkt über den der Direktion. Ich wurde immer nur dazugebeten, um theoretisch schon mal über begleitende Marketingmaßnahmen nachzudenken. Da müssen Sie schon Herrn Doktor Homanner fragen, der war doch so intim mit dem Neuber – und den Rümmele hat er auch gekannt. Lion's Club, Rotary – oder so was!« Löhle stieß das fast trotzig aus. Inzwischen war es ihm offenbar egal, den Chef anzuschwärzen.

Volker sah ihn prüfend an, winkte einem Beamten und ging schnurstracks in das benachbarte Büro zu Dr. Homanner, der lamentierte: »Ich fasse das alles nicht, der gute Martin, er war mir doch fast wie ein Sohn, und dann so etwas!«

Dr. Homanner rang die Hände. Volker kam das alles etwas zu theatralisch vor.

Er zog einen Stuhl heran. »Ihnen war Martin Neuber also gut bekannt?«

»Aber sicher, ich kenn doch noch seinen Vater – Gott hab ihn selig. Ich habe ja immer beobachtet, was der Bub so macht.«

»Bub« erschien Volker nun angesichts Martls Statur etwas sehr niedlich, der ganze Herr Dr. Homanner gab sich verzweifelt so einen Opa-hat-Verständnis-Touch.

»Herr Doktor Homanner! Wenn Sie sich so gut kannten, dann wird Ihnen Martin Neuber doch wohl auch reinen Wein eingeschenkt haben bezüglich des Vertrags mit Herrn Rümmele. Wussten Sie, welchen Inhalt der Vertrag hatte? Und wussten Sie, wie Martin Neuber da ausscheiden wollte?«

»Ach, der gute Bub. Der ist da in was reingeschlittert.« Dr. Homanner mimte immer noch den guten und besorgten Schoko-Opa.

»Also wussten Sie es?« Volker wurde immer eisiger.

»Ja, nun, ich war auch einmal bei Herrn Rümmeles zwanglosen kleinen Soireen eingeladen, und da wurde mir klar, welche Rolle der gute …«

Bevor er noch mal »Bub« sagen konnte, unterbrach Volker ihn rüde: »Soireen! Das ist ja eine interessante Wortwahl!«

»Dem Bub war es besonders unangenehm, mich da zu treffen« – und dir wohl auch, dachte Volker grimmig –, »und da habe ich ihn am nächsten Tag ins Büro gebeten. Ihm vorgeschlagen, für uns zu arbeiten. Das war ich dem Bub doch schuldig, ihn da rauszuholen. Das war aber auch schon alles!«, jammerte Dr. Homanner.

Martin Neuber saß in der Zeit mit Gerhard in dessen Büro. Gerhard knautschte die Uli-Stein-Maus, atmete tief und schwer aus: »Zuerst einmal: Wo warst du denn die ganze Zeit?«

Martl seufzte: »Ich wollte wirklich zurückkommen, aber je länger ich im Auto saß und nachdachte, desto mehr wurde mir klar, dass ihr mir meine Geschichte nie glauben würdet. Ich bin nach Balderschwang, wir haben da eine uralte Jagdhütte, und da hab ich nachgedacht. Ich war so verzweifelt! Ich hab schließlich den Bauern Karl angerufen, der mir erzählt hat, dass Jo da gewesen ist. Katja hat mir zigmal auf die Mailbox gesprochen – ich hatte mehr und mehr das Gefühl, dass mich mein Leben erdrückt und einschnürt. Ich war wie gelähmt.«

»Und dann? Irgendwann hast du ja wohl angenommen, einer von der SAF habe Rümmele getötet. Wieso warst du so sicher?«

»Ich wusste von Homanner, dass die schon einen Batzen Geld investiert hatten. Homanner tat immer so, als wollte er mich retten. Aber mir war klar, dass er weniger um mein Seelenleben besorgt war. Seine Sorge galt der SAF-Kohle! Und allmählich wurde mir auch klar, dass nur die SAF-Leute Rümmele getötet haben konnten. Denn siehst du, ich hatte die Idee zu einer Wette doch auch von Homanner! Und ich wusste, dass ich es nicht war. Aber das glaubst du mir ja eh nicht!« Über Martls Augen lag noch immer Panik.

»Was? Wie bitte? Du hattest die Idee von Homanner?« Gerhard fuhr hoch.

»Ja, Homanner hat mir den Tipp gegeben, Rümmele mit einer Wette zu ködern. Er kannte ihn schließlich von diversen Spiele-Abenden.«

Spiele-Abende! Gerhard konnte sich die illegale Zockerhöhle in Rümmeles Palast vorstellen, aber das war jetzt unerheblich. »Wusste er auch, worum du wettest?«

»Nein! Aber was kann ich denn schon außer Skifahren? Sonst hab ich doch nichts gelernt. Mein Wert bemisst sich nach meinen Oberschenkeln. Für mich interessiert sich keiner. Ich kann ja auch wirklich nichts außer Skifahren.« Martl klang bitter.

Gerhard eilte aus dem Raum und gab Volker ein Zeichen. Sie flüsterten. Volker riss die Augen weit auf und kehrte zurück zu Homanner. »Herr Doktor Homanner, ich glaube nicht, dass das schon alles war, oder?«

Dr. Homanner schaute noch immer treuherzig. »Ja, nun ja, äh, ja also äh«, er druckste herum, »ich hatte ihm geraten, Herrn Rümmele für eine Wette zu gewinnen. Aber der Inhalt der Wette war mir wirklich unbekannt. Völlig! Das wollte ich auch gar nicht wissen!«

Bloß nicht die Saubermann-Fingerchen beschmutzen, dachte Volker angewidert.

»Wo waren Sie eigentlich in der Mordnacht?«

Dr. Homanner lächelte breit. »In den USA, meine Sekretärin kann Ihnen das bestätigen. Sie hat auch die Tickets gebucht.«

Das wäre ja auch zu einfach gewesen!

Volker ließ nicht locker. »Apropos Ihre Sekretärin. Die Dame wusste von dem Vertrag und davon, dass Sie im Begriff waren, ohne Herrn Neubers Unterschrift Millionen zu verlieren. Wer wusste denn sonst noch davon?«

Dr. Homanner war erbost. »Diese Tratschtante! Sie ist ein Firmenrisiko, wirklich! Aber Sie kriegen hier ja keine guten Kräfte. Außer ihr wusste nur Herr Löhle Bescheid.«

Und all jene, denen die gute Sekretärin es erzählt hatte, ergänzte Volker im Stillen, ging aber nicht davon aus, dass deren Tupperware- und Tiramisu-Freundinnen beim Mörderspiel dazugehörten.

Volker Reiber winkte Gerhard auf den Gang. Sie sprachen leise, wälzten die Fakten hin und her. Volker sagte mit gerunzelter Stirn: »Ich glaube nicht, dass einer wie der Homanner sich selbst die Finger verbrennt. Dafür hat er andere. Handlanger, Abhängige! Also doch der Löhle?«

Gerhard zog seine Stirn in Dackelfalten. »Wir überprüfen gerade die Alibis. Lassen wir alle drei mal schmoren. Gefahr in Verzug, wir können die sauberen Herren auf jeden Fall eine Weile dabehalten.«

Volker wirkte recht aufgeräumt. »Stimmt auffallend. So eine Nacht in der Weiherstraße wirkt oft Wunder. Dieser Löhle verliert recht schnell die Contenance!« Er blickte auf seine Ebel-Uhr. »Es ist schon nach ein Uhr morgens. Morgen, oder besser, heute ist doch auch noch ein Tag. Wir sind alle müde, da müssen wir mit der Befragung nicht so früh beginnen.« Er zwinkerte Gerhard zu. »Fahren Sie doch erst mal Frau Kennerknecht heim, sie sieht etwas mitgenommen aus, die junge Dame.«

Auf der Fahrt ins Bergstätter Gebiet war Jo im Auto eingeschlafen und brabbelte zusammenhanglose Dinge. Gerhard schaffte sie in ihr Schlafzimmer, versuchte ihr Bett von einem Kleiderberg notdürftig zu befreien, und Jo sank in die Kuhle aus Decke, Kissen und einigen Sweatshirts. Frau Mümmelmeier und Herr Moebius waren beleidigt. So wenig Zuwendung? Gerhard kraulte die beiden und machte ihnen eine Dose auf. Moebius gab ihm dermaßen Köpfchen, dass man sich fragen musste, ob Katzen sich Gehirnerschütterungen zuziehen können. Mümmel biss Gerhard liebevoll in die Wade. Sie schnurrte im dezenten Tonfall einer Diva, Moebius brummte eine Oktave tiefer. Er sprang ihm schließlich mitten in den vom Nudelsalat gequälten Magen, Mümmel fand eine Position als Kragenwärmer.

»Ihr seid Söldner, ihr zwei, treulose Raubtiere, so schnell verlasst ihr Frauchen!« Eine Kralle hakte sich hinter Gerhards Ohr, sachte, warnend. »Okay, okay, ihr seid reizende Burschen, ihr könnt liegen bleiben.« Die Kralle zog sich zurück, und Mümmels Blick besagte: Ich hätte dich auch gar nicht gefragt.

Draußen lagen die Berge in einem milchigen Mondlicht – Zauberberge, Feenberge, hier hätte man Tolkiens Herrn der Ringe mindestens genauso gut verfilmen können. Es war wunderbar hell, die Gipfel der Allgäuer Alpen waren nahe, weich gezeichnet, bläulich und wunderschön.

24. Jo erwachte mit pochendem Schmerz im Knie und grub sich aus ihrem Bett. Ach ja, Gerhard hatte sie heimgebracht. Sie sah sich um. Wo waren die Salontiger, die sonst in ihrem Bett zu nächtigen pflegten? Sie humpelte die Treppe hinunter.

»Mümmelmeier! Moepelmann!« Sie rief und stockte. Mümmel hatte die Augen leicht geöffnet und schaute strafend: Weck ihn doch nicht! Gerhard lag schnarchend auf dem Rücken, Moebius noch immer auf dem Bauch, Mümmel wie eine Nackenrolle! So schnell wurde man also zum Katzenkumpel, zwei Nächte auf der Couch reichten augenscheinlich.

Jo schüttelte den Kopf und grinste. Gerhard wachte auch nicht vom Zischen der Jura auf. Auch nicht, als Moebius angesichts der freudigen Erwartung von Milchschaum wie ein Torpedo aus Gerhards Bauchgegend emporschoss. Erst als Jo ihm den Kaffee unter die Nase hielt, grummelte er ein Lebenszeichen.

»Hi, Fremder, du siehst etwas zerknittert aus.« Jo lachte und warf ihm ein Handtuch zu. »Wenn du schnell machst, reicht das Wasser, du weißt ja, der Boiler!«

Gerhard trollte sich, und Jo schaltete das lokale Radio ein. »... ist nicht zuletzt aufgrund des massiven Protests aus der Bevölkerung abgeschmettert worden. Das Event Castle wird nicht gebaut, ob es an anderer Stelle realisiert werden wird, konnte der Pressesprecher der Rümmele-Bau AG momentan nicht sagen. Der Besitzer der Bau AG, Hans Joachim Rümmele, war vor zehn Tagen im Gunzesrieder Tal ermordet aufgefunden worden. Der Verdacht, dass ein Mitglied der Naturschutzbewegung der Täter sei, hat sich nicht erhärtet. Zwei Verdächtige sind wieder freigelassen worden, so ein Polizeisprecher. Zu den laufenden Ermittlungen wollte sich die Polizei nicht äußern. Das Wetter ...«

Jo rannte ins Bad, wo Gerhard gerade seine widerspenstigen Terrierhaare frottierte. »Sie bauen es nicht! Sie bauen es nicht! Die Leute sind doch nicht so doof! Hurra!«

»Was?« Gerhard war noch nicht ganz wach.

»Na, das saublöde, exorbitant dumme, megahässliche Event Castle ist gestorben!« Jo knuffte ihn in die Schulter und zog die Hand langsam zurück. Gerhard hatte außer einem Handtuch um den Kopf gar nichts an!

Aber er hatte ein knitterfreies Sonntagslächeln auf, zog Jo in seine Arme, küsste sie auf die Stirn. Dann schob er sie ein Stückchen weg und lächelte. »Ich hab es immer gewusst!« Er drückte sie noch mal, und das fühlte sich gut an. Ihre Wange auf seiner noch feuchten Haut ...

Gerhard zwinkerte ihr zu. »Eigentlich sollten sich Madame lieber umdrehen.« Er schob sie zur Tür. Klapp.

Jo schaute verdutzt, horchte dem plötzlichen Herzklopfen nach, dem Kribbeln. Eine Sekunde lang war sie versucht, die Tür wieder aufzumachen, die Hand lag auf der Klinke. Aber sie mussten erst noch einiges zu Ende bringen. Sie selbst musste vor allem noch einiges zu Ende bringen!

Sie stürzten einen Morgenkaffee hinunter. Gerhard gab nach drei Minuten auf, sich zu wehren. Natürlich würde er Jo mitnehmen, natürlich hatte sie ein Recht zu erfahren, wie es weiterging.

»Aber du sitzt ganz brav in der Cafeteria, klar!«, rief er.

Volker Reiber saß Jochen Löhle im Präsidium gegenüber. Der war inzwischen recht kleinlaut und hatte sich den wunderbar blauen Frühlingstag wohl auch anders vorgestellt. Skifahren wahrscheinlich, dachte Volker.

»Guten Morgen, ich hoffe, Sie haben wohl geruht. So ist es Ihnen doch sicher ein Leichtes, Ihre Aussage von gestern zu wiederholen. Sie hatten also keine Detailkenntnisse von dem Vertrag?«, flötete Volker.

Löhle schluckte. »Wie ich gestern schon sagte: Ich hatte nur mit begleitenden Marketingmaßnahmen zu tun. Ich habe zu diesem Zweck mehrfach Gespräche mit Martin Neuber geführt. Uns schwebte eine Kampagne vor, die menschlich und emotional ist. Ich hatte mir auch mal das Privathaus angesehen und hatte Kontakt zu Herrn Neubers Frau, Katja Neuber, aufgenommen. Wir wollten unser neues Aushängeschild als positiven Familienmenschen rüberbringen. Nach dem Motto: Trotz des Erfolgs ist er bescheiden geblieben. Das zieht zur Zeit.«

Volker stutzte. »Frau Neuber? Ist das gewöhnlich so, dass bei derartigen Projekten die Ehefrauen mit einbezogen werden?«

»O ja, durchaus. Es ging uns darum, den Menschen Martin Neuber zu zeigen, so wie einer lebt, der seine Karriere beendet hat.« Jürgen Löhle nickte eifrig.

»Dann war Katja Neuber über Einzelheiten des Vertrags informiert?«, fragte Volker.

»Nun, was das Geld und so weiter betrifft, wird sie das mit ihrem Mann besprochen haben. Nehme ich mal an. Wir hatten darüber hinaus aber mehrfach Kontakt wegen des Konzepts. Wir haben uns öfter sehr angeregt unterhalten. Katja Neuber hat sofort eingewilligt, dass auch sie und die Kinder in das neue

Werbekonzept eingebunden würden. Ich habe aufgeatmet, als ich sie zum ersten Mal gesehen habe. Ich hatte schon überlegt, wie ich mit einem Bauerntrampel umgehen muss oder mit einer Zicke, die den Erfolg ihres Mannes voranpeitschen will. So was kommt häufig vor, wissen Sie! Katja Neuber ist aber keines von beidem. Sie ist eine sehr intelligente junge Frau und hübsch dazu: schlank, mit asketisch schmalem Gesicht. Sie wirkt auf eine seltsam entrückte, ätherische Weise sehr attraktiv. Perfekt für meine Kampagne! Sie ist zwar augenscheinlich stolz auf ihren Mann, sieht aber ihre eigene Rolle ganz realistisch.«

»Das heißt?«

»Sie war bereit, den Rahmen zu liefern, der aus dem Sieger Martin den Familienmenschen Martin macht. Sie war bereit, selbst in den Hintergrund zu treten. Sie hatte gar nichts gegen einige private Fotos und hat recht kokett auf meine Komplimente reagiert. Als ich dann noch erfuhr, dass sie vor ihrer Heirat Assistentin der Geschäftsleitung bei einer Kosmetikfirma gewesen ist und sogar ein Jahr in New York im Marketing volontiert hat, war ich hoch erfreut. Ich kann mich noch erinnern, dass ich gesagt habe: Da kann ich Ihnen ja einen Job bei uns anbieten. Und ihre Antwort ist ernst, aber keineswegs anklagend gewesen: Sie habe auf unbestimmte Zeit ihre Karriere ganz der von Martin untergeordnet und sei Mutter. Solche Frauen braucht die Kampagne!«

»Wann hatten Sie denn zum letzten Mal Kontakt mit ihr?« Volker hatte ein diffuses Gefühl des Unwohlseins, ohne recht zu wissen, wohin er das Gespräch lenken sollte.

»Das letzte Mal habe ich mit ihr vor drei Wochen telefoniert. Oder nein! Moment!« Jochen Löhle stutzte und schien nachzudenken.

»Also?« Volker wurde lauter. »Ich lausche ja gern Ihren interessanten Ausführungen über Ihren Job, aber ich würde mir doch wünschen, dass Sie sich jetzt konzentrieren. Wann haben Sie mit Frau Neuber zuletzt gesprochen?«

Löhle zögerte, sah zu Boden und sagte schließlich langsam und stockend: »An dem Tag, an dem Frau Kennerknecht mein Büro gestürmt hat, da habe ich Ihren Kollegen Weinzirl angerufen, weil mich Frau Kennerknecht ziemlich aus der Fassung gebracht hat. Dann, ja, dann habe ich versucht, Martin Neuber zu sprechen. Dessen Handy war aber nicht erreichbar. Also habe ich bei ihm zu Hause angerufen, und da ging Katja Neuber an den Apparat.«

»Ja und weiter!«, insistierte Volker.

»Sie sagte mir, dass Martin nicht da sei. Sie klang merkwürdig, wenn ich so zurückdenke. Ich habe mich über ihre geschäftsmäßige Art gewundert. Ich hatte eigentlich das Gefühl gehabt, dass wir uns doch schon auf einer etwas privateren Ebene begegnet seien.«

»Erinnern Sie sich! Was genau haben Sie gesagt? Genau!«

»Ich glaube, ich sagte, dass Martin mich unbedingt und umgehend anrufen solle, weil hier eine gewisse Konfusion wegen des Vertrags entstanden sei. Frau Neuber wirkte aufgeschreckt. Sie wollte wissen, ob wir den Vertrag überhaupt machen würden. Ich konnte sie dahingehend beruhigen. Das stand doch gar nicht zur Diskussion. Ich sagte ihr nur, dass Frau Doktor Kennerknecht vom Tourismusverband mich in eine leichte Irritation gestürzt habe und ich deshalb gern mit ihrem Mann sprechen würde.«

Volker fragte nach: »Es ist also Frau Doktor Kennerknechts Name im Zusammenhang mit dem Vertrag gefallen?«

»Soweit ich mich erinnere.«

Volker Reiber hastete aus der Tür, hinüber zu Gerhard, der

soeben Jo in der Cafeteria abgegeben hatte. Volker schüttelte den Kopf, sein ganzer langer Körper war gespannt, die graugrünen Augen noch blitzender als sonst. »Ich habe da so ein ungutes Gefühl. Ich muss ...«

Volker wurde durch Evi Straßgütl unterbrochen: »'tschuldigung, aber das ist wichtig. Jochen Löhle war wirklich in Ulm in dem Jazzkeller. Der Besitzer ist ein alter Schulfreund von ihm. Sie sind um achtzehn Uhr dreißig zum Essen gegangen und dann in seine Kneipe. An beiden Orten gibt es Dutzende von Zeugen. Die Kollegen in Ulm haben das eben bestätigen können. Er scheidet also aus. Herr Doktor Homanner übrigens auch, der war wirklich in den USA.«

Sie ging wieder hinaus, Volker sah ihr nach. Gerhard zuckte die Schultern.

»Was ich nur nicht verstehe: Martls Wut war echt, er war überzeugt, dass Löhle oder Homanner sich eingemischt hatten. Aber wenn es keiner der SAF war, wenn Martl es nicht war, fangen wir jetzt wieder bei Marcel an? Oder müssen wir uns doch wieder die Naturschutzleute vorknöpfen? Oder meinen Sie, der Homanner hat einen Auftragskiller verdingt?«

Volker zögerte. »Die Version mit dem Auftragskiller ist so abwegig nicht. Wir haben dieses Tal intensiv besichtigt. Wir haben mit jedem Bewohner gesprochen, wir haben wirklich jedes Huhn befragt. Ich glaube das nicht so recht, denn eine weitere Person, ein weiteres Fahrzeug, das hätte jemand bemerken müssen.«

Gerhard wirkte unzufrieden. »Sie sagten eben, Sie hätten ein ungutes Gefühl?«

Volker nickte. »Frau Katja Neuber wusste von Frau Kennerknechts Interesse an dem Vertrag. Was wissen wir eigentlich über diese Dame?« Er blickte Gerhard scharf an.

»Katja Neuber, Martls Frau?«

»Ja, seine Frau. Ich meine, das mag jetzt abgedroschen sein, aber Ehefrauen neigen dazu, ihre Rivalinnen nicht zu mögen! Wusste sie denn von der Affäre ihres Mannes mit Frau Kennerknecht?«

»Ich kann das nicht mit Sicherheit sagen, aber ich nehme es an. Das wussten sehr viele Leute, und Katja ist mit Sicherheit nicht dumm. Aber selbst wenn sie Jo gehasst und auf Jo geschossen hätte, was hat sie mit Rümmele zu tun?«

Gerhard zupfte an seiner Maus herum, Volker trommelte mit einem abgekauten Bleistift auf dem Schreibtisch. Eines von Gerhards Postern hatte sich gelöst und hing nur noch an einer Ecke fixiert von der gelblichen Wand. Es war heiß im Raum, eindeutig überheizt. Gerhard ging zum Fenster, um es zu öffnen. Er holte tief Luft.

Lange passierte nichts, dann kam Gerhard in Riesenschritten plötzlich auf Volker zu. »Himmel! Erinnern wir uns: Sie hat Martin Neuber im Tal abgeholt. Da war nicht nur dieser Moritz zur fraglichen Zeit im Tal oder Marcel, auch Katja war dort. Wieso habe ich das nie weiterverfolgt?«

Volker sah sehr besorgt aus, er sprang auf, machte eine schnipsende Handbewegung, und Gerhard folgte ihm. Beide waren aufs Äußerste gespannt, als sie die schmucklose Cafeteria betraten, in der Jo gerade einen Styroporbecher zerpflückte.

Volker setzte sich ihr gegenüber. »Hatten Sie während der ganzen Geschichte jemals Kontakt zu Herrn Neubers Frau?«

Jos Magen krampfte sich zusammen, nicht bloß wegen des vielen Kaffees.

Sie zögerte, bevor sie fragte: »Katja? Ich habe sie angerufen, als wir Martl gesucht haben nach dem Weltcupfinale. Ich wollte ihr klarmachen, dass Martl sich stellen muss. Ich hab sie auf das Rennen angesprochen. Sie sagte, Martl sei nicht gefahren.«

»Ich befürchte ...«, Volker brach ab und sagte zu Gerhard gewandt: »Holen Sie doch einmal Herrn Neuber rein!«

Jo sah vom einen zum anderen. »Was ist hier los? Was hat Katja damit zu tun?«

Volker sagte nichts und runzelte nur die Stirn.

Martl betrat den Raum. Er sah todmüde aus, war unrasiert, gebrochen. »Ich war es nicht, wirklich!«

Von Martin Neubers cooler Fassade war nichts mehr übrig, nicht einmal mehr Aggression.

»Herr Löhle oder Herr Doktor Homanner waren es definitiv auch nicht. Ich verstehe Ihren Gedankengang durchaus, aber er führt in eine Sackgasse. Wie stand eigentlich Ihre Frau zu dem neuen Vertrag?«, fragte Volker ohne Vorwarnung.

Martl zog die Augenbrauen hoch, er schien die Wendung im Gespräch nicht zu verstehen. Sein Körper verkrampfte sich zu einem Fragezeichen.

Er lächelte bitter. »Sie war begeistert, das wäre endlich mal eine seriöse Arbeit gewesen, eine Arbeit zu Hause. Es war so perfekt, und ich wollte ja auch endlich mehr Zeit für die Kinder haben.«

»Und wenn der Vertrag nicht zustande gekommen wäre?«, fragte nun Gerhard sehr vorsichtig.

»Wäre sie sicher sehr traurig gewesen, denn dann hätte ich mich nach was anderem umschauen müssen. Und das wäre nicht im Allgäu gewesen. Wider dem Vorurteil, dass nämlich alle Ex-Skirennläufer einen Sessellift bedienen oder im besten Fall eine Skischule eröffnen, wollte ich noch was aus meinem Leben machen. Sportconsulting, PR, Coaching – irgendetwas, das Sport und Management verbindet«, erklärte Martl.

»Dann wärst du nach Liechtenstein zur Weirather Agentur oder zu einer Skifirma oder so?« Gerhard sah auf seine Schuhspitzen.

»Ja, sicher, vielleicht auch zu Head in die Staaten.«

»Ohne den Vertrag wäre sie sehr unglücklich gewesen.« Gerhard wiederholte den Satz, seine Stimme verhallte im Raum. »Wie war das noch mal, als Katja dich im Tal abgeholt hat? Erinnere dich!«

Martl überlegte: »Ich habe sie angerufen ...«

»In dem Tal ist doch nie ein Netz?«, unterbrach Gerhard.

Martl stutzte. »Doch, D2 geht gut, nur D1 funktioniert nicht. Also, sie war etwa fünf Minuten später da. Sie hat wenig gesagt, fuhr schnell und nahm die Nebenstrecke. Mir war das nur recht, ich hatte immer noch das Bild von Rümmele vor Augen. Es war grauenhaft.«

»Fünf Minuten?« Gerhard sah ihn durchdringend an. »Da muss sie ja geflogen sein!«

Martl wurde immer blasser, die Schatten unter seinen Augen schimmerten ungesund.

Gerhards Stimme klang hilflos und traurig, als er sagte: »Katja muss in der Nähe gewesen sein. Martl, sie wusste mehr über deine Manöver, als du geahnt hast. Als wir alle geahnt haben.«

Eine Uhr klackte, aus dem Getränkeautomat vom Gang kam ein zischendes Geräusch – millionenmal lauter als sonst. Klack, Klack machte die Uhr wieder. Ein Vogel war draußen zu hören.

Dann fragte Gerhard wieder sehr leise: »Sie war mal Schützenkönigin von Ofterschwang?«

Es war eigentlich gar keine Frage. Katja hatte einige Jahre lang, vor der Geburt ihrer ersten Tochter, ihre Schützenkollegen beschämt. Dass eine Frau immer weit bessere Ergebnisse geschossen hatte, das hatte die Männer gewurmt.

Martl sackte immer mehr in sich zusammen.

»Und ihr habt noch all die Waffen von Katjas Vater, dem legendären Jagdaufseher aus Balderschwang?«, fuhr Gerhard fort.

Martl widersprach nicht.

Gerhard sah Volker an, der nickte. Gerhard sperrte die Handschellen auf und sagte: »Fahren wir.«

Katja war im Garten und baute mit ihren kleinen Mädels einen Schneemann aus den kläglichen Schneeresten. Der kleine Bub lag im Kinderwagen. Sie blickten auf, als die beiden Autos vorfuhren. Die Größere strahlte und rannte los. »Martin, Martin«, und stürmte auf Martl zu. Er hob sie hoch und vergrub sein Gesicht in ihren blonden Löckchen. Katja stand da und ließ die Hand sinken, in der sie eine Karotte für die Nase des Schneemanns hielt. Sie stand einfach nur da. Sie alle gingen unwillkürlich langsamer.

»Katja, es stimmt doch, dass du Martl nach dem Rennen abgeholt hast«, begann Gerhard.

»Ja.« Sie sagte sonst nichts.

»Wie bist du denn dahin gekommen?« Gerhard redete mit einer Stimme, die unendlich viel Ruhe vermittelte.

»Mit dem Auto.«

»Katja, wir haben das ganze Tal gefilzt und auf den Kopf gestellt. Niemand hat dein Auto oder dich gesehen. Nicht beim Hineinfahren, nicht beim Hinausfahren. Wie kann das sein?«, wollte Gerhard wissen.

»Ich wollte nicht gesehen werden«, sagte sie ganz einfach.

»Katja, was soll das heißen?«

»Ich bin in der Früh mit dem Strom der Skifahrer ins Tal gefahren, und als der Hauptschub gegen drei Uhr zurückfuhr, bin ich ebenfalls mit dem Strom mitgeschwommen. Ich habe mein Auto dann aber hinter einer Schneemauer versteckt und gewartet, bis Martl anruft. Ich sollte ihn ja abholen.« Sie hatte Gerhard während ihrer ganzen Rede nicht angesehen.

»Aber Katja, du bist Stunden vor dem Rennen im Tal gewesen und hast das Auto versteckt. Das ist doch nicht normal!«

»Nein«, sagte sie tonlos.

»Katja!« Gerhard machte einen Schritt auf sie zu.

Sie seufzte: »Ich wusste, dass ihr kommt.«

Wieder entstand eine lange Pause, dann fragte Gerhard: »Hast du auf Rümmele geschossen?«

Katja nickte.

»Hast du die Mauser?«, fragte Gerhard sanft. Sie machte eine unbestimmte Handbewegung zu dem großen Haus hin.

»Wieso, Katja?« Gerhards Stimme war noch immer sehr sanft.

Sie schaute langsam vom einen zum anderen. »Ihr habt mich nie wahrgenommen. Wie Martl. Jeder hat mir seine Probleme erzählt, jeder nur Halbwahrheiten. Dabei war ich euch immer einen Zug voraus, aber auf mich hat nie einer geachtet. Ich wusste von Rümmeles Feten. Er hat mir sogar Bilder davon gezeigt. Ich wusste von all den anderen Weibern – auch von dir.« Sie sah Jo ganz ohne Vorwurf an und sprach weiter: »Ich habe damit gelebt all die Jahre, das war eben mein Preis für die große Liebe. Jeder bezahlt für das Leben. Ich habe mich auf den Moment konzentriert, an dem Martl seine Karriere beenden würde und heimkommen würde zu uns.«

Sie brach ab, legte die Hand auf den Kopf der Kleinen, die an ihrem Bein lehnte.

»Ja?« Gerhards Augen baten sie, weiterzusprechen.

»Ich hätte Rümmele nicht wegen der Weiber erschossen, nicht wegen der Qual, die er mir zugefügt hat mit den Bildern, die er mir unter die Nase gehalten hat: Martl in der Sauna mit fetten, schwabbeligen Schlampen. Rümmele mochte es, Menschen leiden zu sehen. Er war mal da eines Abends und wurde sehr zudringlich. Er …«

»Das Schwein, Katja, ich …« Martl wollte auf sie zustürzen. Ihr Blick ließ ihn erstarren. Sie schaute weg.

»Das ist schon okay, ich kann mich wehren, aber das hat er mir nie verziehen. Drum auch die Fotos. Drum hat er mir natürlich auch brühwarm vom Rennen erzählt. Jetzt hab ich euch, hat er gesagt, mit einem irren Blick in den Augen. Der Mann war krank, unzurechnungsfähig! Er war zutiefst böse, und ich hatte Angst, dass Martl verlieren könnte. Ich hätte Rümmele nie getraut, dass der das Rennen wirklich ehrlich durchzieht. Ich wollte nur noch eins für unser Leben: keinen Rümmele mehr und dass Martl den Vertrag mit SAF unterzeichnet.«

»Und deshalb hast du geplant, ihn zu erschießen?« Gerhard blieb sehr freundlich.

»Nicht mal geplant, ich wollte nur die ganze Sache unter Kontrolle haben. Ich habe zugesehen, wie Rümmele den Berg hochfuhr mit dem Skidoo. Anscheinend hatte er sich an die Regeln gehalten. Ich sah ihn runterkommen, und Martl war nirgends zu sehen. Da habe ich geschossen. Rümmele hätte das Rennen gewonnen.« Katja klang verzweifelt.

»Wie bist du denn dort hingekommen, wenn doch keiner dein Auto gesehen hat?«, fragte Gerhard weiter.

»Auf Schneeschuhen«, das klang so, als wäre es das Logischste von der Welt, »und dann bin ich schnell zurück und nach Martls Anruf losgefahren. Es hat so stark geschneit, es war dunkel, da hat uns sicher keiner aus dem Tal herausfahren sehen. Zumal ich über die kleine Nebenstraße Im Winkel und dann weiter über Ettensberg gefahren bin. Da war kein Mensch. Und Martl, der hat ja auch wenig geredet und schien ganz froh zu sein, dass ich genauso wenig sagte und wir schnell verschwunden sind.«

Martl stöhnte auf, schlagartig wurde ihm wohl die ganze Tragödie klar. Seine Frau hatte Rümmele erschossen und geschwiegen. Er hatte die Leiche gesehen und präpariert und ebenso geschwiegen. Stille, eine düstere Todesstille zwischen zwei Menschen, die sich doch lieben sollten.

Katja schaute Martl kurz an und sprach dann plötzlich zu Jo: »Stell dir vor, wenn Martl den Vertrag mit SAF bekommen hätte, dann hätte er mindestens drei Jahre vor Ort sein müssen. Vielleicht wäre er mal auf die ISPO nach München gefahren, aber er wäre doch zu Hause bei uns gewesen.«

Jo war so übel, sie hätte reden wollen, aber die Worte stellten sich tot. Ein Laut kam aus ihrer Kehle, der erstarb, alle vorzeitlichen Qualen waren in diesem einen Laut erstorben.

Katja sah wehmütig aus. »Das mit dem Pferd tut mir leid. Ich konnte nicht mehr denken. Du warst so nah dran. Aber ehrlich, Jo, das hat nichts mit Martl und dir zu tun«, sie zögerte, »von all den Frauen warst du noch die Beste, vielleicht zu gut sogar.«

Gerhard schreckte auf. »Du hast auf Jo geschossen?«

»Ja, ich wollte sie aber nicht treffen, nur erschrecken. Ich dachte, wenn Jo aufgibt, dann kommt die Wahrheit nie ans Licht. Leider sind einige Kugeln an einem Wellblechstadel abgeprallt. Das war dumm.«

Er nickte. »Aber war es nicht auch dumm, Rümmele zu erschießen? Was hättest du gemacht, wenn der Verdacht auf Martl gefallen wäre? Und das ist unweigerlich doch auch passiert!«

Katja sah ihn mit einem Lächeln an. »Nichts!«

»Nichts?«, entfuhr es Jo.

»Nichts«, wiederholte Katja. »Letztlich hätte man nichts beweisen können. Mit einem guten Anwalt wäre er freigesprochen worden. Und selbst wenn. Ich hätte noch ein paar Jahre gewartet. Ich hätte wenigstens gewusst, wo er ist. Wir hätten ihn im Gefängnis besucht, und Linda und Maria hätten vielleicht irgendwann einmal gesagt, wir gehen Papa besuchen, nicht, wir gehen Martin besuchen.«

»Scheiße!«, sagte Jo voller Schmerz.

Katja stand da, die Sonne spielte in ihren brünetten Haaren. Am Horizont reckte sich der Grünten hinauf zu einer Wolke, ein vertrautes Bild, vertraut und unverrückbar. Katja schaute kurz in die Berge. Tränen liefen langsam über ihre hohen Wangenknochen. Die Karotte entglitt ihr und rollte den Hang hinunter. Katjas Blick folgte ihr, wie sie den braunen Schnee hinuntertrudelte und im braunen Schlamm liegen blieb.

Nachwort

Wenn ein Buch im Allgäu spielt, dann spielt es in einer Gegend mit einem höchst charmanten Dialekt. Wir Allgäuer wissen natürlich, dass unsere blumige Sprache der Hochsprache weit überlegen ist. Das beweist beispielsweise ein Wort wie »Hennapfrupfa« für Gänsehaut. Da spürt man doch körperlich, wie es einen friert!

Und natürlich ist solch eine Sprache höchst individuell – will meinen, dass jedes Tal, ja jedes Dorf in jedem Tal eigene Ausdrücke und Umlautungen kennt. Deshalb gibt es in diesem Buch nur einige knappe Dialektpassagen, um Ihnen, liebe Leser, den Charme der Sprache zu vermitteln. Und dann ist es ja auch so: Allgäuer sind zweisprachig, sie können durchaus auch Hochdeutsch!

GLOSSAR

hofele langsam, gemach
pressieren sich beeilen, es eilig haben
Obschtler Obstbrand, kommt im Allgäu gerne mal vom Bodensee, das zumindest schätzt man an den Schwaben
fei All-Allgäuer Beteuerungsformel, fei dient zur Verstärkung des Gesagten
glei gleich

allat wörtlich: immer, aber allat ist das Allgäuer Füllsel schlechthin, allat passt allat!

»Griaß eich mitanand!« Grüß Gott zusammen, im Süden der Republik ist man in der Plural-Form auf jeden Fall per du

eabas etwas

»wenn d' Kia scheener als d' Fehla sind« wenn die Kühe schöner als die Mädchen sind

Fehl/Föhl Mädchen

kähl cool, etwas bizarr, auch derb, eigentlich ein eher negatives Wort, das man aber als Ausdruck der Be- und Verwunderung verwendet

kuin /koin kein, interessant ist die Umlautung im Allgäu, weiter Richtung Berge und Vorarlberg sagt man kuin, dem Schwäbischen näher im Unterland sagt man eher koin

drohlet wie bohlet gehüpft wie gesprungen

gstudiert sind dir typisch Allgäuerisch: dir in der Bedeutung von Sie und ihr

Heiter Pferd

nochhert nachher

i ich

isch ist, das sch verrät den allemanischen Sprachraum, es scheint, als könne der Allgäuer einfach kein st sprechen

»Wisset dir was, jetzt gehet dir amol, und wenn dir eabas Neues wisst, dann kennet dir ja wiederkommen.« wieder typisch Allgäuerisches »dir« in der Bedeutung von »ihr«

Omada Heu, der letzte Schnitt

Samschtig Samstag

Sonntig Sonntag

narret wütend

zerscht zuerst

Dischkurs Diskussion, Streitgespräch

dussa draußen

gsi gewesen, durch das Allgäu zieht sich eine gsie/gwäh Grenze, näher an den Bergen sagt man gsie wie in Vorarlberg (vgl. die abfällige Bezeichnung Gsieberger aus Restösterreich), weiter im Norden gwäh

»**sott ma moina**« sollte man meinen

»**wenn ma bloß so überhops na luget**« wenn man bloß oberflächlich hinsieht

frühnar früher

huragreißlich scheußlich, grauenvoll

Austragsheisle Austragshaus, Form der sozialen Absicherung der Bauern, die Jungen übernehmen den Hof und bauen für die Eltern ein Austragshaus und zahlen ihnen eine Art Rente, den sog. Austrag

etztele jetzt

Schmarra Unsinn, Nonsens

zämet zusammen

Obacht geben aufpassen, vorsichtig sein

»**isch it urächt**« der ist nicht unrecht, will meinen: Der ist ganz okay, und das ist im zurückhaltenden Allgäu auch schon Kompliment

»**des woisch au sell**« das weißt du selber

Frank Schätzing bei Goldmann

Der Mann, der selbst Hollywood schwärmen lässt!

„So gleich bleibend spannend und bildhaft, kompositorisch meisterhaft wie Frank Schätzing hat in Deutschland schon lange keiner mehr erzählt."
Focus

Mehr Informationen unter www.goldmann-verlag.de

Norbert Horst bei Goldmann

„Norbert Horst ist
unumstritten
das derzeit größte Talent
des deutschen
Polizeiromans."
WDR

Mehr Informationen unter www.goldmann-verlag.de

GOLDMANN

Einen Überblick über unser lieferbares Programm
sowie weitere Informationen zu unseren Titeln und
Autoren finden Sie im Internet unter:

www.goldmann-verlag.de

Monat für Monat interessante und fesselnde
Taschenbuch-Bestseller

Literatur deutschsprachiger und internationaler Autoren

∞

Unterhaltung, Kriminalromane, Thriller,
Historische Romane und Fantasy-Literatur

∞

Klassiker mit Anmerkungen, Anthologien
und Lesebücher

∞

Aktuelle Sachbücher und Ratgeber

∞

Bücher zu Politik, Gesellschaft, Naturwissenschaft
und Umwelt

∞

Alles aus den Bereichen Esoterik, ganzheitliches Heilen
und Psychologie

Die ganze Welt des Taschenbuchs
Goldmann Verlag • Neumarkter Straße 28 • 81673 München

GOLDMANN